rororo

Hervé Le Tellier wurde 1957 in Paris geboren. Er veröffentlichte Romane, Erzählungen, Gedichte und Kolumnen. Seit 1992 ist er Mitglied der Autorengruppe OuLiPo (Ouvroir de Littérature Potentielle), die von François Le Lionnais und Raymond Queneau gegründet wurde und der Autoren wie Georges Perec, Italo Calvino und Oskar Pastior angehörten. Er lebt in Paris. Für seinen Roman «L'Anomalie» erhielt er 2020 den Prix Goncourt.

*«Ein humorvolles und spielerisches Buch über die Liebe.»*

(Deutschlandradio)

*«Mit Eleganz und Menschenkenntnis hat der Pariser Erzähler Hervé Le Tellier sein komödiantisches Kammerspiel ‹Kein Wort mehr über Liebe› verfasst.»* (Stern Online)

*«Ein Reigen voller Eleganz und Witz, Erotik und Melancholie.»*

(Kölnische Rundschau)

**Jürgen Ritte,** geboren 1956 in Köln, ist Übersetzer, Literaturkritiker, Essayist und Professor für Literaturwissenschaft an der Université Sorbonne Nouvelle in Paris. Ausgezeichnet mit dem Eugen-Helmlé-Übersetzerpreis. Er übersetzte u. a. Patrick Deville, Edmond Jabès, Paul Morand, Georges Perec, Marcel Prousts Korrespondenz, Olivier Rolin.

**Romy Ritte,** geboren 1957 in Hackenbroich, ist Übersetzerin und Leiterin der deutschen Abteilung des Lycée International Honoré de Balzac. Romy und Jürgen Ritte leben in Paris und übertragen gemeinsam das Werk von Hervé Le Tellier ins Deutsche.

HERVÉ LE TELLIER

# KEIN WORT MEHR ÜBER LIEBE

ROMAN

Aus dem Französischen von Jürgen und Romy Ritte

ROWOHLT TASCHENBUCH VERLAG

Die Originalausgabe erschien 2009 unter dem Titel «Assez parlé d'amour» bei Editions Jean-Claude Lattès, Paris.

Die deutsche Erstausgabe erschien 2011 bei dtv, Deutscher Taschenbuch Verlag.

Veröffentlicht im Rowohlt Taschenbuch Verlag, Hamburg, September 2021

Covergestaltung Anzinger und Rasp, München
Coverabbildung Nadezda Gudeleva/iStock
Innengestaltung Daniel Sauthoff
Illustration Hirschkäfer Daniel Sauthoff
Satz ITC Legacy bei Pinkuin Satz und Datentechnik, Berlin
Druck und Bindung CPI books GmbH, Leck, Germany
ISBN 978-3-499-00831-3

Die Rowohlt Verlage haben sich zu einer nachhaltigen Buchproduktion verpflichtet. Gemeinsam mit unseren Partnern und Lieferanten setzen wir uns für eine klimaneutrale Buchproduktion ein, die den Erwerb von Klimazertifikaten zur Kompensation des $CO_2$-Ausstoßes einschließt.
www.klimaneutralerverlag.de

FSC www.fsc.org
MIX
Papier aus verantwortungsvollen Quellen
FSC® C083411

Für Sarah

«Die Liebe war für mich stets die wichtigste
aller Angelegenheiten, oder vielmehr die einzige.»

*Stendhal, Das Leben des Henry Brulard*

# PROLOG

In jenem Jahr erlebte der Planet den wärmsten Herbst seit fünf Jahrhunderten. Aber von der schicksalhaften Milde des Klimas, die vielleicht eine gewisse Rolle spielte, sei von nun an keine Rede mehr.

Die folgende Erzählung umfasst einen Zeitraum von drei Monaten und auch etwas mehr. Diejenige (oder derjenige), die (oder der) von Liebe nichts – oder nichts mehr – hören will, lege dieses Buch aus der Hand.

# THOMAS

Man gebe den Städten große Parkanlagen. Parks schaffen die Grundlage dafür, dass das Leben der jungen Leute plötzlich umschlagen kann, dass es einen Seitenweg nimmt, einer unvorhergesehenen Gabelung folgt. Dass es einen Teil der in ihm angelegten Möglichkeiten verwirklicht. Einen solchen Park, den Jardin du Luxembourg, betritt an einem Februarmorgen des Jahres 1974 ein Jugendlicher. Er trägt einen Wollschal und lange Haare, er heißt Thomas, Thomas Le Gall.

Thomas ist ein guter Schüler. Mit gerade mal sechzehn Jahren ist er in eine «Classe Préparatoire» für Mathematik eingeschrieben, er muss die Erwartungen, die seine Mutter in ihn setzt, erfüllen, die Aufnahme an einer Elitehochschule, einer «Grande École», schaffen, am besten wäre die École Polytechnique. Aber an diesem Februarmorgen hat Thomas das Haus verlassen, die Métro genommen – er wohnt in Barbès, im 18. Arrondissement – und ist nicht an der Haltestelle seines Gymnasiums ausgestiegen. Er ist mit der Linie 4 bis zur Station Saint-Michel weitergefahren und dann den Boulevard bis zum Park hinaufgegangen. Er geht zum großen Bassin, vorbei an den Standbildern der Königinnen von Frankreich, lässt sich auf einem Metallstuhl nieder. Er hat seine Eskapade vorbereitet. In seiner Tasche hat er mehrere Bücher. Es ist gar nicht so kalt.

Am Abend geht er zurück zu seinen Eltern. Er hat Hunger: Zu Mittag hat er eine Baguette und etwas Obst gegessen.

Am nächsten, übernächsten und allen folgenden Tagen kehrt Thomas in den Jardin du Luxembourg zurück. Der Park wird sein Hauptquartier. Zuweilen trifft er sich dort mit Weggenossen seiner Boheme: ein Mädchen in seinem Alter, Manon, blond, Stupsnase, Sommersprossen und noch deutlicher neben der Kappe als er selbst – der Geruch von Patschuli wird ihn für immer an sie erinnern –, und Kader, ein großer schwarzer Mann, vielleicht so um die dreißig, ein Gitarrenspieler, der in der Métro praktiziert. Wenn es regnet, stellt sich Thomas in einem der Musikpavillons unter oder wärmt sich im Malebranche auf, einem verrauchten Café, wo er rasch zum Stammgast wird, zusammen mit den Eliteschülern, den «khâgneux» vom literarischen Zweig des Lycée Louis-le-Grand. Er diskutiert über Politik, Literatur, streitet lauthals über Proust, Althusser, Trotzki und Barthes, sein Ungestüm ist ebenso groß wie seine Unkenntnis der Texte. Als er sie später wirklich liest, errötet er ob der geäußerten Dummheiten, ist erstaunt über seine ungestraften Aufschneidereien.

Es wird März, dann April. Thomas hat seine Lehrer darüber informiert, dass er die «Classe Préparatoire» aufgeben wird. Seinen Eltern tischt er, natürlich, eine Lüge auf. Er entdeckt, wie einfach, ja sogar aufregend das ist, wie begabt er für die Lüge ist. Er stinkt nach Tabak? Er empört sich über die Nervosität der Raucher während der mündlichen Prüfungen. Er hat kein Geld fürs Mittagessen? Von nun an muss die Schulkantine bar bezahlt werden, er behauptet, dass er den Buchhalter der Schule der Untreue verdächtige. Er kommt aus Versehen zu früh nach Hause? Ein Experiment mit der Sauerstoffreduktion ist schiefgegangen, und – «ihr werdet es nicht glauben» – der Chemielehrer hat sich dabei verbrannt. Niemals hatte er so viel vom Unterricht zu erzählen wie seit dem Tage, da er nicht mehr zur Schule ging.

An einem Abend im Mai strickt Thomas, kaum nach Hause gekommen, gerade den Roman seines Tagesverlaufs zusammen. Der Vater beobachtet ihn wortlos. Plötzlich bricht es aus der Mutter heraus. Sie wissen Bescheid. Die Schule hat angerufen: Er habe ein Buch nicht zurückgegeben, obwohl er sich vor drei Monaten abgemeldet habe. Streit, Wut, Zerwürfnis. Thomas wird nie in eine «Grande École» aufgenommen werden. Er verlässt das elterliche Heim, findet bei einem Freund Unterschlupf. Er lebt von kleinen Jobs – die damalige Vollbeschäftigung macht's noch möglich –, betreibt ein vages Studium der Psychologie, der Soziologie, verlängert seine Adoleszenz um zehn Jahre. Er wird aus ihr an einem Morgen im Mai durch den Telefonanruf aus einem Polizeikommissariat brutal herausgerissen. Die Frau, die er liebt, Piette, die wegen Depressionen im Krankenhaus behandelt wurde, war gerade erst entlassen worden. Sie hat sich vor einen Zug geworfen. Innerhalb von drei Tagen regelt Thomas den offiziellen Papierkram, organisiert die Trauerfeier, begräbt seine Freundin. Als das Grab zugeschüttet ist, kehrt er in seine Wohnung zurück. Erst eine Woche später tritt er wieder vor die Tür, er ist glatt rasiert, von seinem schwarz gelockten Haar ist fast nichts mehr zu sehen. Er nimmt das Studium wieder auf, sein Studium. In dem Moment, da diese Erzählung beginnt, zeichnet, gar nicht weit vom Jardin du Luxembourg entfernt, eine Kupferplatte, die an den Eingang des Hauses Nr. 28 in der Rue Monge geschraubt ist, seinen Werdegang nach.

**DR. THOMAS LE GALL**
**Psychiater, Psychoanalytiker,**
**Approbation der**
**Psychiatrischen Kliniken Paris**

Die Kupferplatte entwirft ein sehr professionelles Bild von ihm, aber schließlich ist Thomas Le Gall heute sehr professionell.

In der vierten Etage, linke Tür, ist aus einer normalen Dreizimmerwohnung eine Psychoanalytikerpraxis geworden. Thomas hat die moderne, geräumige Küche so belassen, wie sie war. Zuweilen isst er dort eine Frühlingsrolle, die er beim Chinesen gekauft hat. Das Schlafzimmer, links vom Eingang, ist heute das Wartezimmer: Das gewachste Parkett, zwei tiefe Sessel und ein niedriger Tisch verleihen dem Ganzen die täuschende Atmosphäre eines englischen Clubs; aus dem vorhanglosen Fenster schaut man auf die Straße. Zwischen den dreißigminütigen Sitzungen liegt jeweils eine Stunde, die Patienten begegnen sich nicht. An festgelegten Tagen empfängt Thomas im großen Salon: Wenn nicht die Jalousien aus exotischem Holz das Licht dämpften, hätte man freien Blick auf den Himmel und die Platanen im Hof. Schwarzer Samt verhüllt die Türe, das Olivgrün des Diwans soll entspannend wirken. Afrikanische Masken überwachen wohlwollend den Raum, so wie die Moai-Statuen, den Rücken zum Meer gewandt, die Osterinseln bewachen. Hinter dem Louis-Philippe-Schreibtisch hängt, bläulich grau, eine Industrielandschaft von L. S. Lowry, an der verbleibenden Wand ein sehr kleines und sehr dunkles Gemälde von Bram van Velde, das auf die Zeit seiner Freundschaft mit Matisse zurückgeht. Dies ist das einzige

Werk von Wert. Thomas hat es bei Drouot erstanden, zweifellos ein wenig zu teuer – was immer es heißen mag, für Kunst zu viel Geld auszugeben –, um je wieder auf die Idee zu kommen, etwas bei Drouot zu kaufen.

Thomas ist sich darüber im Klaren, dass er in diesem Raum die Karikatur einer psychoanalytischen Praxis reproduziert hat. Immerhin hat er dem Patienten die Dogon-Statue und den genagelten Fetisch erspart. Aber das Dekor ist nicht ohne Bedeutung, und Thomas achtet darauf.

Auf dem hohen und langen Bücherregal an der letzten Wand tritt die Literatur in friedlichen Wettstreit mit der Psychoanalyse. Joyce steht neben Pierre Kahn, Leiris zwängt sich neben Lacan, ein Queneau – schlecht einsortiert, was ein gutes Zeichen für ein Buch ist – lehnt sich an Deleuze. Als Queneau starb, war Thomas nicht mal fünfzehn Jahre alt. **Si tu crois xava, xava xava va, xava durer toujours la saison des za la saison des zamours ... (Wenn Du gla, wenn Du glagla, wenn Du glaglagla lala, wenn Du glaubst, dass die Zeit der Lie, der Liehiebe ewig währt ...)** Seit langer Zeit schon glaubt Thomas Le Gall nicht mehr daran. Die Falten werden tiefer, das lockige Haar, inzwischen eher Salz als Pfeffer, zieht sich immer weiter von der Stirn zurück, das Gesicht wird fülliger, schwemmt ein wenig auf, der ehemals Vierzigjährige ist auf bestem Wege zum Mann von sechzig Jahren und bereitet sich auf noch Schlimmeres vor.

Auf der halbrunden Kaminuhr ist es neun. Thomas hat den Mechanismus des Glockenspiels außer Kraft gesetzt, um die Dauer der Sitzungen selbst zu kontrollieren. Thomas sitzt geduldig wartend im Sessel. Er liest *Le Monde* vom Vorvorabend, räumt ein paar Papiere auf. Sein erster Termin hat Verspätung. Anna Stein kommt immer zu spät. Zwei, zehn, manchmal fünfzehn Minuten, und stets aus gutem Grunde: der Babysitter, der nicht kam, die Pariser Staus, kein Parkplatz. Thomas hat ihr eine andere Uhrzeit vorgeschlagen, sie hat abgelehnt. Willst du gelten, mach dich selten? Thomas vertraut der Weisheit der Sprichwörter.

Anna Stein. Eine zwölfjährige Analyse, die auf ihr Ende zugeht. Die ersten Jahre hat Anna, wie viele andere, nur erzählt. Sie hat ihr Leben ausgebreitet, dann, als ihre Erinnerungen ausgeschöpft waren, nach jedem kleinsten Fetzen in ihrem Gedächtnis gegrapscht, sich wie eine versiegte Quelle gefühlt, im wörtlichen Sinne vertrocknet, hing ein Jahr lang, vielleicht auch etwas länger, in der Luft. Erst als sie sich geschlagen geben musste, erst als sie ihn voller Wut anbrüllte: «Aber was soll ich Ihnen denn sonst noch sagen?», konnte sie damit anfangen, zu reden ohne nachzudenken, konnte sie, mit Freud gesprochen, sagen, was «ihr gerade durch den Kopf ging», ohne dabei zu versuchen, eine Fiktion zu schaffen, eine narrative Logik herzustellen. Anna assoziiert seitdem, entdeckt Verknüpfungen, erschafft wieder Sinn. Sie kommt voran.

Vorgestern, in der letzten Minute der Sitzung, hatte sie noch fallen lassen: «Ich habe eine Bekanntschaft gemacht, eine Bekanntschaft mit jemandem. Ein Mann, ein Schriftsteller.» Thomas hatte sich damit begnügt, ganz ohne Eile ein paar Worte in dem großen Heft, das er für Anna Stein angelegt hatte, zu notieren: «Bekanntschaft mit jemandem» – der Pleonasmus gibt ihm zu denken –, dann: «Mann», «Schriftsteller». Links schreibt er gesondert auf, was er aus der Erzählung an Faktischem heraushört, rechts unterstreicht er, was ihm dem Spiel der Sprache geschuldet scheint und eher auf eine Art der Formalisierung zurückzuführen wäre. Anna hat hinzugefügt:

«Ein Blitz aus heiterem Himmel.» Thomas hatte sich über den elektrischen und befreienden Ausdruck amüsiert.

Dann hat er mit Bleistift eine gepunktete Linie gezeichnet, an deren Ende er den Buchstaben X geschrieben hat, den er mit dem A für Anna verband. Die Perspektive und die logische Anordnung verändernd, hat er die beiden Buchstaben X und A in einem ovalen Diagramm als Boole'sche Menge zusammengeführt. Er hat nicht darauf bestanden, dass sie weiterredet. Auf der Westminster-Uhr ist die halbe Stunde seit einigen Minuten überschritten. Er hat nur gesagt:

– Bis Donnerstag.

# ANNA

Anna Stein wird bald vierzig. Sie wirkt zehn Jahre jünger. In diesem gut situierten Milieu liegt die Norm eher bei fünf. Aber das unmittelbar bevorstehende Datum und die Hexerei der Zahlen lassen sie vor Angst erstarren, sie, die sich noch im Kometenschweif ihrer Jugend wähnt. Vierzig Jahre ... Denn sie stellt sich vor, dass es ein *Vorher* und ein *Nachher* gibt, wie in der Werbung für Haarwurzel-Lotionen; sie lebt bereits in der Trauer dessen, was einmal war, und in dem Schrecken vor dem, was erst noch kommen wird.

Eine Kindheitserinnerung: Anna ist sieben Jahre alt, hat eine Schwester, zwei Brüder, der jüngste fängt gerade erst an zu sprechen, sie ist die Älteste. Es ist nicht leicht, die Älteste zu sein, sie ist es, mit der man schimpft, denn die anderen sind noch zu klein dafür. Aber die bezaubernde Anna hat es verstanden, der Liebling ihrer Mutter zu bleiben. Sie hat ihre Geschwister im Halbkreis um sich herum aufgestellt. Das goldene Licht, das durchs Fenster fällt, ist das eines sich neigenden Tages, es ist wohl ein Sonntag auf dem Lande. Sie steht da, hat ein Buch in der Hand und liest vor. Sie würzt die Geschichte, die für ihren Geschmack zu simpel ist, mit Drachen und Feen, menschenfressenden Riesen und Prinzen, und alles wird immer verworrener, sie selbst verliert zuweilen den Faden. Die Kinder hören der fröhlichen und strahlenden großen Schwester fasziniert, gebannt, aber auch erschrocken zu. Mit großen Armbewegungen und mal springend mimt Anna die Handlung; sie achtet darauf, dass ihre Intonation die Aufmerksamkeit ihres jungen Publikums wachhält. Sie ist sich ganz sicher: Sie wird einmal Schauspielerin, oder Tänzerin, oder Sängerin.

Mit fünfzehn Jahren bindet Anna ihre schwarzen Haare zusammen, um ihren Nacken freizulegen. Triumphierend richtet sie sich in ihrem nagelneuen Frauenkörper ein: Sie trägt hautenge Kleider mit Leopardenmuster und hohe Absätze, herausfordernde Büstenhalter. Sie träumt von einem exponierten Schicksal, einer Karriere im Scheinwerferlicht, und die Namen der Städte New York, Buenos Aires, Schanghai machen sie schwindelig. Sie gründet eine Rockgruppe, deren Sängerin sie ist. Sie tauft ihre Band *«Anna and her three Lovers»*. Denn schließlich sind der Gitarrist, der Bassist und der Schlagzeuger ja auch verliebt in sie. Sie werden es alle vergeblich sein, einer ein bisschen weniger als die anderen, aber nur ein ganz klein bisschen weniger.

Im Alter von zwanzig Jahren trägt Anna mit Eleganz den weißen Kittel der Medizinstudentin. Die Größe hat sie eher knapp gewählt, die Bequemlichkeit der Eleganz geopfert, sie trägt ihn dekolletiert, und da man sonst nur die Schuhe sehen kann, verwendet sie viel Energie auf deren Auswahl. Oft sind sie neonfarben. Die Jahre vergehen, sie wird Frau Doktor Stein. Sie ist klug, sie hat Spaß an der Sache, und sie schafft alle Examina: Sicher ist sie zu stolz, um im Studium zu scheitern. Sie ist noch nicht stolz genug, um es zu wagen, absichtlich durchzufallen. Das abenteuerliche Leben, für das man sich über so viele Verbote hinwegsetzen muss, rückt in die Ferne, sie weiß inzwischen, dass sie, trotz ihrer langen Beine und ihrer schönen Brüste, niemals in einem Kabarett tanzen wird. Ihre Mutter ist Ärztin, Anna wird Psychiaterin, sie heiratet einen Chirurgen, auch er ist Jude, sie haben zwei Kinder, erst Karl, dann Léa. «Ein kleines, jüdisches Unternehmen», sagt sie manchmal und lacht dabei. Aber von ihren Zwanzigern, dieser Sehnsucht nach Boheme, bleibt ihr ein unerschrockenes Auftreten, ein Leuchten in ihrem Lächeln. Ihre diskrete Art zuzugeben, dass sie den Traum von der Bühne nie ganz aufgegeben hat.

Ja, Anna ist Frau Doktor Stein geworden. Aber glaubt sie wirklich daran?

Eines Tages, als sie im Krankenhaus anruft, um einen Kollegen zu sprechen, sagt sie mit fester Stimme:

– Guten Tag, könnte ich bitte Frau Doktor Stein sprechen?

Bestürzt legt sie sofort auf, betet, dass die Dame in der Telefonzentrale ihre Stimme nicht erkannt hat. Sie wartet mehr als eine Stunde, bevor sie es wagt, erneut anzurufen.

# THOMAS UND LOUISE

«Ein Blitz aus heiterem Himmel.» Thomas Le Gall hat zuerst gelächelt, als er diesen altbackenen Ausdruck aus Annas Mund vernahm. Er hat nicht gefragt, ob sie die Sekunden zwischen dem Aufleuchten des Blitzes und dem Grollen des Donners gezählt hat. Aber das Leben schlägt Kapriolen. Einige Stunden nach dieser Sitzung mit Anna wird auch Thomas unversehens vom Blitz getroffen. Und zwar beim «rituellen» Abendessen bei Samy Karamanlis, einem jungen Soziologen, der einmal pro Monat offenes Haus hat. Thomas kannte Samy nicht, aber ein Freund hatte ihn mitgenommen: «Du wirst dich nicht langweilen, du wirst Bekanntschaften machen, hübsche Frauen, reizende Leute.»

Samy bewohnt eine Dreizimmerwohnung in der Rue de Grenelle, dort, wo das 7. Arrondissement sich schon fürs Quartier Latin hält: hohe Räume, bürgerliche Einrichtung, die Fenster gehen auf einen gepflasterten Hof. Für einen Gehaltsempfänger des Nationalen Wissenschaftszentrums CNRS ist dies ein unerschwinglicher Luxus, aber der Vater dieses Forschers ist in Lausanne im Bankgeschäft tätig. Die Gäste, gut dreißig an der Zahl, scheinen sich hier regelmäßig einzufinden, aber die Unterhaltungen drehen sich selten um Privates. Thomas bewegt sich diskret von Gruppe zu Gruppe: Jemand anderer als er könnte sich jetzt damit amüsieren, hier eine Hysterikerin, dort einen Neurotiker oder einen Depressiven auszumachen. Thomas weiß, was das soziale Rollenspiel an Künstelei, an Schein und auch an Selbstkontrolle voraussetzt. Er verbietet sich das geringste Urteil.

Schnell bemerkt er eine junge Frau mit kurzen blonden Haaren, hellen Augen, die arg belagert wird. Sie lehnt in der großen Diele mit dem Rücken an der Wand, hält ein Glas mit einem orangefarbenen Cocktail in der Hand, dessen Oberfläche dank ihres Redeflusses vibriert. Thomas tritt näher heran, hört ihr zu. Er versteht, dass sie Anwältin ist. Sie spricht von der chinesischen, albanischen, rumänischen Mafia, der extremen Gewalttätigkeit, den offenen Drohungen, den Übersetzern, die sich nicht trauen, alles genau wiederzugeben, sie redet von der panischen Angst der Zeugen, dem Ziehen, das sie in der Magengrube verspürt, wenn sich die kalten Augen echter Mörder auf sie richten. Vor drei Wochen hat ein rumänischer Zuhälter eines seiner Mädchen gefesselt, mit Industrie-Klebeband geknebelt und in die Badewanne geworfen. Dann hat er sie mit der Rasierklinge langsam und tief aufgeschlitzt und fast in Stücke geschnitten. Ihr Blut ist «zwei oder drei Stunden lang» ausgelaufen, so die Schätzung des Gerichtsmediziners. Damit sie begreifen, wozu er fähig ist, hat der Zuhälter eins nach dem anderen alle Mädchen durchs Badezimmer defilieren lassen, hat sie gezwungen, die blutüberströmte Frau zu berühren, die noch nach Luft schnappte und deren Augen vor lauter Horror und Schmerz aus den Höhlen traten. Dann war sie endlich tot. Ein Kollege muss diesen Mann verteidigen, aber die Geschichte lässt sie nicht los. Während sie sie noch einmal erzählt, durchlebt die Anwältin den Albtraum aufs Neue, und ihre Worte schaffen es immer noch nicht, ihn zu vertreiben.

Mit einer hübschen Geste streicht sie eine herunterfallende Locke zurück, da bemerkt sie ihn plötzlich, sie lächelt ihm zu. Thomas weiß, dass sie ihn gefangen hat und dass er gerne gefangen werden will. Er spürt diesen unwiderstehlichen Magnetismus, dem er, einem Spieltrieb folgend, seine eigene Kraft entgegenstellt. In der Physik nennt man das auch Anziehungskraft. Zuerst bekommt er mit, dass diese Frau Louise heißt, Louise Blum, wie sie dann noch präzisiert. Ihre Gesichtszüge sind fein, ihre Schlankheit unterstreicht ihre sehnigen Formen. Was kann man sonst noch von ihr sagen, wie soll man wissen, was an ihr eine erotische Wirkung auf Thomas ausübte? Die kurz aufleuchtende Gewissheit, wie er sich später sagen wird, dass sie nur ihm ein Lächeln zugedacht hatte? Für sich selbst wiederholt er: Louise Blum. Er findet, dass sie eine ganz erstaunliche Ähnlichkeit mit ihrem Namen hat.

Der Zufall will, dass sie bei Tisch nebeneinandersitzen, aber wer glaubt schon an den Zufall? Sie spricht noch immer vom organisierten Verbrechen und von der Rolle der Verteidigung, weil man trotz allem verteidigen muss. Er bleibt eher still, weil er den Raum nicht mit seinen eigenen Worten füllen will und auch, weil er lieber sie reden hört ... Er liebt ihre Stimme, die Dringlichkeit, die sie in die Worte legt. Dann, als sie etwas über ihn erfahren möchte, glaubt er, ihr seinen Beruf zu nennen, spricht aber nur das Wort «Analytiker» aus. Sie fragt: «Analyst?» Als ob sie ihn im Verdacht habe, ein Fachmann für Wirtschaft oder ein Banker zu sein. Er fügt das «Psycho» hinzu. Sie setzt eine interessierte Miene auf, vielleicht ist sie's ja wirklich? Sie spielt die Besorgte:

– Ich mache oft ziemlich verrückte Dinge. Zum Beispiel rede ich mit mir selbst. Denken Sie, ich sollte eine Analyse machen?

– Jeder sollte eine Analyse machen, das sollte Pflicht sein, wie früher der Militärdienst.

Thomas scherzt nur halb. Sie nickt.

– Ich kenne einen Ort, wo jeder eine macht, eine echte Analysierten-Nation: East Village, in New York. Habe noch nie so viele Verrückte pro Quadratmeter gesehen.

Sie hat ein kehliges, etwas raues Lachen, ein Lachen, das ihm auf Anhieb gefällt.

Es folgt das übliche Gesellschaftsspiel: Sie suchen nach gemeinsamen Bekannten. Sie finden ohne Mühe welche: Er kennt vom Hörensagen eine ihrer Freundinnen, eine Psychiaterin, sie kennt einen Anwalt aus seinem Umfeld. Ohne zu zögern ruft sie aus:

– Das ist ein komplettes Arschloch!

Das ist ihr nicht nur so herausgerutscht, denn sie lacht:

– Der ist doch wohl kein enger Freund von Ihnen?

Thomas schüttelt verunsichert den Kopf, nickt dann aber. Denn es stimmt, er ist ein komplettes Arschloch. Und als sie weitergraben, finden sie Journalisten, ein paar Künstler ...

– Es ist zum Verzweifeln, lächelt Louise.

– Was?

– Unsere Welt ist so klein ... kein Mensch fällt je vom Himmel.

– Tut mir leid, seufzt Thomas.

Die Antwort ist nicht gerade originell, aber Thomas ist in der Tat betrübt. Wie gerne wäre er vom Himmel gefallen. Sie gehen rasch zum Du über, als wäre nichts natürlicher. Sie führt.

Geradezu nebenbei, zwischen zwei Sätzen, kommen ein Ehemann und Kinder zum Vorschein. Am Zwicken, das diese Worte verursachen, merkt Thomas, wie sehr ihn Louise anzieht. Aber aus der Art und Weise, wie sie ausgesprochen wurden, zieht Thomas keine Schlüsse, und ganz sicher nicht den, dass Louise ihn davon überzeugen will, sich davon überzeugen will, dass ihre Begegnung zu nichts weiter führen darf. Nein, während dieses ganzen Abendessens lässt er seine Erfahrung als Analytiker an der Garderobe hängen. Denn es stimmt auch, dass Frauen, die sagen, sie hätten einen Mann und zwei Kinder, manchmal nichts anderes sagen, als dass sie einen Mann und zwei Kinder haben. Sieh an, denkt er noch, Louise Blum könnte die blonde Zwillingsschwester von Anna Stein sein. Sie ähneln sich wirklich, und sogar ihr Leben ähnelt sich.

Die Zeit schreitet voran, der Abend wird bald zu Ende gehen, Louise verteilt ihre Mailadresse, ihre Telefonnummer. Sie hat keine Visitenkarten mehr, kritzelt ihre Angaben auf einen Zipfel der Tischdecke, den sie sorgfältig abreißt. Er faltet das rechteckige Stück Papier, das sie ihm hinhält, zusammen, steckt es in seine Jackentasche, prüft auf dem Heimweg zweimal nach, ob er es nicht verloren hat, und speichert die Adresse, kaum dass er zu Hause angekommen ist, auf seinem Computer und auf seinem Handy ab.

An diesem spätsommerlichen Vormittag nun schreibt Thomas, während er auf Anna Stein wartet, seine erste Mail an Louise Blum: reichlich spät – er hat sich gezwungen, einen ganzen Tag verstreichen zu lassen – und sehr vorsichtig im Hinblick auf sein wahres Verlangen: «Danke für diesen sehr angenehmen Abend, auch wenn ich wirklich nicht ganz auf der Höhe war. Ich hoffe, Dich bald wiederzusehen, bei Samy oder sonst wo. Herzlichst, Thomas (der Analytiker)» Nun, das ist nicht gerade originell, denkt Thomas resigniert. Aber wenn Louise trotz der Banalität dieser Nachricht antwortet, wäre das immerhin ein Beweis dafür, dass sie ihn nicht gänzlich uninteressant findet. Er streckt sich in seinem Sessel aus, reckt die Arme in die Höhe, gähnt lauthals, eine rituelle Geste, bei der

der Körper versucht, aufwühlende Gedanken abzuschütteln. Klick. Senden. Der Mac imitiert das Rauschen des Windes, und der Neun-Uhr-Termin läutet an der Türe. Anna Stein hat zehn Minuten Verspätung.

# ANNA UND YVES

Anna Stein ist vornehm gekleidet. Wie immer. Eine weite, weiße Hose, die am Hintern enger wird, damit seine Form besser zur Geltung kommt, eine nachtblaue, leicht transparente Bluse, ein Trenchcoat aus einem groben, schwarzen, schillernden Stoff. Sie wählt ihre Kleidung sorgfältig aus, ihre hochgewachsene Silhouette gestattet ihr, zu tragen, was bei anderen fatal wirken würde. Sie möchte schlank sein, für sie ist schlank gleichbedeutend mit diszipliniert. Zunehmen, da ist sie sich sicher, heißt sich gehenlassen.

Anna Stein lässt sich nieder, sie entschuldigt sich für die Verspätung: Ihre kleine Tochter Léa hatte Fieber, und *außerdem* gab es keinen Parkplatz. Sie macht es sich auf dem Diwan bequem und kommt sofort auf diese vor nunmehr zwei Tagen erwähnte Begegnung zurück. Sie greift die Worte wieder auf, die sie bereits benutzt hat: Er ist Schriftsteller, sie gibt seinen Namen preis, «Yves». Thomas radiert das X aus dem Schema des vorvorigen Tages aus, ersetzt es durch ein Y und zeichnet einen zweiten ovalen Ring um das A, der sie und ihren Mann Stanislas enthält. Schließlich zeichnet er ein drittes Oval, das ebenfalls Anna Stein enthält, aber diesmal fügt er seinen eigenen Namen, Thomas, hinzu. Anna Stein findet sich nunmehr an der Schnittstelle der drei Mengen und scheint zu keiner mehr zu gehören.

Yves ist «so alt wie Stan», ihr Mann, «oder nicht viel älter». In ihren Augen wirkt er «eher abgebrannt», und «außerdem wohnt er in Belleville». Schreiben war für Anna immer schon ein Phantasma, sie vermutet, dass es sich in Yves inkarnieren könnte. Seit einer Woche hat sie überhaupt keinen Appetit mehr. «Ich esse nichts mehr, ich habe schon mindestens zwei Kilo abgenommen.» Das erschreckt sie: «Ich verstehe nicht, was mit mir los ist.» Sie glaubt, dass sie Stan, kaum zu Hause angekommen, gleich am Abend ihrer ersten Begegnung alles gestanden hat. Sie hat ihm lediglich im beiläufigen Tonfall, mit dem man eine unangenehme Überraschung ankündigt, gesagt, dass sie bei einer Abendeinladung einen Mann getroffen hat, einen «Mann, der sie verwirrt hat», «zum ersten Mal seit langem». Stan wusste keine Antwort, hat beinahe sofort von etwas anderem gesprochen, von der Musikstunde, von Léas Fortschritten, vom Termin, den Annas Bruder wegen eines Augenproblems bei ihm gemacht hat. Anna Stein hätte sich gewünscht, dass ihr Mann reagiert, oder besser noch, dass er agiert, dass er instinktiv spürt, dass sie nur geredet hat, damit er sie zurückhält. Aber Stanislas hat die Tragweite dieser Worte nicht ermessen, oder er wollte sie nicht ermessen. Er ließ zu, dass sich die Tür für ihre Wunschvorstellungen einen Spaltbreit öffnete, und darüber ist sie zugleich wütend, enttäuscht und entzückt.

Yves hat ihr sein letztes Buch mit dem sonderbaren Titel *Das zweiblättrige Kleeblatt* geschenkt; er hat es mit einer möglichst harmlosen Widmung versehen. Das sehr kurze Werk ist die unerbittliche Erzählung von einem Debakel der Gefühle, es liefert die klinisch distanzierte Vivisektion des Trugbilds der Liebe – eine Geschichte, die so alt ist wie die Welt: Ein reifer Mann hat sich in eine junge Frau vernarrt, und nachdem er sie ein wenig, aber eben nicht genug, verführt hat, entschließt er sich, ihr nach Irland zu folgen – was den Titel erklärt –, wo er in dem großartigsten aller Fiaskos an ihrer Gleichgültigkeit zerbricht. Der ironische Stil der Erzählung hat sie zum Lachen gebracht, sie dachte: Dieser Mann kennt sich aus. Auch sein Stil, seine Leichtigkeit, wiegte sie in Sicherheit. Sie ist eine echte Leserin, kritisch und feinfühlig, sie hätte es abscheulich gefunden, wenn er sie enttäuscht hätte, wenn er wie ein Produzent von Dutzendware geschrieben hätte, aber wahrscheinlich war sie ohnehin nicht in dem Zustand, enttäuscht zu werden. Sie mag es, wie er über die Liebe zu sprechen weiß. Aber nicht diese Formulierung benutzt sie an jenem Morgen: Sie sagt «über Liebe sprechen». Thomas schreibt das auf.

Denn Thomas hört aufmerksam zu, achtet sogar auf Kleinigkeiten. Dies ist eine der morgendlichen Sitzungen, bei denen er fast gar nichts sagt, bei denen er Anna Stein nur einige Sätze wiederholen lässt, damit sie sich später klarmachen kann, dass es genau diese Sätze waren, die sie ausgesprochen hat. Er notiert sie, klassifiziert sie, ordnet sie. Sollte sie sie vergessen, wäre es an ihm, sie ihr wie ein guter Grundlinienspieler beim Tennis wieder zuzuspielen. Lange Jahre der Praxis haben ihn von der zentralen Bedeutung der Sprache überzeugt, aber er misstraut allzu wörtlichen Interpretationen.

Thomas interessiert sich für Yves: Ist er nicht selbst dieser reife Mann, der sich in eine junge Frau vernarrt? Vielleicht wird er eines seiner Bücher lesen, warum nicht gar jenes, das Anna Stein so überzeugt hat? Von guten Büchern lernt ein aufmerksamer Mensch stets mehr, und schneller, als vom Leben. Womöglich deswegen, weil es eine starke Analogie zwischen der Psychoanalyse und dem Schreiben gibt. Der Schriftsteller wie der Analytiker will gehört, will anerkannt werden und fürchtet, vom Denken und von der Sprache verschlungen zu werden. So nimmt Thomas Yves wahrscheinlich auch wie sein Doppel, sein Spiegelbild wahr. Und vielleicht ist selbst Anna Stein an diesem Wendepunkt der Analyse die Möglichkeit dieser Lesart bewusst. Thomas hat plötzlich die Befürchtung, seine eigene Geschichte könne sich unbemerkt zwischen Anna und ihn einschleichen. Bei dem Elan, der ihn Louise Blum zutreibt, bekommen die Worte von Anna Stein einen ungewöhnlichen Klang. Er muss darauf achten, seine Distanz zu wahren.

# THOMAS UND LOUISE

Die Sitzung ist zu Ende, als der Bildschirm des Mac diskret aufblinkt.

Name und Vorname werden in nachtblauer Farbe angezeigt: Louise Blum. Sie hat schon geantwortet. Thomas fühlt, wie seine Atmung sich beschleunigt, er ärgert sich darüber. Er begleitet Anna hinaus, verabschiedet sie mit kalkulierter, oder besser: mit gedehnter Langsamkeit. Er schaut zu, wie sie sich entfernt, findet ihren Po wirklich sehr hübsch geformt. Zwar ist der Psychoanalytiker für den Analysierten keine wirkliche Person, aber Thomas ist es immer schwergefallen, in Anna Stein lediglich eine Dame ohne Unterleib zu sehen.

Dann schließt er die Tür, kehrt zum Computer zurück. Seine gespielte Ruhe steht in umgekehrt proportionalem Verhältnis zu seiner Ungeduld. Der Posteingang ist geöffnet, er wartet noch einige Augenblicke, als ob das Hinauszögern der Lektüre den Inhalt der Post beeinflussen könnte. Er wirft sich diesen Überrest von magischem Denken vor, hat aber seit langem eingesehen, dass er sich nie vollständig davon wird befreien können. Schließlich klickt er. Die Mail ist herzlich, kein Zweifel, ohne jedoch ganz seine Erwartungen zu erfüllen. Louise spricht den «sehr sympathischen» Abend an, sie plane ein Essen, «sehr sehr bald», mit ihren gemeinsamen Freunden. Thomas fürchtet plötzlich, sich getäuscht zu haben, dass sie ihm womöglich ihren Ehemann vorstellen will, ihre Kinder, sieht sich schon in den Rang eines Freundes zurückversetzt, oder, schlimmer, eines Freundes der Familie. Er antwortet, höflich, vorsichtig, dass er sie mit Freuden wiedersehen wolle, vielleicht aber eher ein Mittagessen? Ein Mittagessen hält den Ehepartner stets in Entfernung. Er hofft, dass sie begreifen wird. Ihre Antwort kommt fast umgehend: «Ein Mittagessen, ja. Morgen bin ich frei. Sonst nicht vor nächster Woche», steht in der Nachricht. Thomas lächelt, er antwortet: «Wo morgen?» Wusch und weg. Kaum eine Minute später die Antwort: «Morgen, 13 Uhr, Café Zimmer, am Châtelet.»

Er wagt jetzt eine letzte Mail:

«Einverstanden, morgen. Weißt Du, gestern habe ich Truffauts *Baisers volés* noch mal gesehen. Die letzte Szene hatte ich schon ganz vergessen: Claude Jade und Jean-Pierre Léaud beim Frühstück nach einer Liebesnacht. Sie streichen Butter auf den Zwieback, trinken Kaffee. Er bittet um ein Heft, einen Bleistift, sie gibt ihm beides: Er schreibt ein Wort oder zwei, reißt die Seite heraus, faltet sie und reicht sie ihr. Sie liest, nimmt das Heft, schreibt ebenfalls etwas auf, reißt auch die Seite heraus, faltet sie und reicht sie ihm. Sie tauschen auf diese Weise fünf, sechs Seiten, mehr nicht, von denen der Zuschauer nichts erfährt. Plötzlich holt Léaud einen Flaschenöffner aus der Tischschublade, und durch die ovale Öffnung, mit der man normalerweise die Kronkorken von den Flaschen hebt, schiebt er den Finger der jungen Frau, ganz so, als ob er ihr einen Ring ansteckte. Das ist einer der schönsten Heiratsanträge des Kinos. Erinnerst Du Dich an diese Szene? Findest Du nicht, dass sie das Wunder der Mails vorwegnimmt?»

Er klickt. Der Windhauch. Der alte Angsthase, der in ihm schlummert, bedauert plötzlich diese Geste. Einige Minuten später bekommt er Louises Antwort:

«Was Truffaut betrifft, ja, ich erinnere mich an die Szene. Berührt mich nicht, bin verheiratet.»

Berührt mich nicht, bin verheiratet. Thomas liest den Satz erneut, irgendetwas daran macht ihn stutzig. Plötzlich springt ihm die Doppeldeutigkeit von «berührt mich nicht» in die Augen. Der Psychoanalytiker lacht lauthals auf.

# LOUISE

Jacques Chirac hat soeben die Nachfolge von François Mitterrand als Präsident der Republik angetreten, die UNO hat ihre Resolution 986, auch «Öl gegen Nahrungsmittel» genannt, verabschiedet, und die Rechtsanwältin Louise Blum ist vor kurzem fünfundzwanzig Jahre alt geworden. Die hochgewachsene junge Frau fürchtet nichts und niemanden, und ganz gewiss nicht die Aussicht, vor ihren Kollegen in dieser völlig absurd formulierten Causa «Warum ist die Concierge im Treppenhaus» plädieren zu müssen.

Hinter dem Namen «Conférence Berryer» verbirgt sich der Eloquenz-Wettbewerb der Pariser Anwaltskammer. Vor einer Art Operettenpräsident des Gerichtshofs, der stets ein Ehrengast ist – an diesem Abend ist es ein Schriftsteller –, und vor beinharten und unerbittlichen Schöffen müssen die jungen Anwälte eine humorvolle und virtuose Glanznummer abliefern. Die Übung ist ein Drahtseilakt, die Zuschauerplätze sind begehrt, und rar sind die Auserwählten. Louise gehört dazu: Vor einer halben Stunde hat sie per Los ihr Thema gezogen; schnell hat sie eine Gliederung konzipiert, logische Zusammenhänge geknüpft, einige Zitate notiert, die sie im Laufe der improvisierten Rede einfliegen lassen wird. Den zwölf Schöffen, die nur auf einen Schnitzer warten, muss man die Aufgabe erschweren: Louise will mit einer eher ernsten Bemerkung enden – das ist hier der Brauch – und dieses weiträumige Gebäude ansprechen, das wir das Leben nennen. Da der Gast die Schriftstellerei als

Beruf betreibt, zitiert sie Georges Perec, spielt auf das Gebäude in *Das Leben Gebrauchsanweisung* an, konstruiert eine elegante Parallele zwischen der Treppe, die die Stockwerke verbindet, und dem Gesetz, diesem gemeinsamen Haus, das alle Menschen teilen, schafft eine Verbindung zwischen den häuslichen und bürgerlichen Regeln, zwischen der Haushüterin und dem Gesetzeshüter.

Aber zuerst muss man die Zuhörer zum Lachen bringen. Darin ist sie geübt:

– Herr Präsident, sehr verehrte Damen und Herren Mitglieder der Jury, ich vermute, dass ein solches Thema von den Herren Schöffen stammt, die ja allgemein für ihren Treppenwitz bekannt sind. Flache Witze werde ich vermeiden: Mein Vater, meine Mutter und meine Schwester sitzen im Saal. Jawohl, Herr Präsident, wie die Concierges so treffend sagen, ich habe die Verbindung nicht gekappt. Auf keinen Fall werde ich Bernard Tapie aufs Tapet bringen, ich habe, mit den Concierges, andere Teppiche zu klopfen. Auch auf Schüttelreime werde ich verzichten, obwohl der Beruf der Concierge – mal ist's hier der Scheibenkleister, der sich löst, mal sind's da die Blusen des Böhmen, die unerlaubt am Fenster hängen, und bei allem Streit im Haus ist's stets eine böse Mitte, die man von ihr in ihrer Stellung erwartet – sich dafür geradezu anbietet.

Sie streicht die schlechten Wortspiele heraus, reiht eine verbale Pirouette an die nächste, das Publikum applaudiert, stampft mit den Füßen, pfeift. Louises Freunde stoßen sich mit dem Ellbogen in die Seite: Das fängt gut an, sie ist in Form.

Und richtig: Louise hält so gut drei Minuten durch. Um Luft zu holen, um Zeit zu gewinnen, greift sie auf einen Taschenspielertrick zurück. Sie wiederholt das Thema:

– Ja, meine Damen und Herren Mitglieder der Jury, warum ist die Concierge im Treppenhaus?

Da unterbricht sie sich plötzlich. Die sehr genau bemessene Zeit des Berryer steht still. Ihr Schweigen zieht sich in die Länge, ihre Freunde schauen sie besorgt an. Es bleiben ihr nur noch wenige Minuten.

Louise scheint abwesend zu sein. Ihre Wangen sind blass geworden, aus ihren blauen Augen ist jedes Leben verschwunden. Irgendetwas ist im Gange, die Stille wird immer tiefer, ein Unwohlsein macht sich breit, das hier ist kein Theater mehr.

– Ja, natürlich weiß ich, warum die Concierge im Treppenhaus ist.

Ihre Stimme ist verändert, ohne jede Effekthascherei. Louise schaut nicht mehr auf ihre Aufzeichnungen, der Schwung des Plädoyers hat der schieren Anspannung Platz gemacht. Louise atmet schneller, sie sieht den Saal nicht mehr:

– ... Wir sind im Jahre 1942. Die Concierge ist im Treppenhaus, und hinter ihr sind zwei Polizisten mit Schirmmütze, die die Treppe hinaufsteigen

da sie ja im Treppenhaus ist und auf dem Schild über der Türklinke an der Hausmeisterloge steht die Concierge ist im Treppenhaus

und sie sagen guten Tag Madame bitte sagen Sie uns auf welcher Etage wohnen die Blums? Blum, wie Léon Blum

sie antwortet die Concierge sie antwortet vierter Stock links die Blums wohnen im vierten Stock links

oh ja das ist es was die Concierge antwortet

natürlich

und es stimmt dass sie in der vierten Etage links leben die Blums man antwortete den Polizisten wenn man

eine Concierge ist leistet man keinen Widerstand

und ja die Polizisten läuten an der Türe der Blums Blum das weiß jeder ist deutsch

das heißt «Blume»

Blume wie in dem Lied von Marlene Dietrich *Sag mir wo die Blumen sind*

und übrigens sammeln die Polizisten die Blums wie Blumen ein

guten Tag Madame guten Tag Monsieur

französische Polizei

Sie müssen mitkommen

Ja es ist sehr früh aber nehmen Sie Ihre Sachen das ist besser man weiß ja nie das kann ein wenig länger dauern

und die Blums machen sich fertig

beeilen Sie sich bitte

und die Blums steigen mit den Kindern vier Etagen die Treppe herunter

die Kinder

Sarah sieben Jahre alt Georges zehn Jahre alt

Los Kinder wir verreisen keine Sorge und du Georges hilf doch deiner Mutter den Koffer zu tragen er ist zu schwer

und hopp schon sind wir im Autobus

der Autobus der Linie S wie in dem Buch *Stilübungen* hundertmal dieselbe Geschichte ganz richtig außer dass es hier der Autobus der Linie SS ist nicht wahr

und auf den Sitzbänken neben den Blums sitzen die Sterns die Cohens die Schneidergehilfen die Friseure aber warum die Friseure werden Sie mich fragen aber den Witz kennen Sie doch und es sitzen dort genauso sicher auch Anwälte hohe Beamte pardon ehemalige Anwälte ehemalige Beamte

Ja ja der Status der Blums ist das nicht der der seit 1940 in Kraft ist

die Richter setzen das Statut um sie wenden es an und glücklicherweise tun sie das

ein Verwaltungsbeamter ist eine Concierge im Treppenhaus es reicht zu fragen er nennt Ihnen die Etage Gesetz ist Gesetz

der nächste Fall bitte was haben wir da schau'n wir mal ah der Fall Fofana schon wieder einer ohne Papiere wenigstens hat er einen Anwalt tut mir leid Monsieur Fofana wissen Sie was Jules Renard einmal sagte das Recht ist zwar kostenlos aber nicht obligatorisch ha ha ha

Und schließlich *dura lex sed lex*

kurz und gut die Flure im Justizpalast ja schau'n Sie sie an unsere schönen Flure damals

waren sie *judenfrei* ja *judenfrei* frei von Juden frei von Blum

und allen alle hatten doch auf den Maréchal den Eid geleistet

ach nein stimmt außer dem Richter Didier den vergesse ich immer den armen Richter Didier eine Legende der ist keine Concierge der Richter Didier er sagt Nein nein tut mir leid ich werde keinen Eid leisten das geht über meine Kräfte

er ist der Einzige

aber gut meine Damen und Herren er hat sich tatsächlich geopfert das war symbolisch es gab anscheinend viele viele andere die Widerstand leisteten

doch doch

wollen wir das mal annehmen

Jedenfalls haben auch die besten Dinge irgendwann

ein Ende

und eines schönen Tages ist das alles vorbei

die Guten siegen und die Bösen verlieren und dann ist es so weit der Krieg ist zu Ende und alles ist wie vorher wirklich alles

schauen Sie

die Anwälte plädieren wieder im Justizpalast und auch die Richter richten wieder im Justizpalast und sogar Pétain höchstpersönlich den alten Maréchal richtet man

stimmt er ist alt aber man muss ihn dennoch richten um ein Zeichen zu setzen und wen findet man um ihn zu richten? wen findet man? nichts als hohe Beamte die ihm fünf Jahre zuvor den Eid geleistet haben ah das sieht nicht schön aus das ist hässlich aber nochmals *dura lex*

und Pétain wird zum Tode verurteilt und dann wird Pétain begnadigt

und die zwei Polizisten werden Sie mir sagen ach ja die zwei Polizisten die sitzen immer noch im Kommissariat der eine der kleinere ist sogar befördert worden guten Tag Herr Brigadier grüßen wir nicht mehr?

und der Autobus der Autobus der Linie S der Autobus der Linie SS der ist zum Depot zurückgekehrt man repariert ihn ein bisschen denn er qualmt Ha! Qualm Ha! na klar

Und die Concierge die Concierge ist immer noch im Treppenhaus ja

ja aber im vierten Stock links da wohnen jetzt die Lamberts na ja die Wohnung war ja leer nicht wahr

Man muss das verstehen die Lamberts wohnen jetzt seit 1943 im vierten Stock

Wasser und Gas auf allen Etagen

Ja man weiß wo sie alle sind

die Busse die Concierge die Polizisten aber sagen Sie mir
wo sind die Blums
wo sind sie

*Sag mir wo die Blumen sind?*
*Sag mir wo die Blumen sind?*

Louise schrie fast und ihre Stimme kippt, sie schweigt, sie bleibt stehen. Die Stille ist total, und das Knarren der Stühle macht sie noch greifbarer.

Louise könnte vom Podium heruntersteigen. Aber das ist noch nicht das Ende. Sie geht so nah wie möglich ans Mikrophon heran, und dieses Lied von Marlene Dietrich, das ihre Mutter ihr auf Deutsch vorsang, als sie noch ein Kind war, um sie in den Schlaf zu wiegen, das singt sie nun, ganz leise und ohne Akzent:

*Sag mir, wo die Blumen sind*
*Wo sind sie geblieben?*
*Sag mir, wo die Blumen sind*
*Was ist gescheh'n?*

Zunächst ist ihre Stimme fast nur ein Gemurmel. Aber mit jedem Vers wird sie lauter, erhebt sich, füllt die kompakte Luft, schallt von den Deckengewölben herunter. Louise singt, ihr Timbre zittert kaum merklich, nur ganz leicht.

*Sag mir, wo die Blumen sind*
*Mädchen pflückten sie geschwind*
*Wann wird man je versteh'n?*
*Wann wird man je versteh'n?*

Louise holt Luft, ihr Atem hallt durchs Mikrophon wider, die Zeit steht einen Moment still, ein paar Sekunden nur. Instinktiv geht sie für den folgenden Vers eine Terz höher, so wie es ihre Mutter auch tat, so wie es Marlene tat:

*Sag mir, wo die Mädchen sind*
*Wo sind sie geblieben?*
*Sag mir, wo die Mädchen sind*
*Was ist gescheh'n?*

Zuerst hat sich niemand getraut, sich ihr anzuschließen. Aber eine Stimme erhebt sich, leise, eine Männerstimme, die nur die Melodie summt, dann eine andere, noch eine, es werden immer mehr. Es ist ein Summen, ein Raunen, das sie begleitet.

*Sag mir, wo die Mädchen sind*
*Männer nahmen sie geschwind*
*Wann wird man je versteh'n?*
*Wann wird man je versteh'n?*

*Sag mir, wo die Männer sind*
*Wo sind sie geblieben?*
*Sag mir, wo die Männer sind*
*Was ist gescheh'n?*
*Sag mir, wo die Männer sind*
*Zogen fort, der Krieg beginnt*
*Wann wird man je versteh'n?*
*Wann wird man je versteh'n?*

Louise verstummt und mit ihr alle anderen Stimmen. Die Stille kehrt zurück, sie ist zum Greifen dicht. Im Saal drückt eine Frau ein Taschentuch an ihre Augenlider, aber zu spät, eine Träne läuft über ihre Wange. Es ist nicht Louises Mutter. Louise steigt vom Podium herab, ohne Hast, ohne die vernichtenden Fragen der Schöffen abzuwarten, wie es der Usus will. Es hätte auch keine gegeben, derart sind sie überwältigt, verblüfft, und der Präsident – der als Ehrengast geladene Schriftsteller – schaut verwirrt auf diese zarte blonde Frau, die, trockenen Auges, schon wieder lächelnd, aus ihrem Traum auftaucht und auf ihre Freunde zugeht.

Ein junger Mann steht unter lautem Stuhlgepolter auf, oder vielmehr, er klappt sich auf, so groß ist er, und beginnt zu applaudieren, als Erster, bevor die anderen sich anschließen. Einige rufen «Bravo», er ruft «Danke, danke». Der junge Mann heißt Romain, Romain Vidal. Er kennt Louise noch nicht, zum ersten Mal wird er ihr erst sehr viel später rein zufällig begegnen. Er war in den Justizpalast gekommen, um einem Wortgefecht der Rechtsanwälte beizuwohnen, um sich zu amüsieren. Er weiß es noch nicht, aber er applaudiert seiner Frau.

Was Louise betrifft, so ist an ihr nur der Name jüdisch. Ihr Großvater väterlicherseits, Robert Blum, von der Kultur her zwar Jude, aber nicht sehr religiös, hat eine hübsche Bretonin geheiratet, Françoise Le Guérec. Louises charmante, aber bigotte Großmutter hat ihre beiden Söhne im christlichen Glauben erzogen: umsonst, denn Augustin Blum, der daran zweifelte, ob man tatsächlich übers Wasser gehen und Brot vermehren könne, hatte Louise und ihrer Schwester eine durch und durch laizistische Erziehung angedeihen lassen. Aber dieser Großvater, dessen Namen sie trägt, dieser Jude mit Berliner

Vorfahren, der der Razzia des Vel d'Hiv entgangen war und der gestorben ist, als sie gerade mal acht Jahre alt war, hat Louise lange Zeit fasziniert. Der Auftritt beim Berryer wird der letzte sichtbare Ausschlag ihrer Identitätskrise gewesen sein.

# YVES

Mit drei Jahren konnte der kleine Yves lesen. Das Kind schaute seinem Großvater über die Schulter und fragte ihn, was das Wort «Kennedy» bedeute. Der Artikel sprach von der gerade stattfindenden Revolution in Kuba. Der Großvater eilte sofort zum Telefon und rief seine Tochter an:

– Du wirst es nicht glauben! Yves, dein Sohn! Er kann lesen!

Bei jedem wichtigen Familienessen muss Yves von nun an mit gesenkten Augen und vor Scham geröteten Wangen die Erzählung dieser «Kennedy-Geschichte» ertragen, glorifiziert von der triumphierenden Eitelkeit seiner Mutter.

Schreiben lernen dauerte länger. Er machte wenig Fehler, aber seine Schrift war krakelig, seine Buchstaben unregelmäßig. Seit dem zwölften Lebensjahr hat er stets ein Schreibheft in der Tasche. Darin notiert er einen zufällig gehörten Satz, ein paar Gedichtzeilen, ein neues Wort, das ihn neugierig macht. Diese Lust, alles aufzuschreiben, wird ihn nicht mehr verlassen. Wenig später legt er Hefte an, schreibt Gedichte und Kurzgeschichten hinein. Erst mit zweiunddreißig Jahren, am Tag nach der Geburt seiner Tochter Julie, wirft er die Kartons weg, die die ersten Jahre seines Schreibens enthielten. Nie hat er diese Geste bereut.

Yves Janvier durchquert Paris, ein neues Heft in der Tasche. Das neue Heft ist leicht und fest, der Umschlag aus schwarzem Leder. Dieses Modell reicht gewöhnlich für zwei Monate. Während er die Île de la Cité und den Blumenmarkt überquert, schreibt er einige enge Zeilen hinein, in einer unordentlichen und schrägen Schrift, die er nur schwer entziffern kann, als er das Geschriebene auf den Computer übertragen will.

«Im Wald von Fontainebleau bleibt ein Passant neben einem Maler stehen. Der Maler ist Jean-Baptiste Corot. Ein Datum finden: 1855, 1860? Der Passant betrachtet das Bild, erkennt darauf die Tannenbäume, die Birken, findet aber in der Landschaft nicht den Teich wieder, dessen Wasser in der Mitte des Bildes glitzert. Er fragt Corot, wo sich dieser Teich befindet. Ohne sich umzudrehen antwortet Corot: ‹Er ist hinter mir.› Parabel. Aber wofür? Dies vielleicht erzählen, ohne irgendeine Verbindung zu stiften.»

Sein Heft enthält sehr viel unverständlichere Notizen.

«Die Monde des Jupiter. Zwölf. Für einige mit bloßem Auge sichtbar.» Oder: «Auf dem Bergkamm stehen. Vom Tal aufsteigen, um auf dem Bergkamm zu stehen. Sich nicht für den Berg als solchen interessieren.»

Einige Seiten weiter vorn hat Yves außerdem notiert:

«Was mag ich so sehr am Regen?»

«Warum habe ich es immer gehasst, fotografiert zu werden?»

«Warum kann man die Verben ‹traire› und ‹extraire› nicht im Passé Simple benutzen?»

«Die linke Gehirnhälfte ist verantwortlich für die Sprache (Paul Broca).»

«Das abchasische Domino, das einzige Dominospiel, bei dem man einen bereits gelegten Stein wieder aufnehmen kann, wenn man sonst keinen legen kann.»

Das alles wird vielleicht einmal von Nutzen sein.

Man sollte ein Inventar all dessen aufstellen, was irgendwann einmal Yves' Interesse geweckt hat: Wie so viele Kinder war er zuerst von den Dinosauriern fasziniert. Seine Eltern besorgten ihm Bilderbücher, Bücher «für sein Alter», aber schon bald verlangte er nach gelehrteren Werken. Mit neun Jahren stieß er sich an der Modellzeichnung, die in einer Zeitung in anachronistischer Weise einen über einer Herde von Plateosauriern fliegenden Pterodactylus darstellte. Hätte man ihn mitten in der Epoche des Jura ausgesetzt, so hätte er mit Leichtigkeit den sehr friedlichen Barosaurus von dem nicht weniger sanftmütigen Camarasaurus zu unterscheiden gewusst. Seine Familie glaubte an eine dauerhafte Begeisterung, vielleicht gar an eine Berufung, aber nach einem Besuch im botanischen Garten wendete Yves seine Aufmerksamkeit den fleischfressenden Pflanzen zu. Yves bekam sofort ein kleines Gewächshaus, wo er, zwei Monate lang, eine Reihe von Venusfliegenfallen mit Fliegen und Grillen fütterte. Dann kam die Zeit der Hieroglyphen, der Kartuschen und der Kalamoi.

Yves' stets wache Neugier bleibt unbefriedigt. Über die Jahre hinweg lernte er viel über die Fauna der tiefsten Meeresgräben, die Völkerwanderungen in der Frühgeschichte, die Genese des Satzes bei Flaubert, die barocke Harmonielehre, die ersten Jahrhunderte der katholischen Kirche, die Dichtung der «Grands Rhétoriqueurs», die einander ablösenden Farbenlehren, die Gravitationskraft im Umkreis der Schwarzen Löcher, die Geschichte des Bebop und des Afterhour-Jazz, die Logik der symbiotischen Beziehungen, die Forschungen zu einer einheitlichen Theorie des Weltalls und sogar die Lösung von Differenzialgleichungen. Jedes Forschungsgebiet bindet ihn einige Wochen, manchmal einige Monate. Er kauft sich so lange die jeweiligen Standardwerke, bis er sich darüber ärgert, in dem einen Buch etwas über ein Konzept lesen zu müssen, das in einem anderen bereits erklärt worden ist. Dann macht er sich daran, die einzelnen Details besser zu verstehen. Sobald er über ein Thema sehr viel weiß, lässt er davon ab, und eine neue Leidenschaft ergreift Besitz von ihm. Er vergisst enorm viel, das weiß er. Daher notiert er das, was er verwenden will – wie etwa die von Broca beschriebenen Areale im Hirn, in denen die Sprechfähigkeit lokalisiert ist –, um es nicht zu vergessen, oder besser: um es vergessen zu können. Was ihm im Gedächtnis bleibt, hat zumeist anekdotischen Charakter. Aber was ist für so manchen das Wissen schon anderes als die organisierte Anhäufung von Anekdoten?

Gelegentlich, wenn ein Unbekannter – ein Taxifahrer, ein Friseur in der Provinz, ein Zugnachbar – ihm indiskrete Fragen nach seinem Leben stellt, erfindet Yves sich im straffreien Raum der Anonymität einen neuen Beruf, fabriziert er sich ein neues Leben. Er fabuliert aus Höflichkeit, fast schon aus Zurückhaltung. Für ihn ist das eine Gelegenheit, seine Fähigkeiten aufzurufen, sie für die Zwecke einer höflichen Unterhaltung zu strukturieren. Er gibt sich sogar die Mühe, bei seinem Gesprächspartner Interesse zu wecken, verleiht seiner Stimme einen leidenschaftlichen Tonfall, der nicht gespielt ist. Für die Dauer einer Taxifahrt von der Place d'Italie bis zur Rue Montmartre ist er eine der europäischen Koryphäen auf dem Gebiet der Kryptobiose der Tardigraden.

– Auf dem Gebiet der was der was?, sagt der Taxifahrer.

– Der Kryptobiose der *Tardigradae*. Die Tardigraden sind ganz kleine Tierchen, nicht größer als ein Stecknadelkopf. Sie können das ganze in ihrem Körper vorhandene Wasser absondern, um die extremen Temperaturen in der Antarktis auszuhalten. Das nennt man Kryptobiose. In diesem Zustand können sie

Jahre, manchmal Jahrhunderte überleben. Ich erforsche sie seit nunmehr zweiundzwanzig Jahren.

– Und dafür werden Sie von unseren Steuergroschen bezahlt?, fragt der Taxifahrer beunruhigt.

– Ah? Ich sehe schon …

Yves' Stimme wird kühler, so wie es sich für einen gekränkten Wissenschaftler gehört.

– Nun ja … wenn Sie eines Tages Krebs bekommen, Monsieur, was ich Ihnen nicht wünsche, aber nur mal angenommen, und ich herausfinde, wie man Sie so lange im Eis konservieren kann, bis man weiß, wie man Sie heilen kann von diesem Scheißkrebs, dann werden Sie es nicht bedauern, all die Jahre mein kleines Gehalt dafür bezahlt zu haben, dass ich die Tardigraden beobachte.

– Na ja, das ist wohl wahr, sieht der steuerzahlende, aber beruhigte Taxifahrer ein. Also, wie war das noch mal, mit den, wie hießen die doch gleich … Tradigraden?

– Tardi. Tardigraden. Und die Kryptobiose.

– «Kryptobiose», wiederholt der Taxifahrer brav und nickt.

– Biose. Wie Bio, Biologie.

Sieg durch Rückzug des Gegners.

Manchmal erfordert das Spiel einen Sinn fürs Gleichgewicht. Bei einem Friseur in Rennes gibt Yves sich eines Tages als Konservator aus und präzisiert:

– Im Raumfahrtmuseum.

– Nein! Im Raumfahrtmuseum? Ist ja nicht möglich!, ruft der Kunde im Nachbarsessel begeistert. Das ist ja phantastisch!

Pech, der gute Mann ist Hobbyastronom, ist «seit dem zwölften Lebensjahr» Abonnent von *Raum und Kosmos* und hat – so gibt er genüsslich preis – seine ganze Kindheit lang

Raumschiffmodelle gebaut, Raumkapseln oder Abschussrampen: «Mein Lieblingsmodelle waren die Sojus U, das war noch solide Wertarbeit.» Das am besten gelungene Modell bewahrt er in seinem Wohnzimmer auf. Der Maßstab ist zwar 1:24, aber es ist trotzdem zwei Meter zehn lang; mittels einer Kerze hat er die Brandspuren der austretenden Gase auf den Düsen nachgebildet.

– Meiner Frau gehe ich damit auf den Wecker, aber die Gören sind begeistert.

Yves lässt ihn reden. Diese Taktik, das weiß Yves aus Erfahrung, geht immer auf: Der Amateur, der auf einen Spezialisten trifft, will vor allem seine Kenntnisse zeigen, anerkannt werden, als guter Schüler dastehen. Yves weiß instinktiv, dass der Mann viel mehr Ahnung von der Sache hat als er. Aus Vorsicht bringt Yves die Unterhaltung also auf ein Thema, das er beherrscht, und gaukelt eine bevorstehende Ausstellung vor: das Leben des Wernher von Braun, dieses Naziwissenschaftlers, der die NASA bei ihrer Eroberung des Weltraums dirigierte. Er kommt auf das Unternehmen «Paperclip» zu sprechen, bei dem die CIA für die Bedürfnisse des Kalten Krieges Kriegsverbrecher außer Landes schmuggelte, er spricht vom KZ Mittelbau-Dora, dessen eifriger Sturmbannführer von Braun war. Yves gerät niemals ins Stocken. Ohne zu zögern erfindet er die Namen der Mitarbeiter dieses «Drecksacks von Braun»: Gustav Jung, Friedrich Hofmannsthal. Wenn auch die Familiennamen falsch und aus völlig anderen Welten übernommen sind, so sind doch alle Anekdoten, die Yves erzählt, wahr: Das ist die Eleganz des Lügners. Locker hält er so zehn Minuten durch. Yves freut sich, dass er kurze, glatte Haare hat, der Friseur ist schon fertig mit dem Schnitt.

– Ich könnte Sie ja vielleicht mal im Museum besuchen?, fragt der Abonnent von *Raum und Kosmos.*

Yves ist verlegen, verwirrt, wie jedes Mal, wenn er den Roman verlassen und wirklich betrügen muss. Einen so charmanten Menschen zu hintergehen, das verdirbt das Vergnügen, das er gerade noch daran fand, sich eine neue Existenz auszudenken. Er findet eine Ausrede.

Yves ist nicht mythoman. Er bedauert lediglich, dass in seiner Jugend keine seiner Passionen all die anderen verdrängen konnte, um ihn ganz zu erfüllen. Er ist weder Biologe noch Theologe, weder Astronom noch Historiker geworden. Yves ist Schriftsteller. Und wenn er schamlos drauflosfabuliert, dann auch, weil jedes Mal, wenn er einem Unbekannten gegenüber seinen Beruf nennt, die neugierige Frage «Und was haben Sie geschrieben?» kommt, unvermeidlich gefolgt von dem ewigen «Tut mir leid, das habe ich nicht gelesen».

Schriftsteller. Lange hat er gezögert, sich so zu definieren, aber er lebt in den Worten und schließlich auch von ihnen, nicht so bequem, wie er es gerne hätte, aber viel besser, als er vermutet hätte. Seine Verleger versichern ihm: «Du hast Leser, aber du hast noch nicht dein wahres Publikum gefunden.» Yves zweifelt, ob er von der Art ist, ein wahres Publikum zu haben.

Yves ist Schriftsteller, weil er sich für Ausdrücke wie «unendliche Zärtlichkeit», «mit Blicken töten» oder «hoffnungslos verliebt» schämen würde. Hin und wieder unterläuft ihm ein «bleierner Schlaf», «durchs Leben schreiten» oder «eilig hingekritzelt». Er ist untröstlich, wenn ihm ein solches Klischee erst nach der Veröffentlichung auffällt. Oft setzt er auch unnötige Kommas, die er anschließend umso unbarmherziger wieder ausmerzt. Er hat zu viel gelesen, um nicht zu wissen, dass gut schreiben schlecht schreiben heißt, wie mal jemand gesagt hat. Gerne hätte er, dass jeder Satz ihm entgleite, ihn überrasche, dass diese Überraschung niemals einen faden Geschmack annehme. Er liest seine Texte immer wieder, gerät außer sich, wenn er dabei seine Schreibticks entdeckt. Also streicht er die verführerische Tonlage wieder aus, die elegante Redewendung, spürt literarischen Pleonasmen nach, zerstört den trägen Rhythmus, dem er unbewusst folgt. Manchmal bleibt außer einem simplen Skelett nichts vom ersten Entwurf übrig. Um den Kern des Lebens zu erfassen, entfernte Giacometti endlos den Lehm vom Eisendrahtgeflecht. Die Sprache, die Yves walzt und knetet, ist sein Feind, sie erscheint ihm zu exotisch und zu intim. Seine Worte versuchen, die Wirklichkeit zu bemalen, so wie die Steinplatten im Hof die gestampfte Erde bedecken: Aber hier und da schafft ein widerspenstiges Gras den Durchbruch. Er könnte endlos ausstreichen, neu anfangen. Er sucht das Wunder, die absolute Grazie, und spürt sie doch nur bei den anderen. Er weiß nicht, ob die Unzufriedenheit der Beweis für Künstlertum ist.

Sein kurzes Zusammentreffen mit Anna Stein wollte er noch am selben Abend aufschreiben. Es war doch ganz einfach: Eine junge Frau auf einer Abendeinladung, bei der er nur kurz vorbeischauen wollte, spricht vom Inzestverbot, der Französischen Revolution, von Freud und vom Gesetz. Er tritt näher heran, hört ihr zu. Sie gefällt ihm sofort. Einige gehen zu Tisch, sie auch. Er folgt ihnen, er folgt ihr. Sie spricht noch immer, von der Kindheit, von der Krankheit, vom Tod, sie verwirrt ihn immer mehr. Es ist alles ganz klar. Wie soll man das Entstehen der Liebe erzählen? Die ewige Frage. «Ewige Frage» ist natürlich ein Klischee.

Aber er hat nicht aufgegeben. Zuerst, und sehr lange noch, stieß er sich an jedem Wort, jedem Satz. Als die Seite sich endlich mit Zeichen bedeckt hatte, formte sich unter seinen Fingern ein Gedicht mit einem festen, musikalischen Rhythmus, in dem er sich an sie wandte, in dem er sie duzte. Darüber wunderte er sich nicht. Es war die Evidenz der Form, die ihn weitertrug.

## THOMAS UND YVES

Thomas Le Gall ist neugierig auf Louise, er ist neugierig, und er hat's eilig.

Sobald die Praxistür geschlossen ist, ruft er den Freund an, der ihn zum Abendessen bei Samy mitgenommen hatte, er dankt ihm einmal mehr. Gleichgültigkeit vortäuschend, versucht er, mehr über Louise zu erfahren. Anscheinend war er nicht diskret genug. Er erntet ein ironisches Lachen.

– Du interessierst dich für die Frau von Romain Vidal?

Thomas verneint nicht, wechselt aber das Thema. Der Name Romain Vidal sagt ihm etwas. Nach einigen Klicks weiß er fast alles über den Ehemann von Louise Blum: Doktor der Biologie, Doktor der Linguistik, ein reputierter Forscher, ein guter Autor von populärwissenschaftlichen Werken, mehr als zweihunderttausend Einträge im Internet. Thomas tippt seinen eigenen Namen ein. Zehnmal weniger, nichts, worauf man sich etwas einbilden könnte. Ganz abgesehen davon, dass es auch einen Thomas Le Gall, Apotheker in Saint Malo, und Thomas Le Gall, Grundschuldirektor in Quebec gibt ... Yves Janvier, wie viele Einträge? Fünfunddreißigtausend. Thomas macht den Computer aus, verlässt die Praxis.

In der Buchhandlung an der Place de la Contrescarpe liegt ein ganzer Stapel von Yves Janviers Buch *Das zweiblättrige Kleeblatt* aus. Er befragt den Buchhändler. Dessen gänzlich unbeteiligter Tonfall – «Nicht schlecht» – beweist, dass er absolut keine Ahnung von dem Buch hat. Thomas kauft es, weil die Sonne scheint, weil es noch warm ist, setzt sich auf eine Terrasse am Ende der Rue Mouffetard, mit Blick auf den Springbrunnen, bestellt einen Kaffee.

Auf der Rückseite des Umschlags lächelt Janvier dem Fotografen nicht zu. Das Gesicht ist ein bisschen rundlich, aber lange vertikale Falten auf den Wangen und der Stirn brechen den Eindruck von Weichheit. Über der Stirn ist das helle Haar dünner. Der Mann hat eine Visage, in der sich Rauheit und Sanftmut mischen. Nie wäre Thomas auf die Idee gekommen, dass er Annas Typ sein könnte.

*Das Zweiblättrige Kleeblatt* ist alles andere als ein russischer Roman. Kaum hundert Seiten: eher eine Novelle, lebendig erzählt, in zwölf kurze Kapitel eingeteilt. In weniger als einer Stunde hat er sie gelesen. Anna Stein hatte den Inhalt gut zusammengefasst: Bei nur zeitweilig unterbrochenem keltischem Regen sieht sich ein Mann der Kälte einer jungen Geliebten und der gleichgültigen Feindseligkeit eines geliehenen Toyotas ausgesetzt. Abgeschmackte Grausamkeit, gefällige Sparsamkeit der Mittel, einige wenige sprachliche Einfälle. Ist es das Licht, der sich in die Länge dehnende Sommer, das Bitter-Süße des Kaffees? Dieses Buch hat ihn auf befreundetes Gebiet versetzt. Wenn Louise die Cousine von Anna ist, dann, so ahnt Thomas, ist Yves nicht weit davon entfernt, sein eigener Bruder zu sein. Sicher, zwischen ihnen steht Anna. Yves besser kennenzulernen, scheint ihm keine unerlaubte Einmischung zu sein. Lacan hat nie gezögert, mit den Ehepartnern, ja sogar den Müttern seiner Patienten Kontakt aufzunehmen. Das war schon heftiger. Aber dieses Beispiel taugt nicht als Argument.

Thomas nimmt seine Brille ab. Seit einigen Jahren ist sie seine treue Begleiterin. Wenn die Philosophie darauf abzielt, den Tod zu domestizieren, leistet die Altersweitsichtigkeit ihr dabei tägliche Unterstützung. Er betrachtet das feine Gestell aus Schildpatt, den Lichtreflex der Gläser, ohne zu bemerken, dass er dabei eine Grimasse zieht.

Thomas steht auf, und sein Blick verliert sich einen Augenblick im sprudelnden Wasser des Brunnens. Das Handy klingelt, ein Vorname erscheint, eine alte Freundin, mit der er gewisse Abende gerne in zärtlicher Gesellschaft verbringt. Eine «farbenfrohe Freundschaft», so haben sie ihre intime Beziehung getauft. Das klingt besser als eine farblose Liebe. Thomas hebt ab.

# YVES UND ARIANE

Yves Janvier ist noch schlank, in seinen Gesten lebt der große sportliche Jugendliche weiter, der er einmal war. Er rennt, um den Quai des Grands Augustins zu überqueren, und mit seinen fünfzig Jahren könnte er noch als junger Mann durchgehen, aber er gerät in Wut, da ihm die Luft ausgeht. Seit langem schon sind seine Schläfen ergraut, aber ein seit der Kindheit widerspenstiger Wirbel in seinen kurz geschnittenen Haaren verleiht ihm eine gewisse Ähnlichkeit mit Monsieur Hulot.

Yves durchquert Paris, um sich von Ariane zu trennen. Es ist ihm klar, dass er sie schon vor einiger Zeit verlassen hat, aber sie weiß es noch nicht, da sich nach außen hin nichts zwischen ihnen geändert hat. Sie essen gemeinsam zu Mittag, zu Abend, schlafen zusammen, lieben sich nicht seltener, da sie es inzwischen nur noch kurz machen, und sie halten sich noch immer bei der Hand, mit einer Zärtlichkeit, die nicht gespielt ist.

Janvier hat Ariane vor drei Jahren auf einer Buchmesse in Nantes kennengelernt, wo er wenig zu signieren hatte und sich schrecklich langweilte, ohne sich indes leichtfertig der Trunkenheit und dem Schaumwein zu ergeben. Eine hübsche und junge Brünette mit dunklem Teint hatte ihm einen zehn Jahre alten Roman hingehalten, dazu die Aufforderung: «Für Ariane». Umgehend schrieb er, ein wenig provokant, auf die Seite 3: «Für Aria(d)ne, die weiß, dass das Leben an einem seidenen Faden hängen kann.» Das war ausgesprochen blöde, irgendwie sogar im Stil eines alten Schürzenjägers, aber sie hatte ihm ein freundliches Lächeln geschenkt und war verschwunden. In dem Zug, der ihn wieder nach Paris zurückbrachte, stand sie im Bordbistro und trank einen Kaffee. Als sie ihn erblickte, lächelte sie ihm zu, machte mit der Hand die Geste des Telefonierens, murmelte «Hallo?» und tat so, als würde sie in den Hörer sprechen. Er entschuldigte sich für sein Wortspiel mit dem Faden, dem «coup de fil», der auch ein Telefonanruf sein kann, und schob alles auf die vielen Gläser Schaumwein. Sie hatten dann am selben Abend noch zusammen gegessen, und sie hatte beschlossen, die Nacht bei ihm zu verbringen. Sie waren beide disponibel.

Das Grau seiner Augen hatte ihr gefallen, und auch seine Miene, die stets den falschen Eindruck erweckte, dass er sich langweilte, sein ausweichendes Lächeln in Gesellschaft, das er nur mit ihr zu teilen schien. Sie war strahlend, voller Anmut, und diese Verbindung von Fragilität und Selbstsicherheit, die die Jugend ausmacht, hatte Yves Janvier verführt. Denn ja, sie war jung und wirkte oft noch jünger, als sie war. Dem taktlosen Kellner, der eines Tages gesagt hatte: «Und was darf es für Ihr Fräulein Tochter sein?», hatte Ariane geantwortet: «Monsieur, wir sind seit zehn Jahren verheiratet.» Ein andermal, als sie sich besonders geärgert hatte, war sie gar bis zu «seit zwanzig Jahren» gegangen. Yves war in schallendes Gelächter ausgebrochen, sie auch.

Ziemlich rasch und ohne großes Aufhebens davon zu machen, hatte sich Ariane bei Janvier einquartiert. Sie hatte nur wenig Möbel, wenig Kleider. Er hatte ihr nahegelegt, die Zweizimmerwohnung, die sie besaß, zu vermieten, sie hatte ihm vorgeschlagen, die Miete zu teilen, sie hatten gemeinsame Kasse gemacht. Janvier hatte befürchtet, dass es mit seiner dreizehnjährigen

Tochter Julie zu Spannungen kommen könnte, aber Ariane hatte aus ihr nicht nur eine Freundin, sondern, besser noch, eine Verbündete gemacht. «Ich flehe dich an, die darfst du auf keinen Fall verlieren!», wiederholte eine begeisterte Julie immer wieder gegenüber ihrem Vater. Ariane hatte ihre nachtschwärmerischen Gewohnheiten aus Studentenjahren beibehalten, gegen die Janvier nichts unternehmen wollte. Die Freunde, mit denen sie abends ausging, waren genauso jung wie sie. Yves war nicht eifersüchtig darauf, dass sie jung waren: So war er auch in Arianes Gegenwart nicht dazu gezwungen, so zu tun, als sei er es. Yves arbeitete bis in den späten Abend hinein, und noch später, mitten in der Nacht, sahen sie sich wieder. Das Leben war süß, heiter, einfach, man beneidete sie.

Yves wird mit Ariane brechen. Er denkt darüber nach, dass es, wäre er nicht Anna Stein begegnet, noch lange so hätte weitergehen können. Es sei denn, er ist Anna Stein begegnet, weil es so nicht weitergehen konnte. Diese beiden gut ausbalancierten Sätze gefallen ihm, er notiert sie in sein Heft.

Was er von Anna Stein zu erwarten hat, weiß er nicht. Er wüsste sie nicht einmal genau zu beschreiben, die ovale Form ihres Gesichts, die Farbe ihrer Augen. Sie ist noch nicht mehr als ein Gefühl, aber dieses Gefühl dringt tief in ihn ein und lässt keinen Zweifel mehr zu. Er hatte diese schmerzliche, so intime Form der Verwirrung vergessen, glaubte ihre Quelle für immer versiegt, hatte der Erfahrung, die alles in ein schales Licht taucht, oder, schlimmer noch, den Jahren, die dahinfließen, die Schuld daran angelastet: An den Jahren lag es also nicht. Das beruhigt ihn und es verunsichert ihn. Mit Ariane hat er viele zärtliche Augenblicke verlebt. Woher kommt es aber, dass ihm keiner dieses Brennen verursacht hat? Tausendmal hat er ihr gesagt: «Ich liebe dich.» Woher weiß er heute, dass er jedes Mal gelogen hat? Yves wird Ariane verlassen, und er schämt sich für diese honigsüße Herzenswärme, die man Zuneigung nennt, schämt sich für diese Untröstlichkeit, die er vorgeben wird, schämt sich für dieses neue, plötzlich auflodernde Feuer, das er verbergen muss.

Ariane wartet in einem Café in der Rue Monsieur Le Prince auf ihn, sie liest und trinkt dabei eine heiße Schokolade. Bevor sie ihn entdeckt, mustert Yves sie ganz genau. Sie ist wirklich schön, in vielerlei Hinsicht vielleicht schöner als Anna Stein. Auch sanfter, fröhlicher, das ahnt er bereits. Er weiß sogar, dass er immer mit Wehmut an sie denken wird, an sie beide, dass er bald schon dieser ruhigen Ausgeglichenheit nachtrauern wird, er ahnt, dass er es späterhin niemals wagen wird, ihr diese Trauer zu gestehen. Aber Anna Stein hat ihn gefesselt, geblendet, und Yves kämpft nicht dagegen an, er will sich dieser Verzauberung ganz ausliefern, er will dieses Schwindelgefühl über dem Abgrund, das er schon nicht mehr wiederzufinden glaubte, aufs Neue erfahren.

# THOMAS UND LOUISE

Thomas Le Gall mag das Café Zimmer nicht. Er hat seit zehn Jahren keinen Fuß mehr hineingesetzt, aber es hat sich nichts verändert. Immer noch zu viel Plüsch, zu viel Karminrot, zu viel Teppichboden. Und auch zu viele Autos an der Place du Châtelet. Aber es behagt ihm, sich nicht zu Hause zu fühlen: Dem Rokoko der Bänke und Stühle trotzen zu müssen, verleiht ihm Kraft. Er ist, ohne es zu wollen, viel zu früh gekommen, fast eine halbe Stunde. Vor zehn Jahren hätte er die Zeit noch bei den Bouquinisten totgeschlagen oder den Boas und Gespenstschrecken bei den Tierhändlern einen Besuch abgestattet. Aber diese jugendliche Neugierde ist verflogen, und jeder Versuch einer Wiederholung würde den Spaziergang nur in ein wehmütiges Licht tauchen. Trotzdem würde er Louise, sollte sie Lust darauf haben, vor den Reptilien und Vogelspinnen zu erschauern, begleiten, er würde ihr etwas von den Meerechsen auf den Galapagosinseln erzählen, den einzigen Lebewesen, deren Skelett bei Nahrungsmangel schrumpft.

Thomas will sich in den hinteren Teil des Raumes setzen, aber er erblickt sie vor einer Tasse Tee sitzend an einem der anderen Tische. Sie trägt einen leichten Rock ganz im Stil der dreißiger Jahre und von einer kalkulierten Eleganz. Diese ostentative Art, Kleider zu tragen, ist Thomas auch bei Anna Stein aufgefallen. Ein Zeichen von Koketterie, aber es missfällt ihm keineswegs, dass Louise so ist, eben kokett. Sie klimpert auf den Tasten ihres Laptops herum, hat das Headset ihres

Telefons am Ohr, sie steckt in einem Dienstgespräch. Er will sich schon entfernen, aber sie lächelt ihm zu, bedeutet ihm mit einer Handbewegung, sich zu setzen.

– Tut mir leid, Herr Richter, ich muss jetzt in die Verhandlung ... Falls Sie nichts dagegen haben, sprechen wir morgen weiter über meinen Mandanten. Ich werde daran denken ... Dann bis Dienstag, o. k.

Louise legt auf, Thomas mustert sie im gleißenden Sonnenlicht; zum ersten Mal macht er filigrane Krähenfüße neben ihren Augen aus, die braune Färbung der Tränensäcke, Hunderte von feinen Silberfäden in ihrem blonden Haar.

– Guten Tag, Frau Anwältin. Du lügst gut.

– Ich habe eine gute Schule ... Ich war es nicht, Frau Anwältin ... Ich habe nichts gestohlen, ich habe niemanden getötet, ich habe sie nicht vergewaltigt. Lügner treffe ich jeden Tag ...

– Ein Analytiker verbringt sein Leben auch mit Lügnern, mit Lügnern, die wissen, dass sie lügen, mit aufrichtigen Lügnern, die nicht wissen, dass sie Lügner sind. Jeder lügt.

Wenn Louise Blum nachdenkt, kneift sie die Augen zusammen, und Thomas findet die vertikale Falte auf ihrer Stirn bezaubernd.

– Nein, nicht jeder. Nicht mein Ehemann.

– Na, da schau an ... Das ist aber ganz und gar nicht normal, er sollte mal zum Analytiker gehen.

– Und doch ist es so, er lügt nicht. Romain ist Wissenschaftler, und ein Wissenschaftler lügt nicht.

– Romain Vidal, ich weiß. Er ist sehr berühmt.

– Sehr berühmt ? Nun ja ... ziemlich.

Louise fügt nichts weiter hinzu. Sie räumt ihre Papiere zusammen, schaltet den Computer aus, macht sich in ihrer schönen flüssigen Handschrift ein paar letzte Notizen in einem Heft. Die Sonne zeichnet ihr einen blonden Helm auf den Kopf, in ihren Augen liegt ein goldener Widerschein. Er findet sie so strahlend, so wunderbar, dass er diesen Zustand der Exaltiertheit gleich wiedererkennt. Stendhal hat den Moment der Kristallisation nur allzu genau beschrieben, diesen Augenblick, in dem der Liebende – Thomas kennt den Satz auswendig – «aus allem, was sich ihm darbietet, die Entdeckung ableitet, dass das Objekt seiner Liebe auf ganz neue Art vollkommen ist», so wie auch das Salz in den Minen des Salzkammerguts in wenigen Monaten den unbedeutendsten Baumzweig, den man dort hineinwirft, «mit beweglichen und funkelnden Diamanten» überzieht. Aber auch wenn Thomas um das Warum der Dinge weiß, so glitzert Louise deswegen nicht weniger. Er hat den Mut der Schüchternen:

– Ich hatte nicht gehofft, dich so rasch wiederzusehen.

– Ich wollte eine kostenlose Sitzung.

– Es gibt keine kostenlosen Sitzungen. Das ist wie bei den Mahlzeiten. Es hat alles einen Preis.

– Ich werde zahlen. Aber nun sag mir: Wie wird man Psychoanalytiker?

– Ah! Willst du die kurze oder die lange Antwort? Die lange dauert fünf Jahre.

Louise will die kurze Antwort. Thomas erklärt die Sache mit dem Jardin du Luxembourg, erzählt vom ziellosen Dilettieren, von der Selbstvergessenheit, dem unvermittelten Einbruch des Todes mit Piettes Selbstmord, von der Verwandlung, der Begegnung mit der Mutter seiner beiden Töchter, der plötzlichen Angst, im Alter von dreißig Jahren, als er sein Medizinstudium zu Ende brachte, kein wirkliches Verlangen zu haben, nichts zu sein. Er spricht lang, in einfachen Worten. Er hat das alles schon einmal erzählt, jemand anderem – und in anderen Worten.

– Ich wusste überhaupt nicht, was ich wirklich wollte. Da war eine Mauer. Und mein Leben war hinter dieser Mauer. Ich habe mit einer Analyse begonnen, um leben zu können. Es war eine dicke Mauer, ich habe viel Zeit gebraucht.

– Und jetzt?

– Die Mauer ist immer noch da, aber ich weiß, wie ich manchmal hinübersteigen kann.

Louise hört ihm zu, betrachtet ihn. Thomas' Gesicht ist sanft, hell. Seine schwarzen Augen, seine tiefe Stimme wirken beruhigend auf sie. Sie fühlt sich so selten ruhig, so selten in Sicherheit.

– Thomas ... Heute Morgen wollte ich gerade aus dem Haus gehen. Romain stellte mir keinerlei Fragen ... und trotzdem habe ich ihm gesagt, dass ich mit einem Mandanten zu Mittag essen werde.

Sie hebt ihre Tasse an, stellt sie wieder ab, wartet, aber Thomas' Frage kommt nicht. Sie hebt die Augenbrauen, senkt den Kopf.

– Du fragst nicht, warum? Ich dachte, du wärst Psychoanalytiker?

– Eben. Es ist nicht die Rolle des Analytikers, irgendetwas zu sagen.

Mit ernster Miene holt Thomas ein Notizheft und einen Filzstift aus seiner Tasche und notiert mit großer Sorgfalt das Datum oben auf die Seite.

– Sehr geehrte Frau Blum, die erste Sitzung stelle ich niemals in Rechnung. Wir werden den Tarif für unsere Sprechstunden zu einem späteren Zeitpunkt festlegen. Kommen wir also wieder zum Thema zurück. Ich höre.

– Sehr schön. Zunächst habe ich also eine Frage beantwortet, die Romain gar nicht gestellt hatte. Das hat mich selbst überrascht. Dann habe ich aus dir einen Mandanten gemacht. Ich habe den ganzen Vormittag darüber nachgedacht. In zehn Jahren habe ich Romain noch niemals angelogen.

Sie unterbricht sich. Thomas beobachtet sie. Über ihrer Nasenspitze hat sich eine kleine Schweißperle gebildet, ihre Augen sind auf den Kaffeesatz in Thomas' Tasse gerichtet.

– Wenn ich gelogen habe, dann weil ich mich in der Tat schuldig fühle, diese Verabredung getroffen zu haben. Natürlich hätte ich Romain nichts davon zu sagen brauchen oder ich hätte ihm auch von dir und dem Abendessen vorgestern erzählen können. Aber das hätte ich nur getan, um mich weniger schuldig zu fühlen.

Sie verstummt einen Augenblick, trinkt einen Schluck Kaffee.

– Vor allem aber hätte ein Geständnis darauf abgezielt, den Wunsch, ja sogar die Lust darauf, hierherzukommen, abzuwehren. Und das wollte ich in der Tat nicht.

Die Schweißperle schiebt sich weiter über ihre Nase. Louise ist ein wenig außer Atem.

– Ich bin vollkommen verrückt, so mit dir zu sprechen. Du wirst in der Tat von mir denken, dass ich ...

– Nein, ich denke gar nichts.

– Ich habe es in der Tat nie gewagt, mich so aufzuführen. Das muss der Psycho-Effekt sein.

Sie schaut ihn an, ihre Augen glitzern, aber es liegt nichts Schelmisches in ihrem Blick. Thomas hat sich tatsächlich ein paar Notizen gemacht.

– Also? Was sagen Sie dazu, Herr Doktor?

– Frau Blum, der Psychoanalytiker stellt fest, dass Sie sehr häufig den Ausdruck «in der Tat» benutzen. Er vermutet dahinter eine Form der Verleugnung. Da es ja gerade nicht um eine «Tat» geht, handelt es sich hier um das unbewusste Eingeständnis eines Phantasmas.

Louise zieht eine hübsche Grimasse. Er fügt umgehend hinzu:

– Aber der Analytiker beschränkt sich darauf, Redefragmente festzuhalten, aus denen sich eventuell – oder auch nicht – Schlüsse ziehen lassen. Was den Mann angeht, so ...

– Ja? Was sagt der Mann ...?

– Seit ich mich an dem Abend von dir verabschiedet habe, habe ich davon geträumt, dich wiederzusehen. Ich hätte mir andere Manöver ausgedacht, wenn du heute nicht frei gewesen wärest, und wenn du dieses Rendezvous abgelehnt hättest, hätte ich einen Vorwand gefunden. Jetzt weißt du alles. Und wenn ich dir wirklich alles sagen soll ...

– Ja?

– Ich habe schon seit langem niemanden mehr, den ich morgens anlügen könnte. Und außerdem bin ich auch kein Lügner.

– Ich möchte nicht, dass ... Ich habe mich noch nie auf ein Rendezvous eingelassen, ich gehöre nicht zu denen, die ...

– Du hast dich nicht zu rechtfertigen.

Louise steht auf, zieht ihren Mantel an, schlägt den Kragen hoch.

– Ich habe überhaupt keinen Hunger, Thomas. Es ist halb eins, um 15 Uhr 30 habe ich eine Verhandlung im Justizpalast. Und es ist so schönes Wetter.

– Hast du Lust, dir die Tierhandlungen anzuschauen? Wusstest du, dass bei den Meerechsen das Skelett schrumpft, wenn sie keine Nahrung finden?

– Was für die Meerechsen das Skelett, ist also für den Menschen das Hirn?

– Wenn du meinst.

Thomas ist höchst erfreut über seine wiedergefundene Arglosigkeit, darüber, dass er kein Kalkül mehr anstellt. Die Meerechse der Galapagosinseln kann ihn aufs Neue interessieren. Sie gehen hinaus, tun ein paar Schritte, er greift nach ihrer Hand, sie lässt ihn gewähren. Unter dem ersten Portal – wer hat wen dorthin gezogen? – küssen sie sich. Er entdeckt auf ihren Lippen den vertrauten Geschmack von Brombeeren und Süßholz; sie erkennt sein Parfüm wieder: Romain hatte, früher, dasselbe.

Der Kuss dauert lange, sie geben sich einander hin, ganz ohne Hast, Thomas drückt sie an sich. Louise löst sich, sie flüstert ihm etwas ins Ohr. Thomas lächelt, schüttelt den Kopf. Ein Taxi kommt vorbei, Thomas hält es an. Die Meerechsen in den Schaufenstern können warten.

# ANNA UND YVES

Yves. Yves. Anna Stein mag den Vornamen so oft wiederholen, wie sie will, sie kann ihm nichts Bezauberndes abgewinnen. Sie hätte einen anderen, weniger altmodischen, weniger großväterlichen Namen bevorzugt. Lucas, Serge, David. Einen weniger «französischen», einen internationaleren, kosmopolitischeren Namen, einen Namen, der nicht nach Erde, Bauer, Torf riecht. Sie schüttelt den Kopf, seufzt auf: Ich kann mich nicht mit der Vorstellung abfinden, dass er Yves heißt, dass ich in einen Yves verliebt bin.

Mithin: Yves. Sie hat ihn schon drei Mal angerufen, jedes Mal aus Gründen, die sich allzu deutlich als Vorwände zu erkennen gaben. Es berauscht sie, die Worte «Hallo? Yves?» auszusprechen, das ist schon wie eine kleine Eskapade, sie spürt, wie der Hauch des Vornamens aus ihr herausströmt. Sie liebt seine Stimme am Telefon, seine Art, die Worte stets einen Moment zurückzuhalten, den Rhythmus zu verlangsamen; seine Konzentriertheit, sein Zögern, seine Manier, wie er nach den Wörtern zu suchen scheint, verwirrt sie. Sie liebt seinen Tonfall, sein Timbre, seine fast druckreif gewendeten Sätze. Sie verspürt darin etwas Intensives, und diese Intensität durchdringt sie, sie liest darin die Essenz des Lebens, etwas, das er in sich selbst trägt, nicht das, was sie in ihm entstehen ließe. Dieser Mann schuldet ihr nichts. Er hat nicht auf sie gewartet, um zu leben, und die Fremdheit einer Männervergangenheit, die ohne sie stattgefunden hat, saugt sie an wie ein Luftwirbel.

Bislang kannte Anna nur einen Yves: Yves Beaudouin, ihren Vorgesetzten. Wenn sie von der Arbeit nach Hause kam, erzählte sie Stan lediglich von Yves dies und Yves das. Aber gestern hatte sie auch den Familiennamen hinzugefügt: Yves Beaudouin, als ob diese Präzisierung nötig gewesen wäre.

Stan ist darüber verwundert gewesen, etwas spöttisch hatte er seine Frau gefragt:

– Gibt es noch einen anderen?

Anna hat ihn angeschaut, die Stirn gerunzelt, Unverständnis gemimt. Er wurde deutlicher:

– Einen anderen Yves?

Lächelnd hat sie ihre Verlegenheit überspielt:

– Blödmann.

Eine solche Antwort war natürlich ein Geständnis. Sie hätte sich gewünscht, dass Stan, sie durchschauend, nachbohrt, aber da er nicht weiter darauf eingegangen ist, da er sich ein weiteres Mal geweigert hatte, die Augen zu öffnen, war ihre Schuld jetzt umso geringer und er somit, bitte schön, noch schuldiger als sie.

# ROMAIN

An der hohen Eichentür in der Eingangshalle der École de Médecine klebt ein kleines Plakat. Es weist den Weg zum Seminar «Genetik der Sprache» und informiert außerdem über den «Eröffnungsvortrag von Prof. Dr. Romain Vidal, 16 h–18 h». Im Hörsaal Linné sind alle Plätze besetzt, und das Durchschnittsalter der Anwesenden belegt, was eine Seltenheit ist, dass man hier mehr Lehrenden als Doktoranden begegnet. Auf dem Katheder unterhalten sich lächelnd zwei Männer. Es wird wohl eine wissenschaftliche Komplizenschaft sein, die sie eint, denn vom äußerlichen Aspekt her trennt sie alles. Der erste, weißes Hemd, verwaschene Jeans, höchstens vierzig Jahre alt und von geradezu riesigem Wuchs, überprüft die Verbindungskabel zu seinem Laptop. Der ältere, blauer Anzug und zartlila Krawatte, ist etwas fülliger und klopft mit den Fingern aufs Mikrophon.

– Guten Tag, können Sie mich verstehen? Wenn Sie jetzt bitte Platz nehmen würden ... In der ersten Reihe des Hörsaals sind noch ein paar Sitze frei. Vielen Dank ... Als Direktor der Medizinischen Fakultät der Universität Paris V habe ich das Privileg, mit Herrn Doktor Romain Vidal einen Freund willkommen zu heißen. Er ist der erste Gast im Rahmen unseres Vortragszyklus. Romain wird seinen Vortrag auf Französisch halten, aber wenn Sie die Kopfhörer benutzen wollen, die man Ihnen am Eingang ausgehändigt hat, können Sie von einer Simultanübersetzung ins Englische profitieren. Romain ist Leiter der Forschungsgruppe 468 «Nervensystem und Sprache» am

INSERM, er lehrt Biochemie an der Universität Paris V und seit mehreren Jahren schon als *Professor of Genetics* in Princeton. Einige unter Ihnen werden sich noch an Romain Vidals populärwissenschaftliches Buch über die Proto-Sprache der Tiere erinnern, *Animals that speak*, das er mit dem Nobelpreisträger John Vermont geschrieben hat.

– ... *that speak?*

Romain legt den Akzent auf die letzte Silbe, auf das Fragezeichen.

– *Animals that speak?* Ich bitte um Verzeihung, Romain. War wenigstens die Aussprache in Ordnung?

Romain Vidals skeptischer Schmollmund sorgt für einiges Gekicher.

– Ich sehe ... Dann überlasse ich dir jetzt besser das Wort.

Romain Vidal nickt freundschaftlich. Er bleibt stehen, überprüft das Mikro. Seine Stimme ist klar, er spricht schnell, routiniert.

– Danke, Jacques, für die kurze Einführung. Ich bin sehr gerührt, mich wieder in diesem Hörsaal zu befinden, in dem ich vor zwanzig Jahren Zellbiologie studiert habe. Dieser Eröffnungsvortrag hat also den Titel «Schlüssel zu einer Genetik der Sprache». Ich werde in der Stunde, die mir zur Verfügung steht, versuchen, Ihnen meinen Wissensstand zu vermitteln. Dafür will ich Ihnen zunächst eine annehmbare Definition der Sprache liefern, sodann einige Überlegungen über ihre Rolle in der menschlichen Evolution anstellen, bevor ich ihre Mutationen und Transformationen unter dem dreifachen Gesichtspunkt der Genetik, der Evolutionsforschung und der Linguistik betrachten werde. Danach komme ich auf die heutigen Aussichten für die Gentherapie zu sprechen. Und zum Abschluss werde ich Ihnen verraten, warum ich guter Hoffnung bin, eines Tages mit Darwin diskutieren zu können. Darwin ist der Kater meiner Töchter. Ich hoffe, dass Sie diesen Hörsaal schlauer verlassen werden, als Sie ihn betreten haben. Womit Sie letztlich nur noch unwissender sein werden, denn wie sagte doch so treffend, na, ich weiß nicht mehr, oder halt, doch, Henri Michaux, «jede Wissenschaft bringt neues Unwissen hervor».

Der Saal lächelt. Romain Vidal hat sich den Ruf eines angenehmen Vortragsredners erworben, der auf seine Hörerschaft Rücksicht nimmt. Für ihn ist das auch ein Mittel, sich nicht selbst zu langweilen. Das Zögern beim Namen Michaux ist leicht geflunkert. Louise hat ihm vor Jahren schon einen Trick der Rechtsanwälte beigebracht: «Wenn du den Gerichtssaal fesseln willst, mein Liebling, musst du ihm von Zeit zu Zeit was Amüsantes bieten. Bring ein Flaubert-Zitat, einfach so, ganz beiläufig, aber stets an passender Stelle. Oder zitier Dostojewski oder Borges. Das lässt sich nicht aus dem Ärmel schütteln, mein Schatz, da muss man lange dran arbeiten, damit es natürlich wirkt. Sie werden dich nie wieder vergessen. Selbst wenn sie nichts von deinem Plädoyer behalten haben, an den Satz von Flaubert werden sie sich erinnern. Und tisch denselben Leuten nicht zweimal denselben Autor auf. Sonst werden sie dich mit dem größten Vergnügen einen alten Schwafler nennen.»

– Seit jeher, fährt Romain fort, beschäftigt uns die Frage nach der Sprache der Tiere. Wir sagen «Sprache», «Tier», «wir», und jedes dieser Wörter ist Träger eines Konzepts. In der Genesis ist Adam der Einzige, der die Dinge benennen kann. Aber benennt auch das Tier die Dinge? Wenn dem so sein sollte, dann ist der Mensch nicht mehr das einzige Lebewesen, das spricht, dann ist er nicht mehr der Einzige, der die Welt entziffert. Welchen neuen Platz nimmt er in ihr ein? Wenn die Biologie Fortschritte macht, wirft sie ethische, philosophische, politische Fragen auf. Die Genetik der Sprache wirft eine phänomenale Menge an Fragen auf. Ich werde auf die Vögel, die Primaten oder die Delfine zu sprechen kommen, mich zunächst aber mit dem Menschen beschäftigen, der der einfachste Gegenstand ist, paradoxerweise gerade deswegen, weil seine Sprache am weitesten entwickelt ist. Es dürfte uns sehr viel schwererfallen, Sprachstörungen beim Tier festzustellen, und doch gibt es gewiss stotternde Schimpansen und legasthenische Delfine ...

«Suche nach einem Scherz niemals den Effekt auszukosten», auch dies ein Rat von Louise. «Keine Unterbrechung, trink lieber einen Schluck Wasser.» Romain hebt das Glas an seine Lippen.

– Manche Menschen haben mit dem Sprechen Probleme pathologischen Ursprungs. Diese «spezifische Sprachstörung» ist nicht Ausfluss einer geistigen Zurückgebliebenheit. Gegen Ende des vergangenen Jahrhunderts hat man die Genealogie einer pakistanischen Familie aus dem Londoner East End untersucht, deren Mitglieder zum großen Teil Schwierigkeiten mit der Artikulation oder der Ausformulierung zusammenhängender Sätze hatten und manchmal gar die Laute nicht auseinanderhalten konnten. Man konnte bei ihnen eine Deformation eines kurzen Segments auf dem Chromosom 7 feststellen, des Gens FOXP2. Wobei FOXP2 für «forkhead box P2» steht, das heißt für ein Protein, dessen Charakteristikum darin liegt, dass es über eine Sequenz von gut hundert Aminosäuren verfügt, die sich der DNS in Schmetterlingsform anbindet. Auf diesem Dia sieht man in Rot die Stelle der Mutation auf dem

Exon 14. Das Guanin eines Nukleotids ist ersetzt durch ein Adenin.

Dieses FOXP2-Gen spielt bei der Sprachhervorbringung aller Tiere eine entscheidende Rolle. Es übernimmt die Stelle eines «Dirigenten», wenn sich während der embryonalen Entwicklung die neuronalen Bahnen etablieren. Eine genetisch modifizierte *Knockout*-Maus, bei der man das Gen FOXP2 manipulierte, würde nicht mehr wie eine Maus piepsen, sondern eher wie eine Fledermaus im Ultraschallbereich. Ich verweise hier auf die Arbeiten der Gruppe um Shu, Morrisey, Buxbaum usw. Dieses Gen codiert ebenfalls den Schluckmechanismus, die Motorik der Zunge usw.

Beim *Homo erectus* hat das FOXP2 vor zweihunderttausend Jahren eine radikale Mutation durchgemacht, das heißt kurz vor dem Auftreten des Neandertalers und unserer Vorfahren, Cromagnonmensch und *Homo sapiens.* Diese Mutation findet sich bei beiden Arten des *Homo* und stärkt somit Spekulationen um einen gemeinsamen Vorfahren. Aber das ist eine andere Debatte. Die Sprache erscheint also weniger als Werkzeug denn als Organ. Ein Organ, das unbedingt der Schulung bedarf. Seine progressive Beherrschung geht einher mit der Entwicklung der Gehirnlappen: Das Gehirn organisiert sich um die Sprache herum, während die Sprache das Gehirn strukturiert. Dies ist der Grund dafür, dass man über das sechste Lebensjahr hinaus keine sogenannte «Muttersprache» mehr erwerben kann ... Aber ich will hier nicht von der Ontogenese der Sprache reden, andere Vortragsgäste werden darauf zurückkommen, und ich möchte mich nicht auf deren Terrain vorwagen. Übrigens lautet die Frage auch nicht, was angeboren und was ererbt ist, sondern es geht erstens darum, herauszufinden, zu welchem Zeitpunkt in der genetischen Geschichte einer Population von Primaten die Mutationen stattgefunden haben, die die Herausbildung der Sprechfähigkeit ermöglichten, und zweitens darum, in welchem Entwicklungsstadium beim Individuum die neuronalen Verbindungen entstehen, die zur Sprache führen. Hier warten wir noch auf den kombinierten Durchbruch in den Bereichen Ontogenese und Phylogenese der Sprache.

Nehmen wir einfach an, dass es eine Proto-Sprache vor der Sprache gibt, so wie es auch ein Proto-Auge vor dem Auge und eine Proto-Hand vor der Hand gegeben hat. Eine Sprache aus ein paar Dutzend Wörtern nur, von der wir, wie ich fürchte, nichts wissen, denn die Sprache neigt nicht zur Fossilienbildung. Ich habe nichts gegen Platon, wenn er im *Kratylos* behauptet, dass die Wörter in Beziehung zu den natürlichen Lauten stehen. Ich verweise Sie auf den berühmten Aufsatz von Roman Jakobson: Ja, «Mama» ist mit Sicherheit ein universelles Wort, das jedes Mal aufs Neue erfunden wird, ganz einfach deswegen, weil *ma* der erste Laut ist, den ein Baby hervorbringen kann. Meinethalben kommt auch das Wort «Tiger» vom grollenden *grrr.* Und ich will auch keine Energie darauf verwenden, gegen die Gewissheiten anzukämpfen, die Merritt Ruhlen über die Weltursprache, das Proto-Nostratische, verbreitet, auch wenn für meinen Geschmack die Archäolinguistik ein etwas zu spekulativer Zweig ist – es sei denn, sie dient der Hervorbringung von Gedichten.

Ich halte mich nur an eine Gewissheit: Diese Proto-Sprache muss einen entscheidenden Wettbewerbsvorteil ausgemacht haben. Natürlich gibt es da die utilitaristische Auffassung: Die Sprache erlaubt es, die Gruppe vor einer unsichtbaren Gefahr zu warnen, auf Futterplätze hinzuweisen, eine Erfahrung weiterzugeben. Aber mehr noch gefällt mir die Hypothese, die ich die «literaristische» nennen will: Soziablen Primaten wie dem *Homo neanderthalensis* und dem *Homo sapiens* erlaubt es die Sprache vor allem, eine Geschichte zu erzählen. Die neue Überlieferung spricht: «Töte nicht deinen Nächsten, denn jemand anders hat dies früher einmal getan, und nun hör gut zu, wie es ihm ergangen ist.» Der Mythos stärkt somit den sozialen Zusammenhalt der Gruppe und konterkariert die individualistischen Bestrebungen des Intellekts. Wobei nicht vergessen werden soll, dass, manchen Evolutionsforschern zufolge, die Sprache auch einen Vorteil auf dem Gebiet der Sexualität verschafft: Angeblich zieht das Weibchen ein Männchen, das die Sprache beherrscht, einem anderen mit beeindruckenderem Körperbau vor – lieber Rimbaud als Rambo. Diese These erfreut sich vor allem unter Professoren großer Beliebtheit, insbesondere bei den weniger muskulösen.

Der schlanke und ranke Romain wendet sich dem rundlichen Jacques zu, und dieser Pennälerwitz bringt das Publikum zum Lachen. Wie jedes Mal.

Romain wird nicht preisgeben, wie er selbst, zehn Jahre zuvor, seinen ersten Abend mit Louise nur stotternd und stammelnd verbracht hat, während seine zukünftige Frau, die so unverkrampft war, so sicher mit ihren Gefühlen umging, sich schon damals (!) zärtlich über ihn lustig machte. Nicht der junge Wissenschaftler hatte sie erobert, sie hatte ihn erwählt. Wegen seiner natürlichen Geradheit, der fast schon naiven Reinheit des Blickes, den er auf sie richtete, und wegen dieser scharfen Intelligenz, die ob seiner extremen Ungeschicklichkeit noch leuchtender hervortrat. Aber sehr rasch hatte Louise begriffen, dass seine unglaubliche Verlegenheit im Umgang mit den Worten, die sie zunächst noch als verführerisch empfunden hatte, ihr letztlich auf die Nerven gehen würde. Romain in einen unvergleichlichen Redner zu verwandeln, erschien ihr als eine Herausforderung auf ihrem Niveau. Er hatte es schnell geschafft. Aber seine neue Selbstsicherheit speiste sich nicht nur aus seinen Sprechübungen und der Qualität seiner Notizen. Sie verdankte sich in weitaus stärkerem Maße dem Stolz, den er darüber empfand, der Mann zu sein, dem Louise Blum es erlaubte, sich auf der Straße bei ihr unterzuhaken.

– Ich will nun zum Kern des Themas vorstoßen ..., fuhr Romain fort.

Als er, mit der geziemenden Überziehung, eine Stunde und zehn Minuten später schweigt, um dem Publikum das Wort zu überlassen, hat ein Mann aus der letzten Reihe des Hörsaals Linné nicht ein einziges Wort mitgeschrieben. Und als die Debatte beginnt, stellt der Mann auch keine Frage, selbst wenn er, wie jeder Psychoanalytiker, in diesem Vortrag über die kognitiven Wissenschaften gerne das Wort «Unbewusstes» gehört hätte.

Und doch hat Thomas Le Gall Romain Vidal nicht einen Moment aus den Augen gelassen, diesen Mann, der jeden Morgen an der Seite von Louise Blum aufwacht, der Frau, in die er sich immer mehr verliebt, mit der er gerade zum ersten Mal geschlafen hat. Romain Vidal ist nicht sein Rivale, denn niemand hat je einen Rivalen. Thomas wollte sich nicht mit der Erscheinung des Ehegatten auseinandersetzen, er wollte den Mann sehen, den Louise Blum geliebt hat, den sie noch liebt, und vielleicht auch seine eigenen Gefühle auf die Probe stellen. Thomas spürt, wie ein Gefühl der Sympathie für diesen großen

Jungen in ihm aufkeimt, dessen diskrete Schüchternheit er erahnt, dessen logisches und geschmeidiges Denken er bewundert – und dessen Freund er zu seinem Bedauern niemals wird sein können.

## ANNA UND STAN

Der Sommer war dermaßen heiß gewesen. Anna und Stan hatten ihn in der Nähe von Grignan verbracht, in einem Haus, das sie jedes Jahr mieteten. Die Hundstage hatten alle Statistiken gesprengt. Zweimal mehr Brände, Morde, Autounfälle, doppelt so viel tote Senioren in den Altenheimen. In sechzig Departements herrschte Trockenheit. Es war untersagt, die Schwimmbecken zu füllen, und die bereits gefüllten Becken hatten der Feuerwehr als Wasserspeicher zu dienen. Im Radio, in den Kneipen war von der Klimaerwärmung die Rede. Als Karl und Léa sich ins Auto gesetzt hatten, brüllten sie laut auf, so glühend heiß waren die Sitze. Anna fuhr mit einem feuchten Schwamm über die Plastikbezüge, um sie abzukühlen. Die Kinder verlangten nach der Klimaanlage, ließen die Fenster aber trotzdem geöffnet.

Langeweile. Morgens erstellte man Einkaufslisten, fuhr in die Stadt, um die Einkäufe zu tätigen, trank einen Kaffee auf dem Marktplatz, dann stieg die Quecksilbersäule, und man kehrte nach Hause zurück. Man aß zu Mittag, räumte ab und spülte das Geschirr, bevor die Ameisen ihre Invasion starteten. Es war zu heiß für eine Siesta. Karl und Léa zankten sich in einem fort, um die Zeit totzuschlagen.

Es gab Wespen. Stan hatte aus einer durchgeschnittenen Evian-Flasche und sehr süßem Wein eine Falle gebaut. Sehr rasch waren sie gekommen, um darin zu Dutzenden zu sterben. Anna ertrug es nicht zu sehen, wie ihre Kinder sich dabei amüsierten, ihnen bei ihrem endlos langen Strampeln, ihrem stundenlangen Todeskampf zuzuschauen. Insbesondere Karl, der sie jedes Mal vollkommen überdreht herbeirief, wenn ein neues Opfer durch den fatalen Flaschenhals schlüpfte. In diesem grausamen Vergnügen erkannte sie ihren Sohn nicht wieder. Er war es, der jeden Morgen mit einer morbiden Faszination diesen Insektensud hinten im Garten auskippte.

Dann war da auch das Schwimmbecken. Vor fünf Uhr nachmittags, wenn die Sonne endlich hinter der Fassade des Landhauses verschwand, war es nicht benutzbar. Die Kinder verfolgten die sehr langsame Vorwärtsbewegung der Schattenlinie auf den glühend heißen Steinplatten wie die Marschkolonnen eines Ameisenvolkes. Jede Minute brüllten sie los:

– Mama, Mama, schon wieder eine Platte im Schatten!

– Super!, antwortete Anna vom Wohnzimmersofa aus.

Abends, wenn die Kinder im Bett lagen, blieben Stan und Anna noch auf der Terrasse, um von einer kühlen Brise zu profitieren, die nicht aufkam. Stan fuhr mit der Hand über den Nacken seiner Frau, sie wich dieser Zärtlichkeit aus. Es war dermaßen heiß; entweder las sie gerade oder sie hatte keine Lust. Eines Nachts hatte Stan sie genommen. Sie hatte es, trotz der schweißfeuchten Wärme ihrer Körper, geschehen lassen, es war ihr sogar gekommen; gleich darauf war sie wieder eingeschlafen.

Ende August hatte man die Koffer gepackt, man war nach Paris zurückgefahren. Weil die Kinder Hunger hatten und Stan eine Pause machen wollte, hatte man auf dem Rückweg in einer dieser Autobahnraststätten angehalten, die quer über die sechs Fahrspuren gebaut sind. Es war schlecht, schlecht und teuer. Anna war gereizt, entnervt. «Das ist widerlich, absolut widerlich», hatte sie fast schon geschrien, und Léa hatte, wie in einem Godard-Film, gefragt: «Was ist das, widerlich?» Anna war aus dem Restaurant gelaufen, hatte die Kinder mit Stan sitzen lassen, war bis zum Wagen gegangen. Sie hatte die hintere Tür geöffnet, sich zwischen die Spielsachen gesetzt, das Gesicht in ihren Händen verborgen und ganz langsam angefangen zu schluchzen.

# LOUISE UND ALAIN

In ebendiesem Sommer war es in Oslo ein bisschen weniger heiß. Romain hatte Louise den Vorschlag gemacht, ihn zu einem internationalen Kolloquium nach Norwegen zu begleiten: Eine reiche Stiftung versammelte drei Tage lang die besten Sprachgenetiker.

– Alles, was in der Genetik Rang und Namen hat, wird da sein, hatte Romain Louise zugeflüstert.

Er war so stolz, von nun an dazuzugehören.

Man hatte sie im Radisson Plaza, einem luxuriösen Hotel in der Nähe des Zentrums untergebracht, und ein Begrüßungsempfang wartete auf sie. Die Organisatoren zweifelten daran, dass das Kolloquium die Ehepartner interessieren könnte: Sie verteilten Stadtpläne von Oslo, einen Überblick über die Stadtgeschichte und einen Museumsführer.

Romain hatte ihr den «Nobelpreisträger» Mister John Vermont vorgestellt und gab vor, vergessen zu haben, dass sie ihn schon kannte. Dann Daniel Reynolds, «der nächste Nobelpreis», Janet Bilger, Tomomi Tsukuda, «der übernächste Nobelpreis».

– Du bist die Schönste, hatte Romain Louise zugeflüstert.

Sie war seiner Meinung.

Als sie zu Tisch gingen, hatte Romain einem entzückten John Vermont angeboten, neben ihr Platz zu nehmen. Ganz seiner Gewohnheit entsprechend, gab sich der Nobelpreisträger blasiert, langweilig, dazu sein ewiger, fürchterlicher Mundgeruch, und Louise hatte, diplomatisch die Reisemüdigkeit vorschiebend, den Tisch vor dem Dessert verlassen. Romain hatte einen Augenblick lang ihre Hand gedrückt und hinzugefügt, dass er später nachkomme, und sein Gespräch mit Reynolds fortgesetzt. Sie war ohne Bedauern gegangen. Romain spielte den übereifrigen kleinen Jungen, und sie hasste es, die Wertschätzung, die sie ihm entgegenbrachte, zu verlieren. Die Szene erinnerte sie an einen Abend, an dem sie sich gestritten hatten, nachdem sie ihn enttäuscht dabei beobachtet hatte, wie er sich, einem verzückten kleinen Kind gleich, an einen leidlich bekannten Kinostar heranzumachen versucht hatte.

Nun hatte sie sich umgezogen und den Aufzug zum überdachten Schwimmbad auf der Dachterrasse des Hotels genommen. Durch die großen Glasfenster schaute man auf die Lichter von Oslo herab. Der einzige Schwimmer kraulte an einer Längsseite des Beckens entlang eine Bahn nach der anderen. Auch als Louise kopfüber eingetaucht war, schwamm er einfach weiter. Nach einigen Zügen hatte sie das Wasser ein wenig kühl gefunden. Beim ersten Kälteschauer hatte sie das Becken verlassen und sich in einen Liegestuhl gelegt, um den Oslo-Führer zu lesen. Der Rhythmus des Schwimmers war langsam und regelmäßig. An jedem Ende des Beckens stieß er laut die Luft aus, wendete unter Wasser und begann eine neue Bahn. Zehn Minuten später stieg er die Leiter hoch. Sein Schädel war kahl rasiert, wie bei den jungen Glatzköpfen; er war wohl schon älter als vierzig. Sein Körper war stark behaart, massiv, weniger athletisch als der Schwimmstil hätte vermuten lassen, und er war auch kurzsichtig, denn er hatte suchend nach seiner Brille getastet. Er hatte erstaunt gewirkt, als er Louise sah, hatte ihr zugelächelt und ein paar Worte auf Norwegisch gesagt: Ihr extrem blondes Haar war hierzulande nichts Seltenes. Sie verstand nicht, er wiederholte auf Englisch.

– *Holidays?*

Louise lächelte ob des deutlichen französischen Akzents.

– Nur für drei Tage. Sie auch?

– Verstehe ... Ich sollte mein Englisch verbessern. Nein, ich arbeite für Norsk Hydro.

Louise hatte den Kopf geschüttelt, er hatte hinzugefügt:

– Erdöl, Aluminium, Magnesium. Ich bin fürs Aluminium zuständig. Ich heiße Alain. Oder Al. Wie Aluminium.

– Louise. Wie Louise. Louise Blum.

Sie hatte ihm die Hand gereicht. Alain war kein Franzose, sondern Belgier. Ingenieur. Er überwachte die Einrichtung eines neuen Montagebands im Süden von Oslo. Er hatte noch ein paar Bemerkungen fallen lassen, was sie sich unbedingt ansehen solle, das Museum für Naturgeschichte mit seiner Gesteinsammlung, das Museum für Wikingerschiffe, in Bygdøy. Dann hatte er sich verabschiedet. Er müsse am nächsten Morgen früh aufstehen.

Als Louise sich ins Bett gelegt hatte, war Romain noch nicht zurück. Ein halbes Noctimax hatte ihr beim Einschlafen geholfen.

Am nächsten Morgen hatte sie die Einladung abgelehnt, sich der Gruppe der Ehepartner anzuschließen. Sie hatte sich mit ein paar Büchern in der Tasche ganz allein in die Stadt vorgewagt, war auch durch die Boutiquen gezogen, hatte sich einen Schal gekauft. Den Ratschlägen Alains folgend, hatte sie zuerst die Wikingerschiffe, die «Drakkar», dann die Edelsteine und Achate bewundert, bevor sie zu Mittag am Hafen Elchfleisch aß. Sie hatte einen Spaziergang im Vigeland-Park gemacht und war mit einem Ausflugsboot für Touristen durch den Fjord von Oslo getuckert. Sie war abends heimgekommen, spät zwar, aber noch rechtzeitig zum Abendessen, wo sie sich erneut gelangweilt hatte. Sie hatte beschlossen, nach Paris zurückzufahren. Am nächsten Morgen gab es einen Flug, den würde sie nehmen. Romain hatte versucht, sie davon abzubringen, aber ohne wirklich zu insistieren. Sie war entschlossen:

– Du sagst ihnen einfach, dass Judith krank ist, oder Maud, und dass ich mir Sorgen mache. Ich werde meinen Koffer packen, vielleicht noch einmal schwimmen gehen. Lass dir Zeit, Schatz.

Sie war direkt zum Schwimmbad hinaufgefahren. Der belgische Ingenieur zog seine Bahnen. Alain hatte sie fröhlich begrüßt, hatte sich auf den Liegestuhl neben dem ihren gelegt. Sie hatte ihm von ihrem Tag erzählt, von den Wikingerschiffen und dem geräucherten Elchfleisch. Alain strahlte eine innere Heiterkeit aus, die beruhigend wirkte. Lange hatten sie geredet, wie alte Freunde. Er erzählte sein Leben, ohne es zu beschönigen. Seit kurzem geschieden, ein fast zwanzigjähriger Sohn, ein Beruf, der ihn ganz in Anspruch nahm, ein kranker Vater – Krebs. Die Trennung von seiner Frau war heftig gewesen, schmerzhaft, er hatte angefangen zu trinken, aber rechtzeitig aufgehört. Alain war einfach, stark, er war so wie seine Art zu kraulen: kräftig und regelmäßig. Sein offener Blick richtete sich auf Louises Beine, ihren Bauch, ihre Brüste. Es missfiel Louise nicht, ihm zu gefallen, auch wenn sie ihn überhaupt nicht anziehend fand.

Er schickte sich an, das Schwimmbad zu verlassen, sein Gesicht hatte sich aufgehellt:

– Sagen Sie, Louise, morgen früh mache ich für ein norwegisches Ehepaar eine Führung durch eine Fabrik in Holmestrand. Hätten Sie Lust, mit uns zu kommen, um zu sehen, wie Aluminium im Hochofen schmilzt? Das ist wirklich beeindruckend. Wir fahren um 9 Uhr 15 ab, es ist nur eine Stunde mit dem Auto, und Sie sind früh am Nachmittag wieder zurück, nach einem Mittagessen am Staudamm. Sie werden sehen, es ist ein sehr reines Aluminium, genau das, welches man für den Airbus benutzt.

Seine Begeisterung war ansteckend. Sie hatte das Flugzeug um 11 Uhr 20 vergessen, das angeblich kranke Kind. Sie war ganz ehrlich entzückt. Sie hatte zugesagt.

Sie hatten das Schwimmbad zusammen verlassen. Im Aufzug hatte sie plötzlich das Verlangen verspürt, von diesem stämmigen Mann, der ihr im Grunde missfiel, in sein Zimmer geschleift, auf sein Bett geworfen und entkleidet zu werden. Sie würde seinen großen Penis in die Hand nehmen, in den Mund, ihn sicher anflehen, sie zu nehmen, derbe Worte ausstoßen, während er tief in sie eindringen würde. Alles Dinge, die so gar nicht ihren Praktiken entsprachen, aber die Abwesenheit von Liebe und die norwegische Nacht hätten sie auf wundersame Weise ermöglicht.

Sie war in ihre Etage hinuntergefahren, hatte sich ins Bett gelegt. Sie hatte das Licht gelöscht und sich im Dunkeln bis zum Höhepunkt gestreichelt. Als Romain zurückkam, schlief sie.

Am nächsten Morgen nahm sie den Flug Oslo–Paris der Norwegian Air, ein Airbus aus Alains Aluminium. Sie hatte ihm einen Gruß an der Rezeption hinterlassen, in dem sie sich wegen ihres überstürzten Aufbruchs entschuldigte: Maud war krank. Ende August hatte Alain ihr in der Kanzlei, die Adresse hatte er herausgefunden, eine Nachricht hinterlassen: Er war in Paris, hätte sie gerne wiedergesehen. Anfang September hatte er noch ein- oder zweimal angerufen. Sie hat nie mehr Kontakt mit ihm aufgenommen.

## STAN UND SIMON

– Und, Herr Doktor, ist es schlimm?

In Simons Stimme liegt der lächelnde Ton einer schon alten Freundschaft. Gegenüber Stan gibt sich Annas jüngerer Bruder gerne hart und furchtlos, aber sein Daumen, der am Zeigefinger entlangreibt, verrät die Angst. Stan betrachtet am Bildschirm die beiden Angiographien: Ein dunkler, stumpfer Fleck in der Mitte der linken Netzhaut lässt keinerlei Zweifel zu. Der Chirurg antwortet nicht, vergrößert das Bild, geht die Narbe entlang. Er sucht nach einem beruhigenden Satz. Aber nichts hat mehr Ähnlichkeit mit einem Fuchs-Fleck als ein anderer Fuchs-Fleck.

Scheiße, denkt Stan, Scheiße, Simon, du bist zu bescheuert, wirklich zu bescheuert, immer den Starken spielen zu wollen, das Alphamännchen, und immer bis zum letzten Augenblick zu warten, du hättest mich früher anrufen müssen, hättest gleich vorbeikommen sollen, jetzt ist diese Netzhaut im Eimer, am Arsch, und selbst wenn kaum noch was drin gewesen wäre, mit der Mikrochirurgie hätte ich's versuchen können, irgendwas, dir wenigstens ein, zwei Dioptrien retten können, das ist gar nicht so schlecht, zwei Dioptrien, besser als blind, Bruderherz, und was soll ich dir jetzt noch von der rechten erzählen, denn das sieht nicht gut aus, wirklich nicht gut aus mit dieser ersten lokalen Blutung auf der linken Netzhaut, und lass mich mal genauer die rechte Netzhaut ansehen, oh Mann, das ist Wahnsinn, da hast du auch eine leichte Gefäßschwäche, da, ganz nah am Sehnerv, etwas zu geschwollen diese Sauerei, deine Chancen stehen eins zu vier, oder seien wir großzügig, sagen wir eins zu acht, dass deine andere Netzhaut in zehn Jahren über die Wupper ist, damit stehen unsere Chancen eins zu drei oder zu vier, dass du mit fünfzig Lenzen nicht mehr sehen kannst, Mann, Simon, was soll ich dir da sagen, was soll ich dir sagen, lern Blindenschrift, mach dich wieder ans Klavier?

Stan setzt sich langsam auf die Ecke seines Schreibtischs und lächelt Annas Bruder freundlich an:

– Also gut, Simon ... Keine Panik. Guck dir diese farblose Stelle auf deiner linken Netzhaut an: Das nennt man Fuchs-Fleck. Ein ziemlich seltenes Phänomen, das sich bei stark Kurzsichtigen wie dir einstellt – oder mir: Schau, ich bin bei minus 8, das ist fast genauso viel. Ich erklär's dir: Da das Auge des Kurzsichtigen zu dick ist, übt es einen dauerhaften mechanischen Druck auf die Netzhaut aus, und wenn der Druck zu stark wird, kann es passieren, dass ein Haargefäß platzt. Genau das ist geschehen. Da es sich hier um ein dickes Gefäß handelt, eine kleine Arterie, hier siehst du sie, hat die Hämorrhagie die Makula zerstört, das heißt die Stelle, an der das Auge fokussiert.

– Geplatzte Haargefäße, das nenne ich eine Pechsträhne, witzelt Simon.

Stan schaut immer noch auf den Bildschirm, er hat das ironische Wortspiel nicht gehört.

– Dies erklärt das zentrale Loch in deinem Gesichtsfeld. Die gute Nachricht ist, dass es nicht größer werden wird, die Sache beginnt zu kauterisieren. So was wächst niemals wirklich weiter.

– Kann es wieder besser werden, heilt das von alleine?

– Es ist schon geheilt, Simon. Das Auge hat sich selbst repariert, wenn man das überhaupt so sagen kann. Es hat eine Narbe gebildet, und jetzt sind die sensiblen Zellen, die nicht mehr mit Blut versorgt wurden – du weißt schon, die Stäbchen und die Zapfen –, abgestorben.

– Aber ... Kann man da nichts mit dem Laser machen, Stan? Anna sagt, dass du der beste Augenchirurg in ganz Frankreich bist, dass du wahre Wunder vollbringst, dass deine Patienten von überall her kommen, aus New York, aus Buenos Aires ...

– Warum nicht gleich aus Schanghai? Deine Schwester ist wirklich unglaublich ... Ja, es stimmt, man kann die Sache behandeln, indem man zuerst Verteporfin injiziert und dann mit dem Laser arbeitet, aber das funktioniert nur in den ersten Stunden oder auch noch ersten Tagen. Hier sind's jetzt schon drei Wochen, die Sache ist definitiv vernarbt ... Aber wie auch immer, Simon, ich wäre das Risiko mit dem Laser nicht eingegangen, das Mittel wäre schlimmer als das Übel gewesen. Siehst du diese grün fluoreszierende Zickzacklinie dort? Das Gefäß ist zwei Millimeter neben dem Sehnerv gerissen. Das ist so nah, dass der Laserstrahl ihn hätte treffen können.

– Und eine Netzhautverpflanzung? Geht das nicht ...?

– Stammzellen? Hör zu, Simon, ich will kein Pessimist sein, aber in meinem Labor verfolgen wir die Fortschritte sehr genau. Im Augenblick sehe ich da noch nichts. Vor den nächsten zehn, vielleicht sogar zwanzig Jahren ist da nichts zu erwarten. Ich werde der Erste sein, der in Frankreich eine solche Operation vornehmen wird, das schwöre ich dir. Das Einzige, was man derzeit tatsächlich verpflanzen kann, sind Netzhautzellen bei Mäusen. Aber diese blöden Dinger wissen nicht, wie man sich verzweigt, um sich an den Sehnerv anzuschließen. Du wirst lernen müssen, damit zu leben. Auf dem linken Auge wirst du das äußere Gesichtsfeld behalten, und selbst wenn dies am Anfang eine Behinderung ist, wirst du dich, da das rechte Auge korrigiert, daran gewöhnen. Vor allem aber, Simon, markierst du jetzt nicht mehr den starken Mann und wartest zwei Wochen, bevor du zum Arzt gehst. Sobald du die kleinste Deformation an deinem Gesichtsfeld wahrnimmst, Verwischungen, blinde Flecken, Farbveränderungen oder Lichtblitze, rufst du mich an und kommst schleunigst zu mir ins Rothschild oder ins Quinze-Vingts. Und sollte ich nicht da sein, man kann nie wissen, fragst du mit einem Gruß von mir nach Herzog. Er ist sehr gut. Und außerdem, weißt du was? Geh zu ihm. Um eine zweite Meinung zu hören. Ich wäre deswegen nicht beleidigt, ich kann mir vorstellen, was du im Moment durchmachst.

– Nein, Stan, ich werde ihn nicht belästigen, ich vertraue dir.

– Ich bestehe darauf: Geh zu Herzog. Ich will auf keinen Fall, dass du glaubst, ich wolle dich beruhigen, nur weil du der Bruder meiner Frau und ein Freund bist.

– Danke. Ich verstehe. Aber ich werde nicht hingehen. Und ... Gibt es da keine Diät, die man befolgen muss? Oder irgendwelche Dinge, die man einnehmen muss? Um die Netzhaut zu unterhalten? Lusein? Ich habe gehört, dass ...

– Lutein. Geh den ganzen parapharmazeutischen Produkten aus dem Weg ... Wenn du unbedingt Lutein haben willst, findest du davon genug im Spinat, in Kiwis, ganz generell in allem, was grün ist ... Damit kannst du dich ruhig vollstopfen. Und iss eine Schachtel Waldbeeren für die Nachtsicht, wie die Flugpiloten. Das hilft.

– Gibt es wirklich keine vorbeugende Behandlung? Ich kann nichts tun?

– Nichts. Vermeide Kraftsportarten, Fußball, Squash, Gewichtheben, alles, was den Augeninnendruck kurzfristig erhöht. Nimm ein bisschen ab, fahr Rad, geh wandern, das hat noch niemandem geschadet. Aber wie auch immer, du bist fünfunddreißig Jahre alt, mit hohem Blutdruck hast du noch nichts zu schaffen.

Simon sagt nichts. Er schließt das rechte Auge, starrt gerade vor sich hin. Er streckt den Arm aus, sieht, wie seine Hand verschwindet, von dem grauen Abgrund verschluckt wird, den der Fuchs-Fleck ins Zentrum seines Gesichtsfelds gegraben hat. Er lässt den Kopf nach hinten kippen, holt Luft ... Stan packt ihn bei den Schultern.

– Simon ... Es ist alles in Ordnung.

– Mir zerquetscht's die Brust, es ist fürchterlich, ich kann kaum noch atmen ... Wenn mir das jetzt auch mit dem rechten Auge passiert, kann ich nicht mehr arbeiten, nicht mehr lesen, ich werde nie mehr Nadines Gesicht sehen, die Gesichter meiner Kinder, ich ...

– Sei ganz ruhig, deiner rechten Netzhaut geht's sehr gut. Ich weiß, dass du auf beiden Augen gleich kurzsichtig bist, aber es hat keinen Zweck, sich zu ängstigen. Das Risiko einer Bilateralisierung ...

– Das Risiko einer was?

– Das Risiko derselben Störung auf dem anderen Auge ... Es ist sehr gering.

– Wie gering? Entschuldige, wenn ich nachhake, Stan, aber heißt das eine Chance von eins zu hundert, eins zu zehn, eins zu zwei?

– Ich versichere dir, dass dies sehr selten auftritt. Niemand hat verlässliche Statistiken. Ich habe Hunderte von Patienten mit einem Fuchs-Fleck auf dem einen Auge, aber so gut wie niemand ist auf beiden Augen davon befallen.

Stan lügt. Jeder Tag hat seine Plage.

– Ich werde dir etwas verschreiben. Ein Anxiolytikum. Ich möchte, dass du es nimmst; ich habe noch keinen Patienten erlebt, der nicht eine Phase der Depression durchlaufen hätte. Das ist normal. Ein Auge zu verlieren, das ist ein sehr herber Schmerz, und zu irgendwas ist die Chemie ja gut. Ich kann dir sogar einen Analytiker empfehlen.

– Ach, nein, empört sich Simon.

Stan lächelt und drängt nicht weiter darauf.

– Hör zu, Simon, ich sehe, dass ein Termin abgesagt worden ist, schauen wir uns den Druck im rechten Auge genauer an, wenn du dir Sorgen machst, und anschließend gehen wir in die Krankenhauskantine zum Mittagessen. Vielleicht gibt es ja Kiwis ...

Kiwis gibt es genug. Simon isst gleich drei davon.

Am Abend hat Stan Bereitschaftsdienst im Quinze-Vingts. Anna ruft ihn an, ist beunruhigt. Stan gibt sich unbeschwert:

– Arztgeheimnis, mein Liebling ... Wie ich vorausgesehen habe, handelt es sich um einen Gefäßschaden. Er hat das zentrale Gesichtsfeld auf dem linken Auge verloren.

– Endgültig?

– Ja. Ich kann nichts tun. Aber es wird schon gehen. Simon ist sehr tapfer. Ich habe ihm gesagt, er solle zu Herzog gehen, aber du kennst ja deinen Bruder, er will nicht. Allerdings hätte Herzog auch nicht mehr gesagt oder getan.

Anna antwortet nicht. Stans Tonfall bleibt so heiter er kann, er will ihre Traurigkeit verscheuchen:

– Gehst du heute Abend immer noch aus, Liebling? Gehst du zu Christiane?

– Ja. Meine Eltern sind da. Sie passen bei uns auf die Kinder auf.

– Gehst du alleine aus?

– Mit Maureen. Und mit einem Freund.

– Und wer ist das?

– Yves.

– Beaudouin? Du gehst mit deinem Vorgesetzten zu Christiane?

– Nein. Yves Janvier. Ein Bekannter von Maureen. Du kennst ihn nicht. Ich küsse dich.

– Bis morgen früh.

Anna legt auf.

Sie hatte Yves zwei Tage zuvor angerufen, um ihm vorzuschlagen, sie auf diese Feier zu begleiten. Maureen hatte ihr als Vorwand gedient, denn wirklich gelogen hat sie nicht, ihre Cousine kennt den Schriftsteller, wenn auch nicht wirklich, sie hat ihn vor ein paar Jahren einmal interviewt.

Als Yves abgehoben hatte, hatte sie gleich alle Gepflogenheiten vergessen, und aus ihrem ersten Satz war das Unbewusste hervorgebrochen: «Yves? Am Freitag hat mein Mann Bereitschaft ...» Später hat Anna in die Unterhaltung noch eingeflochten: «Maureen ist zurzeit Single.» Sie wünschte schmerzlichst, dass Maureen und er einander gefielen, damit Yves, als Geliebter ihrer Cousine, für sie kein möglicher Mann mehr sei. Das hat Yves nicht begriffen. Er verdächtigte sie, die Kupplerin spielen zu wollen.

Anna hört draußen das dumpfe Zuschlagen der Fahrstuhltür. Sie hofft, dass es Yves ist.

## YVES UND ANNA

Seit ihrer ersten Begegnung hat Yves Anna nicht wiedergesehen. Der Aufzug hält in ihrem Stockwerk. Es gibt nur eine Tür, und auf dem Treppenabsatz stehen Kinderfahrräder, Roller, ein kleiner roter Ferrari mit Pedalen. Jede Menge Vorwarnungen: Annas Welt ist so überfüllt wie ihr Treppenabsatz.

Er klingelt. Ein kleiner Junge öffnet – Karl, erinnert sich Yves – und mustert ihn.

– Mama, da ist ein Mann.

Schon ist das Kind weg. Hast du Guten Tag gesagt, Karl?, tönt Annas Stimme.

Yves macht einen Schritt vorwärts in die Diele. Anna bleibt unsichtbar. Ihre Stimme dringt zu ihm aus dem Flur, aus ihrem Zimmer, vermutet Yves.

– Tut mir leid, ich bin noch nicht angezogen. Meine Eltern leisten dir so lange Gesellschaft.

Yves macht noch einen Schritt nach vorne. Die Wohnung ist ansprechend, mit von überall her zusammengetragenen Möbeln eingerichtet, wobei sich eine deutliche Präferenz für die sechziger Jahre ausmachen lässt. In einem Sessel sitzt eine Dame mit Schmuck von sephardischer Schönheit und streicht die blonden Locken eines kleinen Mädchens für die Nacht glatt. In ihrem Lächeln erkennt Yves Annas Lächeln wieder.

– Guten Tag ... Ich bin Annas Mutter. Béatrice. Sie kennen sie ja, immer zu spät. Nun, Lea, sagst du nicht Guten Tag?

Die schmollende Léa hebt gar nicht erst den Blick. Die Großmutter insistiert nicht.

– Laurent, mein Mann.

Yves hatte den Mann mit dem langen weißen Haar und den majestätischen Zügen, der, vor dem Bücherregal stehend, in einem Buch blätterte, gar nicht bemerkt.

Yves drückt die ausgestreckte Hand:

– Yves Janvier.

– Ich weiß, sagt Laurent Stein und klappt das Buch zu.

Yves erkennt *Das zweiblättrige Kleeblatt.*

– Das wird heute meine Abendlektüre sein, fährt Annas Vater fort. Es fängt sehr gut an.

– Danke. Aber das Ende ist schlecht. Glücklicherweise ist es sehr kurz.

– Es endet schlecht, es ist kurz ... Das ist eine Definition des Lebens.

Yves schmunzelt. Annas Vater beobachtet ihn, schlägt das Buch wieder auf.

– Darf ich eine Kritik anbringen? Oder, sagen wir, eine einfache Bemerkung?

– Aber ich bitte Sie darum.

– Es geht um das Pascal-Zitat, das Sie als Motto ausgesucht haben: «Man liebt nie eine Person, nur ihre Qualitäten.»

– Ja?

– Entschuldigen Sie, aber ich frage mich, ob es nicht umgekehrt ist: ob uns beim anderen nicht eher das anzieht, was ihn zerbrechlich macht, das Loch in seinem Schutzpanzer. Die Liebe entsteht aus den Unzulänglichkeiten, die wir bemerken, der Lücke, in die wir eindringen, finden Sie nicht?

Ein wenig ratlos sucht Yves nach Argumenten.

– Vielleicht. Aber es scheint mir doch, dass Pascal das Wort «Qualität» ganz allgemein im Sinne eines Charakterzugs verstand …

– Ich fürchte, dass sein Verständnis des Wortes prosaischer ist. Ich gebe zu, ich verabscheue Pascal. Das ist ein Philosoph dritten Ranges, engstirnig, gefangen im Aberglauben. Ehrlich, die Pascal'sche Wette, dümmer geht's nimmer.

– Was die Wette angeht, einverstanden, sagt Yves lächelnd.

Annas amüsierte Stimme unterbricht ihn:

– Ich beeile mich, Yves, sonst wird mein Vater dich in Beschlag nehmen, und wir kommen wirklich zu spät. Und du, Papa, hör auf, Yves zu ärgern. Yves, wenn mein Vater dir auf die Nerven geht …

– Aber ganz und gar nicht. Dein Vater geht mir überhaupt nicht …

– Arbeiten Sie gerade an einem Roman, Monsieur Janvier?

– Yves. Monsieur Stein, bitte nennen Sie mich Yves … Ja, ich habe etwas angefangen, über Paare … Nun ja, wenn man das so sagt, hört sich das eher banal an …

– Nein. Haben Sie schon einen Titel?

– Ich würde es gerne *Die Theorie des Ensemble* nennen, «ensemble» im Sinne von «zusammen», «zusammen sein», also nicht *der Ensembles*, im Plural. Oder aber *Das abchasische Domino*, ich weiß es noch nicht.

– Abchasisch?

– Wie Abchasien. Das ist ein kleines Land am Nordufer des Schwarzen Meeres.

– Beide Titel sind schön. Aber vielleicht ein bisschen zu intellektuell, oder? Meine Tochter hat recht, ich ärgere Sie.

– Ähm … Ja, ich würde gerne, also …

– So, ich bin fertig.

In ein rotes Satinkleid mit orientalischen Motiven gehüllt, stürmt Anna aus dem Zimmer. Yves findet sie strahlend schön.

Sie ist barfuß, in jeder Hand hält sie ein Paar Sandalen.

– Mama, was meinst du, eher diese kretischen oder die eher römischen Sandalen?

Yves sieht keinen Unterschied. Die Mutter wohl. Sie entscheidet zugunsten der kretischen.

– Wir sind dann weg, Mama. Maureen hat mich gerade angerufen. Sie findet keinen Parkplatz, sie wartet unten auf uns. Auf Wiedersehen, Papa. Gebt ihr mir einen Kuss, Kinder?

Léa und Karl kommen aus ihrem Zimmer gelaufen, umarmen sie, als wollten sie sie erdrücken. Léa mimt das ausgesetzte Kind, schnieft und lacht dabei. Auf dem Treppenabsatz befreit Anna sich zärtlich von ihnen. Sie steigt in den Aufzug, Yves folgt ihr. Ein letzter Blick auf den kleinen roten Ferrari. Die Tür schließt sich.

Zehn Zentimeter trennen Yves von Anna. Sie trägt ein frisches Parfüm, das nach Holz und Efeu riecht, sie sagt nichts, lächelt, senkt den Blick. Um gegen die Versuchung anzukämpfen, sie in den Arm zu nehmen, konzentriert Yves sich auf das Dekor: Aufzug der Marke ART, getönter Spiegel, an den Wänden schwarze, kurzfaserige Auslegeware. Eine Kupferplatte: *«Max. 3 Pers. 240 kg. NF»*. Eine Anzeigetafel mit sechs schwarzen Knöpfen, *EG, 1, 2, 3, 4, 5*, ein roter Knopf *«STOP»*, ein grüner Knopf *«NOTRUF 24 Std.»*. Ein kleines Gitter, Lautsprecher und Mikrophon. *«Im Notfall folgende Betr.-Nr. angeben: TL1034»*.

Aber es gibt keinen Notfall, und die Abfahrt dauert fünfzehn Sekunden. Yves hat es geschafft, nichts zu versuchen. Den ganzen Abend über ergibt sich allerdings nicht die kleinste

Gelegenheit, Anna zu küssen. Sie und ihre Cousine gehen früh heim.

Am nächsten Morgen, wenn Stan von seinem Bereitschaftsdienst nach Hause kommen wird, wird Anna ihm in aller Länge, länger als üblich, von dem Abend bei Christiane erzählen, von Jean, Maureens neuem Freund, «charmant, vielleicht ein wenig blasiert», von Christianes Krankheit, «stabilisiert», von der Anwesenheit eines bekannten, sehr talentierten Filmregisseurs, «aber ja doch, Stan, denk mal nach, *Trente ans sans voir la mer*, der ist von ihm, den haben wir zusammen gesehen».

– *Dreißig Jahre, ohne das Meer zu sehen*, sagt Stan. Ja.

Von Yves sagt Anna nichts.

# ROMAIN UND LOUISE

*Paris, den 3. Oktober. Mitternacht.*

Es ist schon spät, Romain, Du arbeitest noch im Labor, und ich warte auf Dich, während ich diesen Brief in den Computer tippe. Das ist ~~in der Tat~~ meine Art, nicht auf Dich zu warten. Es ist schon Nacht, ich habe ~~die~~ unsere Kinder ins Bett gebracht, sie schlafen. ~~Ich habe Dir schon so lange nicht geschrieben~~ Ich hätte mich lieber nicht gezwungen gesehen, Dir diesen Brief zu schreiben. Ich schreibe ihn vielleicht nur, um ihn geschrieben zu haben, und ~~ich zögere~~ ich weiß noch nicht, ob ich ihn Dir geben werde. Was soll man noch erklären, wenn man einen Mann verlässt?

Ich habe einen Mann getroffen, Romain~~, ich habe mit ihm~~. Aber was zählt, ist, glaube ich, nicht die Person, sondern dass ich Lust hatte, haben konnte, ihm zu begegnen. Das hat mich überrascht, es hat mich überrascht, wie wenig Schuld und Scham ich dabei empfand. Ich war ganz einfach glücklich wie ein ~~zwanzig fünfzehn Jahre altes Mädchen ein~~ Backfisch bei seinem ersten Rendezvous.

Wir sind jetzt zehn Jahre zusammen, Romain. Ich empfinde so viel Zärtlichkeit. Du bist mit den Jahren mein bester Freund geworden, fast schon ein Bruder. Aber ein Bruder kannst Du natürlich nicht sein. Das

~~ist sinnlos~~ hat keinen Sinn mehr. Manchmal liege ich nachts neben Dir, ich berühre Deine Haut, wünsche mir Zärtlichkeit, manchmal auch Sex, aber ohne Dich wirklich zu begehren. Ich bin vierzig, werde es in ein paar Monaten sein. Es ist nicht das erste Mal, ~~dass ich Dich betrüge~~ dass ich Lust auf einen ~~Mann~~ anderen Mann habe. Es ist ~~in der Tat~~ das erste Mal, dass mich nichts zurückhält, dass ich nicht einen Augenblick lang in Erwägung ziehe, ihn nicht mehr zu sehen.

~~Romain, ich möchte Dir ich möchte ich muss~~

Louise schließt die Datei, ohne sie abzuspeichern, schaltet den Computer aus. Sie wird keine Worte finden, um diese Hingabe zu beschreiben, die Thomas von ihr empfangen hat, vor allem darf sie keine Worte dafür finden. Sie würde es gern mit einem Bild versuchen, dem Fenster, das eine heftige Windböe aufstößt, dem Zucker, der sich im Kaffee auflöst, aber es geht um Körper, um Nacktheit, um Begierde und um eine brutale Evidenz, die sich eingestellt hat, ohne dass sie ein Wort hätte einwenden können. Ja, das ist es, sagt sie sich. Ich hatte kein Wort zu sagen. Sie lächelt bei dem Gedanken an die Schlussfolgerungen, die Thomas aus diesem ihrem Wortgebrauch ziehen würde.

Sie ist verliebt, sie hat Hunger auf etwas Süßes, sie isst eine getrocknete Aprikose, dann noch eine. Plötzlich ist sie wirklich müde. Sie wartet nicht länger auf Romain und legt sich schlafen. Sie ist nicht schuldig, denn, so sagt sie sich immer wieder ganz entzückt, sie hatte kein Wort zu sagen. Sie schläft gleich ein.

## THOMAS UND LOUISE

Es ist spät. Der Donnerstagabend-Patient ist gegangen, Thomas wirft einen Blick auf *Le Monde*, liest mit Bitterkeit das Datum. Morgen ist es sechsundzwanzig Jahre her, dass Piette gestorben ist. Auf dem Foto, das Thomas immer auf seinem Schreibtisch stehen hat, lächelt sie, liegt sie ausgestreckt auf dem Bett, vor ihr verstreute Notizblätter. Sie ist im vierten Monat schwanger. Einige Wochen später wird sie das Kind verlieren, ein Jahr später bringt sie sich um. Auf die Rückseite des Fotos hat Thomas eine *Canzone* aus der *Vita Nuova* geschrieben, die blaue Tinte verblasst nach und nach:

*Si che volendo far come coloro*
*che per vergogna celan lor mancanza,*
*di fuor mostro allegranza,*
*e dentro da lo core struggo e ploro.*

Und wollte ich so sein wie jene,
die aus Scham verstecken, was ihnen fehlt,
so zeigte nach außen ich mich heiter,
doch tief im Herzen weint' ich vor Schmerz.

Manche Werke sind so strahlend schön, dass wir uns für das armselige Leben schämen, in das wir uns schicken, sie beschwören uns, ein anderes Leben zu führen, weiser und erfüllter, es sind so kraftvolle Werke, dass sie uns Mut einflößen, uns auffordern, das Leben selbst in die Hand zu nehmen. Ein einziges Buch kann diesem Zweck bereits genügen. Für Thomas ist es *La Vita Nuova*, in dem Dante um seine Beatrice weint. Ein Freund hat es ihm kurz nach Piettes Tod geschenkt. Aber Thomas glaubt nicht daran, dass seine Piette in einem zukünftigen Leben auf ihn wartet. Er zweifelt im Übrigen daran, dass in der unendlichen Vielzahl der Welten nach Lewis ein friedliches Universum existiert, in dem eine fröhliche Piette ihren gemeinsamen kleinen Jungen geboren hätte.

Zwei weitere Fotos stehen auf dem Schreibtisch: In dem größeren der beiden Rahmen sieht man seine Töchter Alice und Esther: Sie sind fünf und sieben Jahre alt und sitzen auf Ponys, daneben ihre Mutter. Das Scheidungsverfahren läuft schon. Auf dem letzten Foto, einem Schwarz-Weiß-Bild, sind drei Männer abgelichtet. Bei zwei von ihnen handelt es sich tatsächlich um Lacan und Barthes. Der Jüngste, in der Mitte stehend, trägt stolz das dichte, schwarze Haar eines jungen zwanzigjährigen Mannes zur Schau; er lächelt, hat einen dicken Aktenordner in der Hand. Es ist Thomas, und ihn erkennt man heute am wenigsten. Piette hat das Foto im Januar 1978 im Collège de France gemacht. Es vermittelt den Eindruck, als ob sie die besten Freunde der Welt wären, Lacan scheint über einen Witz des Psychologiestudenten zu lachen. Thomas hat es aufbewahrt. Den neugierigen Fragern antwortet er einfach: «Das bin ich mit Jacques und Roland.»

Von seinem Schreibtisch aus hat Thomas gehört, wie die Tür des großen Portals sich öffnet, wie Louise mit ihren eisenbeschlagenen Absätzen über den gepflasterten Hof ins Treppenhaus geht, und er hat seine Tür geöffnet, damit sie nicht klopfen muss. Nur ungern zeigt er ihr, wie ungeduldig er jedes

Mal ist, sie zu sehen, aber noch weniger mag er Geduld vorschützen.

Sie sieht ihn auf dem Treppenabsatz stehen und lacht.

– Und wenn ich es nun nicht gewesen wäre?

– Ich kenne niemanden, der so geht wie du.

– Mit einem Koffer in der Hand werde ich anders gehen.

– Das heißt?

– Bald, sobald ich den Mut dazu finde, werde ich mit Romain sprechen. Ich werde ihm sagen, dass ich möchte, dass wir uns trennen. Ich werde ihm auch von dir erzählen. Etwas in mir ist zerbrochen und nicht mehr zu kitten. Nicht erst, seit wir uns getroffen haben. Willst du mich immer noch? Eine Verrückte mit zwei Kindern?

– Ja.

– Dass ich verrückt bin, weißt du aber, oder?

Thomas sieht Louise an und lächelt.

– Ich möchte gern eine Verrückte haben. Ich habe immer davon geträumt, mir Arbeit mit nach Hause zu nehmen.

## ANNA UND YVES

Seit dem Abend bei Christiane hat Anna Yves nicht wiedergesehen. Er hat ihr ein neues Theaterstück geschickt, sie haben sich in einem Bistro in der Rue de Belleville verabredet.

Als Anna ankommt, wirft sie einen suchenden Blick nach ihm, findet ihn und ist erstaunt, ihn nicht gleich erkannt zu haben. Sie hatte ihn sich größer vorgestellt, was eine dumme Idee ist, denn er sitzt ja, sie hatte einen jüngeren Mann in Erinnerung und nicht bemerkt, wie weit die Haare sich aus seiner Stirn zurückgezogen hatten. Er liest in einem Magazin, hat einen Kaffee vor sich, sieht sie plötzlich, lächelt ihr zu. Die Unruhe, die sie bislang jedes Mal verspürt hatte, stellt sich nicht ein. Sosehr sie die Erregung fürchtete, so sehr erhoffte sie sie auch. Ihre Abwesenheit hat nun eine zugleich frustrierende und beruhigende Wirkung auf sie.

Sie setzt sich. Sofort kritisiert sie die Dialoge, den Aufbau des Stückes, gibt zu, dass sie Romane vorzieht. Er schlägt ihr umgehend vor, ihr seinen ersten Roman zu schenken: Er wohnt gleich in der Nähe, der Kaffee ist viel besser bei ihm zu Hause, sie nimmt an. Als sie an seiner Seite geht, ergreift die Erregung erneut Besitz von ihr, so lebhaft, dass sie sich ihr ganz überschwänglich überlässt.

Sie durchqueren eine begrünte, renovierte Wohnanlage, steigen eine Treppe hoch, und er öffnet die Tür zu einer großen Wohnung mit hohen Räumen, sie wirkt maskulin und gemütlich. Das große, sonnendurchflutete Wohnzimmer ist mit einer Vielzahl von Objekten zugestellt, Filmprojektoren, ein Muskelmann mit Klappzylinder, eine Skulptur aus Treibholz. Anna tritt an die große Fensterfront, schaut auf Paris, sieht die Lichter, die nach und nach angehen, Sacré-Cœur, das Beaubourg im Süden und, weiter entfernt, die Spitze des Eiffelturms. Yves stöbert in einem Karton, holt ein Buch heraus und hält es Anna hin.

– Ich hab's gefunden. Da ist es. Entschuldige die Unordnung, Anna. Ich bin gerade erst eingezogen.

– Das ist ja riesig.

– Ja. Viel zu groß für meine Tochter und mich.

– Bist du Mieter?

– Nein, ich habe zu viele verschiedene Arbeitgeber, das verunsichert die Hausbesitzer. Ich musste immer kaufen. Ich lebe in meinem Kapital.

Dann ist es also möglich, denkt Anna zerschmettert. Sie hatte sich ein dreckiges, heruntergekommenes Haus vorgestellt, eine vollgestopfte Zweizimmerwohnung, einen bescheidenen Haushalt, sogar eine gewisse Bedürftigkeit. Sie hatte sich gewünscht, dass er arm sei, dass seine Armut ihn zu einem undenkbaren Mann mache, sie hätte gerne einen Vorwand gehabt, um ihm in vorwurfsvollem Ton sagen zu können: «Aber welches Leben könntest du meinen Kindern bieten?»

– Ich hatte dir einen Kaffee versprochen. Hier entlang, bitte.

Die offene Küche entlockt Anna ein Lächeln: Stan und sie haben dasselbe Modell, von derselben schwedischen Firma.

Sie geht vor. Er riecht ihr Parfüm. Sie geht sehr langsam. Später wird Yves die Entdeckung machen, dass Anna, wenn sie unter Hochspannung steht, ihre Schritte verlangsamt, so als ob der augenblickliche Moment ihre ganze Energie beanspruche.

Jetzt versteift sie sich vollends, ihr Atem stockt. Yves nimmt sie in die Arme, sie weist ihn nicht zurück. Sie lässt sich von seinen Armen um die eigene Achse drehen, Yves zieht sie an sich, ihre Lippen öffnen sich leicht, er nimmt an. Ohne ein Wort zieht er sie ins Schlafzimmer, sie lässt sich führen.

## ANNA UND STAN

Der Abend nach einem Erdbeben ist ein Abend wie jeder andere. Im Kinderzimmer sitzt Léa und malt, Karl übt Klavier. In der Küche bereitet Anna das Abendessen vor, Stan deckt den Tisch. Anna erzählt von ihrem Tag. Ein kleiner autistischer Patient hat zum ersten Mal das Wort «Schokolade» ausgesprochen.

Stan stellt nur wenige Fragen. Er hört seiner Frau zu, betrachtet sie zärtlich. Bei Anna ist das Sprechen niemals eine Anstrengung. Je milder sie ist, desto unbeschwerter scheint sie zu sein.

Während des Kochens legt Anna ihre Ringe auf die Arbeitsplatte. Sie sind alle Geschenke von Stan. Ihr filigraner, von dreiunddreißig Diamanten durchschossener Ehering. Ein massiveres, antik anmutendes Stück, von dessen Preis sie keine Vorstellung hat, er ist unglaublich hoch: eine runde, auf einen Ring aus Weißgold montierte, von rohen Saphiren und Rubinen gefasste Scheibe aus Feingold. Und dann auch noch eine einfache schwarz-rote Achatperle auf einem silbernen Ring, die sie sich auf einem Markt in Avignon ausgesucht hatte, als sie und Stan noch zum Festival fuhren. Das war in der Zeit vor der Geburt der Kinder.

Anna zerschneidet eine Fenchelknolle, Rübchen und Zucchini, die sie in eine Pfanne gibt und mild würzt, dann setzt sie den gläsernen Deckel auf, der sofort beschlägt. In einem Topf kocht Reis. Auf ihrem Gesicht liegt ein trauriger, leicht genervter Ausdruck. Ihr ist so, als ob sie nicht nur Lust habe, woanders zu sein, sondern vielmehr schon woanders sei. Sie sieht ihr Leben wie durch eine Glasscheibe.

Sie gießt den Reis ab, streift die Ringe über ihre feuchten Finger. Ihr wird plötzlich klar, dass sie, wenn sie Stan verließe und Stan sich mit einer anderen Frau zusammentun würde, keinerlei Eifersucht empfände. Sie wüsste bereits alles über das Leben, das vor dieser Frau läge, Stans Zuvorkommenheit, seine Aufmerksamkeiten, selbst die Geschenke, die er ihr machen würde, kennt sie schon, sie würde sie ohne Schwierigkeiten an den Fingern und am Hals der neuen Frau wiedererkennen.

Sie kippt den Reis in eine Schüssel, denkt auch an all die Frauen, die Yves bereits gekannt hat und von denen sie nichts weiß. Sie malt sich aus, dass die Frauen glücklich sind, wie sie an seinem Arm spazieren gehen, sich an ihn schmiegen. Die Bilder sind flüchtig, aber von solch heftiger Sinnlichkeit, dass sie ganz aufgewühlt ist.

– Woran denkst du?, fragt Stan.

– Es tut mir leid, lautet Annas spontane Antwort.

Das ist keine Antwort, sondern ein Geständnis. Stan lässt sich, sollte er es denn begriffen haben, nichts anmerken und gießt den Kindern Wasser in die Gläser.

– Denkst du an den Fuchs-Fleck deines Bruders?

Anna antwortet nicht.

– Weißt du, das ist eine Erkrankung, die nur selten vorkommt. Es ist sehr gut möglich, dass ihm mit dem anderen Auge nichts passieren wird. Man muss es nur beobachten, das ist alles.

Anna nickt, zuckt mit den Schultern, ruft die Kinder.

– Karl, Léa, wir sind fertig.

Sie hat sich wieder gefasst, ihre Stimme klingt fröhlich.

## LOUISE UND THOMAS

Thomas hatte einen Albtraum, den er Louise in einem ruhigen Café in der Rue de la Contrescarpe erzählt:

– Ich bin in meiner Küche, mit Maud, deiner ältesten Tochter. Du hast mir ihr Foto gezeigt, aber ich würde sie auf der Straße nicht wiedererkennen. In meinem Traum ähnelt sie ein wenig Judy Garland in *Der Zauberer von Oz*, also anders gesagt: keinerlei Ähnlichkeit. Ich bringe ihr bei, wie man Crêpes macht. In der Küche steht ein alter Fernseher, ein Gerät mit Bildröhre, und es läuft ein Film. Ein Spionagefilm, ein schwarz-weißes B-Movie. In einer Küche, die exakt genauso aussieht wie meine, sieht man eine gefesselte Frau. Von Zeit zu Zeit kommt ein Mann herein und ohrfeigt sie. Sie möchte schreien, aber sie ist geknebelt. Ich weiß, dass du diese Frau bist, auch wenn sie dir ganz und gar nicht ähnlich sieht. Und ich weiß auch, dass diese Szene, obwohl sie vollkommen belanglos ist, auf Maud erschreckend wirkt. Aber nicht eine Sekunde denke ich daran, den Fernseher auszuschalten, ich versuche nur, mich zwischen den Bildschirm und deine Tochter zu stellen, und ich spreche sehr laut, um das Stöhnen der Frau zu überdecken. Da kommt ein Mann im Anzug herein, es könnte Humphrey Bogart in *Casablanca* sein, und schreit sie an: «Geh jetzt nach Hause.» Sofort ist die Frau von ihren Fesseln befreit und zieht humpelnd von dannen. Sie dreht sich zu ihm um und wirft mit einer Schachtel Ohrenstäbchen nach ihm.

– Mit was für einer Schachtel?

– Ich weiß, das klingt absurd, es ist ein Traum, ich weiß nicht, wofür die Ohrenstäbchen stehen könnten. Der Fernseher geht von allein aus, ich hoffe, dass Maud nichts gesehen hat, ich erzähle ihr von der Bierhefe, die den Crêpe-Teig aufgehen lässt. Deine kleine Tochter schaut mich an, sie ist wütend, sie wollte den Film sehen.

– Das ist alles?, fragt Louise.

– Das ist alles. Ich erzähle es dir, weil ich denke, dass der Traum von meiner Schuld spricht.

– Und Humphrey Bogart, das soll mein Mann sein? War Bogart nicht sehr klein?

Sie lacht, er schüttelt den Kopf.

– Ich weiß nicht, ob er es ist. Ein Traum ist immer komplex.

– Ich hatte keinen Albtraum, nur einen unmöglichen Mandanten. Einen Vergewaltiger. Er hat sich eine unhaltbare Verteidigungsstrategie zurechtgelegt. Ich habe ihm gesagt: «Das kannst du vergessen, du Schwachkopf. Sie hat Spuren von deinen Schlägen am Körper, und die Substanz, die man auf ihren Kleidern gefunden hat, ist dein Sperma.»

Bei dem etwas laut ausgesprochenen Wort «Sperma» dreht sich das ganz Café zu ihnen um, eine Stille macht sich breit, aber Louise hat es nicht bemerkt. Sie fährt fort:

– «Nun gib schon zu, dass du dieses Mädchen vergewaltigt hast. Die Geschworenen werden dir niemals glauben. Wenn du weiter leugnest, dann kriegst du nicht vier oder fünf Jahre, sondern zehn.»

– Louise …

– Ja?

– Nicht so laut. Alle Leute schauen uns an. Oder vielmehr, alle Leute schauen mich an.

Louise dreht sich um. Alle Blicke sind auf Thomas gerichtet, voller Zorn und Verachtung. Sie steht sofort auf, wendet sich an die anderen Gäste.

– Halt, Moment. Ich bin Anwältin. Das ist der Mann meines Lebens, ich erzähle ihm gerade meinen Arbeitstag, ich liebe ihn, wir heiraten am Sonntag.

Sie setzt sich neben Thomas und küsst ihn auf den Mund. Der Kuss dauert, man hört Pfeifen, Lachen, sogar Applaus. Als sie sich von ihm löst, bekommt Thomas einen Lachanfall.

– Du bist wirklich verrückt.

– Nach dir.

# ANNA UND YVES

Es gibt keine einfache Erklärung für Lust. Wenn die Katze hinter der Maus herläuft, werden nicht einfach die Moleküle der Katzen von den Molekülen der Mäuse angezogen. Anna weiß ebenso wenig, warum ihr Körper Yves' Hände mag, wie Yves zu sagen wüsste, was seine Hände zu Annas Körper drängt.

Da sie ihm alles erlaubt, scheint alles ganz natürlich zu sein. Nichts ist mehr unzüchtig. Oder hat sie ihm nichts untersagt, weil nichts gegen die Natur ist? Und doch murmelt sie, plötzlich beunruhigt, eines Abends, nachdem er sie sehr unkonventionell genommen hat:

– Wenn du eines Tages ein Buch über uns schreibst, erzähl das bitte nicht.

– Was, das?, fragt Yves.

– Du weißt schon. Das.

Yves schüttelt den Kopf, küsst sie. Warum sich sorgen? Er wüsste nicht, wie er das erzählen sollte.

Anna mag es nicht, dass Yves' Lust aus ihrer eigenen entsteht. Manchmal wünschte sie, dass er nicht Lust auf sie persönlich hätte, sie wünschte, er nähme sie «ganz einfach», «als Frau», wie ein Objekt in seinen Händen, sie möchte sich dann verlieren in einer beinahe mechanischen Gier nach Sex. Früher hatte sie mal einen Liebhaber – «ein ziemlicher Idiot», wie sie zugibt –, der, als sie nackt vor ihm stand, gesagt hatte: «Frauen sind etwas Schönes», und dieser Satz war ihr wie die allerschönste Liebeserklärung erschienen. Yves hingegen findet das total banal, naiv, die poetische Verve eines Lastwagenfahrers, eines Romantikers im Unterhemd. Sie erwidert:

– Ist mir egal, ich mag das. Das wirkt befreiend auf mich.

Aber wenn sie sich lieben, spricht Yves ihren Namen aus, und sie ist von seinen derben oder zarten Worte wie benommen:

– Ich mag es, wenn du mich Anna nennst. Das verwirrt mich, so als ob es ganz neu für mich wäre.

Mehrmals verlangt sie nach ein wenig Gewalt. Sie sagt: Beiß mich. Schlag mich. Amüsiert führt Yves den Befehl aus, entdeckt, dass er das kann, findet Spaß an diesem Spiel. Doch schnell kommt er an seine Grenzen. Er will gerne spielen, aber zu viel Theater macht ihn konfus, und sein Verlangen erstirbt.

Nach dem Höhepunkt mögen ihre Körper zwar jeden Dienst verweigern, aber die Lust, die sie aufeinander haben, bleibt lebendig. Anna küsst seinen Hals, Yves streichelt ihre Brüste, ihren Nacken, ihren Po, ist erstaunt über diesen unstillbaren Hunger. Sie klagt:

– Meine Brüste werden alt. Du kennst sie nicht anders, aber sie waren früher so viel schöner. Prahlerisch, das ist das Wort. Sie waren prahlerisch.

Er leckt die Brustwarzen, die sich unter seiner Zunge aufrichten, beißt sie ganz leicht, schnappt nach ihnen. Es sind keine Jungmädchen-Brüste mehr. Das berührt ihn zutiefst. Zuweilen schläft Anna zufrieden ein, und ein zartes und dauerhaftes Lächeln zeichnet sich auf ihren Lippen ab.

Ein andermal, als sie sich gerade anzieht, wirft Yves sie erneut aufs Bett zurück, zwingt umstandslos ihre Beine auseinander und drückt einen Kuss auf ihr Geschlecht. Lachend lässt sich Anna überwältigen. Als Yves sich wieder aufrichtet, sagt sie erstaunt:

– Warum kann ich mit Stan nie so sein wie mit dir?

Ihr Bedauern ist auf schmerzliche Weise ehrlich. Es ist wahr, alles wäre so viel einfacher. Yves lächelt. Er ist ganz groß im Einstecken von Schlägen.

Anna fragt ihn auch oft, wie ein junges Mädchen:

– Warum liebst du mich, Yves? Warum hast du mich so lieb?

Das sagt sie ohne Ziererei. Sie hätte so gerne, dass seine Liebe ihr klare Umrisse gebe, ihr die Gewissheit gebe, dass sie existiert, wo sie doch so sehr für ihn existiert. Sie möchte sich konsistent fühlen, so dicht und schwer wie der Golem aus Tonerde, der sich nicht so viele Fragen stellt. Sie braucht die anderen. Manchmal sagt sie, dass sie nicht mehr als eine saprophyte Pflanze sei, ein für das Leben geeigneter Parasit.

Wenn Anna sich dann endlich verabschiedet, bleibt Yves gerne zu Hause und genießt die träge Kraft, die diesem Glück innewohnt, sie gesehen zu haben. Sollte er eine Verabredung haben, eine Einladung zum Abendessen, sagt er ab, schiebt Arbeit vor oder eine Migräne. Nichts und niemand soll diesen Ton unterbrechen, den er noch hört, nichts und niemand soll die Farbe verwischen, die sie in ihm aufgetragen hat.

## ANNA UND LOUISE

Zweihundert Euro für einen Wollpullover, fast hundert für einen Schal aus einfacher schwarzer Baumwolle. Yves hat selten so eine teure Boutique gesehen. Bevor Anna in sein Leben einbrach, ging Yves niemals in diese fast völlig leeren Orte, die halb Kunstgalerie, halb Wohnzimmer sind, wo kein Rock, kein Mantel in zwei Exemplaren am Kleiderständer hängt, wo es oft nur eine Größe gibt, die aber fast allen Kundinnen passt. Alle diese Kleidungsstücke haben außerdem die exquisite Eleganz, niemals neu auszusehen.

– Nein, das ist gar nicht teuer, schau mal, das ist alles zum halben Preis, korrigiert ihn Anna, es ist Schlussverkauf.

Kleider sind für Anna eine zwanghafte Leidenschaft. Sie ist stets auf dem neuesten Stand der Mode, weiß damit zu spielen, die Richtungen zu kombinieren. Mit seinen Wanderschuhen und seinem alten Dufflecoat fällt Yves an ihrer Seite leicht aus dem Rahmen. Gerne würde sie ihn von Kopf bis Fuß einkleiden, aus ihm einen «pointierten», eleganten Mann machen. Sie hat ihn schon beeinflusst: Er trägt jetzt gelegentlich schöne Schuhe, dunkle Hemden, Hosen mit Bundfalten. Das Schauspiel, das Anna in einer Boutique abgibt, dieser ohne Komplexe zur Schau getragene Narzissmus, belustigt Yves mehr, als dass es ihn ärgert. Er ahnt, dass sie herausfinden will, wie weit er diese Sucht aushält, diese Abhängigkeit von einer, wie sie es nennt, «Ästhetik», von der sie auf keinen Fall ablassen will.

Anna will gefallen, will nicht darauf verzichten, weder heute noch später, wenn das welke Alter ihr droht. Sie mag Frauen, die hartnäckig dagegen ankämpfen, die mit sechzig der Ungerechtigkeit des Alters Widerstand leisten. Sie findet es nicht lächerlich, bis zum Ende zwanzig Jahre alt sein zu wollen. Und sie ist auf der Hut. Eines Mittags geht Anna an Yves' Arm durch die Rue Oberkampf, als er eine Freundin trifft. Die Frau ist noch jung, sehr schlank, sieht sportlich aus. Plötzlich zeigt sich ein Sonnenstrahl in seiner ganzen Grausamkeit: In seinem Lichte und unter diesem Blickwinkel wirkt die weiße Haut der Frau wie empfindliches und altes Pergamentpapier. Anna bekommt eine Gänsehaut. Sobald sie sich von der Freundin verabschiedet haben, eilt Anna in eine Parfümerie und kauft eine Feuchtigkeitscreme.

An einem anderen Tag wiederum, da sie zu wenig Zeit hat, um heraufzukommen, sie «nicht in fünf Minuten Liebe machen will», geht er hinunter und steigt zu ihr ins Auto. Sie schlägt vor, nur schnell etwas im Café gegenüber zu trinken. Sie zückt ihren karminroten Lippenstift, bemalt sich die Unterlippe, drückt die Lippen aufeinander, betrachtet das Ergebnis im Rückspiegel. So gerüstet, schaut sie ihn an.

– Soll ich mir auch die Augen schminken?

Er findet sie perfekt. Sie fügt hinzu:

– Romy Schneider schminkte sich immer, wenn ihr Mann ihr vorschlug, auszugehen. Auch wenn sie nur im Restaurant unten an der Ecke zu Mittag aßen.

Spiegel sind wichtig. Yves hat drei davon: den großen über dem Kamin im Wohnzimmer, den kleinen über dem Waschbecken im Badezimmer und einen letzten in ganzer Höhe an einem Schrank im Schlafzimmer, wo man sich von Kopf bis Fuß sieht. Wenn Anna nach Hause gehen muss, spielt jeder seine Rolle. Zuerst überprüft Anna im Badezimmer jedes einzelne Detail, dann rückt sie im Schlafzimmer ihre Silhouette zurecht, und schließlich schreitet sie im Wohnzimmer zur Generalinspektion.

Er fragt sich, ob diese Koketterie eines Tages ein Trennungsgrund sein könnte. Doch hat Annas Vater schon recht: Man verliebt sich in die Fehler. Yves weiß das: Bei sich zu Hause hat er eine Wandleuchte, die er bei einem befreundeten Bildhauer in Auftrag gegeben hatte. Als er das Werk in Empfang nahm, war er zuerst enttäuscht. Die Wandleuchte missfiel ihm zwar nicht, aber sie war anders, als er sie sich vorgestellt hatte. Heute ist es gerade das, was ihm auch an ihr gefällt. Sie ist unübersehbar, greifbar und präsent an der Wand. Er will auch keine Frau, die sich nicht von der Umgebung abhebt. Im Übrigen ist Anna alles, nur keine Zierleuchte.

Anna schwankt zwischen zwei Kleidern, einem kurzen, grün und rosafarben, ganz im Courrèges-Stil der siebziger Jahre, und einem längeren, grau-rot, etwas braver. Die hübsche blonde Frau neben ihr steht vor demselben Dilemma.

– Das ist wirklich sehr hübsch, sagt Anna, die gerade das kürzere Kleid anprobiert, aber das kann ich nicht zur Arbeit anziehen, und ich würde mich nie trauen, damit auszugehen.

– Dann nehme ich es, sagt Louise lachend, ich ziehe es im Justizpalast an, unter meiner langen schwarzen Robe.

# ANNA UND YVES

In manchen Nächten, wenn Stan im Quinze-Vingts Bereitschaftsdienst hat, besucht Yves Anna in der Rue Érasme, nachdem sie ihre Kinder zu Bett gebracht hat. Sie bereitet für sie beide ein Abendessen zu, verbringt den Abend in seinen Armen und ist dabei stets ängstlich, Karl könne aufwachen und sie eng umschlungen überraschen.

Eines Abends nimmt Anna Yves mit ins Schlafzimmer. Dort öffnet sie einen Schrank, holt drei staubige Schuhkartons heraus, die sie in die Küche trägt. Sie enthalten Hunderte von Fotos. Vor Yves, vielleicht für Yves, breitet sie ihr Leben aus. Lange Zeit hat sie diese Kartons nicht mehr geöffnet.

Er erkennt sie wieder in dem kleinen, brünetten Mädchen in Latzhosen, das mit seinem ganzen Gewicht auf einer Schaukel ins Blau des Himmels schwingt, in dem jungen Backfisch, der, beinahe schon verliebt, mit seinem Vater tanzt. Auf einem anderen Foto sitzt sie im weißen Kleid in einem Boot, auf einem See in einem englischen Garten. Das Bild könnte aus den zwanziger Jahren stammen. Yves erkennt den Mann, der die Ruder hält. Es ist ein Schriftsteller:

– Ist das nicht Hugues Léger da neben dir?

– Ja, das ist er. Kennst du ihn?

– Nur flüchtig. Ich mag seine Bücher sehr, wir haben denselben Verleger.

– Wir waren ein Jahr lang zusammen. Seither sind wir Freunde geblieben. Ich kann ein Abendessen organisieren, magst du?

Sie gräbt weiter in den Kartons, holt Fotos von ihrer Hochzeit heraus, mustert sie, kommentiert sie. Yves geht durch den Kopf, dass Anna gerade vor ihm ein Inventar all dessen ausbreitet, was sie zu verlieren sich anschickt. Dass sie ihn gerade bittet, Worte zu finden, damit sie Mut schöpfen kann, all dem zu entsagen, was jedes einzelne Foto ihr vor Augen führt. Schau dir dieses mein Glück an, meinen Mann, mein Haus, meine Kinder, meine Eltern, schau hin. Es ist alles da, ausgebreitet auf diesem Küchentisch, Jahre des Lebens in verblassenden Farben, ich schenke sie dir, ich gebe sie hin für dich, mein Geliebter. Aber du, was hast du mir zu bieten? Sag's mir.

Anna fürchtet, es niemals «zu schaffen». Um sich selbst zu überzeugen, zitiert sie manchmal Jane Birkin, Romy Schneider, Frauen, häufig Schauspielerinnen, die mehrere bedeutende Männer in ihrem Leben hatten – Anna sagt, die «mehrere Leben hatten», als ob jeder Mann für ein Leben stünde. Sie sucht nach Modellen, Beispielen, die ihr sagen, dass, ja, auch sie ein Recht darauf hat. Das ist man ihr schließlich schuldig.

Aber sie zweifelt. Eines Abends, als sie im Auto unterwegs sind, sagt sie ihm:

– Weißt du, ich würde es so gerne schaffen. Oft sage ich mir: Anna, lass es los.

Yves lacht laut auf.

Hast du gehört, was du da gerade gesagt hast? Du hast auch gesagt: «Lass es. Los»: «Lass es sein.»

Anna hat sich selbst gehört. Ihre ganze Zwiespältigkeit liegt darin verborgen. «Lass es. Los» oder «Lass es los». Die Bedeutung des Punktes und des Unbewussten.

## HUGUES UND YVES

«Ich weiß nicht, ob ich einen besten Freund habe. Es kommt vor, dass ich aufwache und nicht mehr weiß, wie alt ich bin. Ich habe meinen Wecker zehn Minuten vorgestellt, damit ich pünktlich losgehe, aber nun kalkuliere ich diese zehn Minuten schon vorher ein, was sie nichtig macht. Ich würde gerne ein Buch mit dem Titel *Mein belangloses Buch* veröffentlichen. Der Verleger hieße Ein kleiner Verleger, und die Reihe Im allgemeinen Desinteresse, damit ich sagen könnte: Ein kleiner Verleger hat im allgemeinen Desinteresse mein belangloses Buch veröffentlicht. Eines Tages habe ich, nachdem mich eine Frau verlassen hatte, meine Matratze entzweigeschnitten, damit ich nicht mehr da schlafen musste, wo sie einmal gelegen hatte. Wenn ich eilig das Haus verlassen muss, finde ich nie meine Schlüssel. Ich mag es, wenn mein Kopfkissen sich kühl anfühlt, wenn ich zu Bett gehe. Ich kannte mal einen Mann, dessen Name Dertod war und der sich so vorstellte: ‹Dertod, wie der Tod, ohne Leerzeichen.› Ich werde in die Hölle kommen. Ich habe mindestens zehnmal im Fernsehen das Bild von der Tsunami-Welle gesehen, die über die indonesische Küste hinwegspült. Ich besitze Turnschuhe, Tennisschuhe, Kletterschuhe (nur zweimal angehabt), geschnürte Wanderstiefel, schwarze Mokassins, schwarze Schuhe, Pantoffel, Sandalen mit Reifenprofilsohlen, gelbe Schwimmflossen. Ich weiß, dass mein Lieblingsfilm kein sehr guter Film ist. Ich frage mich oft, ob die Welt anders wäre, wenn ich nicht existierte.»

Yves legt Hugues Légers erstes Buch, *Définition*, aus der Hand. Eine Litanei von Sätzen, fast tausend, in denen der Autor in unzusammenhängenden Fragmenten sein Selbstporträt skizziert. Am Abend zuvor hat sich Hugues das Leben genommen, mit einem Schuss in den Mund. Anna ist einige Tage in Berlin, sie weiß es sicher noch nicht. Yves hat für die *Libération* sofort einen Nachruf geschrieben, mit Hilfe eines befreundeten Journalisten hat er erreicht, dass er ins Blatt kommt, obwohl ein anderer Artikel bereits im Satz war. Darin sagt er, dass Hugues' letztes Buch, *Autolyse*, das vom Selbstmord spricht, dennoch kein «Testament, das man entsiegeln kann», sei, dass es nicht «das kathartische Buch ist, das seine Freunde von ihm so gerne gehabt hätten, nicht das Buch, das jenes kreative Feld eröffnet hätte, das ihm noch zu öffnen blieb. Doch *Autolyse* ist sein gelungenstes Buch, es braucht, um zu existieren, nicht den dunklen Schein seines Todes, auf dessen Ankündigung er auch hätte verzichten können.»

Das Abendessen, das Anna gewollt hatte, wird niemals stattfinden, der Liebhaber von heute wird nie den Liebhaber von gestern kennenlernen. Aber Yves spürt, wie in ihm ein Gefühl von Freundschaft für Hugues entsteht, das dessen selbst beschlossener Tod vergebens zu unterbinden sucht. Er hat noch einmal seine Bücher gelesen, um in ihnen den Mann zu finden, den Anna geliebt haben muss. Und er hat in seinen Sätzen ein dunkles Wissen um das Leben entdeckt. Besonders ein Satz hat ihn heftigst berührt, mit ihm schließt *Définition*: «Der schönste Tag meines Lebens ist vielleicht schon Vergangenheit.» Bevor er Anna traf, dachte auch Yves, der schönste Tag seines Lebens sei schon Vergangenheit. Er weiß auch, dass die Frau, deretwegen Hugues seine Matratze entzweigeschnitten hat, Anna ist. Sie ist die Art von Frau, für die man ein Bett opfern kann.

Anna bewahrte für Hugues mehr als nur Zuneigung. Eines Tages hatte sie ihm versichert:

– Weißt du, Hugues, falls du in Schwierigkeiten bist, kannst du immer ein paar Tage bei mir und meinem Mann wohnen. Das stört uns nicht, wir haben ein Gästezimmer.

Eines Abends – es waren zwei Jahre vergangen – hatte er an ihrer Tür geläutet, mit einem Koffer in der Hand. Er hatte sich mit seiner Lebensgefährtin zerstritten, er stand auf der Straße. Anna war in der Normandie, Stan hatte geöffnet. Er wusste nicht, was er dem Mann auf dem Treppenabsatz sagen sollte: Er kannte ihn nicht, Anna hatte ihm nie von irgendeiner Einladung erzählt, und unterdessen war Karl geboren; das Gästezimmer war inzwischen sein Kinderzimmer. Stan hatte Hugues hereingebeten, dann Anna angerufen. Sie hatte ihrem alten Freund die neue Situation erklärt. Hugues hatte kein Aufhebens davon gemacht, er war ins Hotel gezogen, trotz Stans Angebot, ein Feldbett in seinem Arbeitszimmer aufzuschlagen.

Als sie Yves diese Anekdote erzählte, schwang etwas Nostalgie in ihrer Stimme mit. Sie hatte sich von Hugues entfernt, bedauerte sie, das wäre die Gelegenheit gewesen, einander anders kennenzulernen, eine echte Freundschaft zu knüpfen. Aber sie hatte gesagt:

– Wirklich schade. Wenn Hugues bei uns zu Hause geschlafen hätte, hätten wir eine neue Beziehung haben können.

Yves hatte über die Doppeldeutigkeit gelacht. Er weiß, dass Anna für «Liebe machen» fast immer «eine Beziehung haben» sagt.

## ANNA UND THOMAS

Anna hat nie Buch geführt über ihre Sitzungen mit Le Gall, aber Le Gall schreibt oben auf sein Blatt die Zahl 1000. Das ist viel. Du hättest dir einen kleinen Porsche mit einigen Extras leisten können, hatte Yves ausgerechnet. Falsch: Thomas hat ein kleines Haus in Italien abbezahlt, in einem Dorf in der Nähe von La Spezia.

Anna weiß, wovon sie reden möchte, von Simons Gefäßschaden. Die Aussicht, dass ihr Bruder eines Tages erblinden könnte, hat sie zutiefst erschreckt. Sie spricht von Simons Frau, von seinen Kindern. Schließlich gesteht sie, welchen Angstgefühlen sie ausgesetzt wäre, wenn sie sich nicht mehr vom Blick eines geliebten Mannes erfasst fühlte, wenn sie aus seinen Augen verschwände, wenn dieser Spiegel, den sie so sehr braucht, zerbräche. Der Egoismus ihrer Selbstliebe erfüllt sie mit Scham.

Sie will auch von einem Lapsus erzählen, der ihr am Vortag unterlaufen ist. Sie ging mit Karl und Léa spazieren, Yves begleitete sie, sie gehen zum ersten Mal alle zusammen essen. Wenn die Kinder dabei sind, ist Yves niemals ein Liebhaber, sondern ein «Freund». Anna konnte sich noch nicht dazu durchringen, ihnen zu sagen, welchen Platz er in ihrem Leben einnimmt, Yves zweifelt oft daran, dass sie es jemals schaffen wird. Sie hütet sich vor jeder zärtlichen Geste, jeder Art Aufmerksamkeit. Karl läuft voraus, springt von Pflasterstein zu Pflasterstein, Léa schlüpft zwischen sie beide, nimmt sie beide bei der Hand und lässt sich schaukeln, wobei sie vor Freude jauchzt. Die spontane Zuneigung, die Léa von Anfang an für Yves gezeigt hat, stürzt Anna jedes Mal in Verwirrung: Ihre Tochter könnte in diese nicht ausgesprochene, uneingestandene Verbindung einwilligen, dem Liebhaber ihrer Mutter einen Platz einräumen. Plötzlich lässt Léa sie los und rennt zurück, um die Auslagen in einem Spielwarengeschäft zu betrachten. Da schimpft Anna mit ihr:

– Wir sind spät dran, wir haben Hunger. Beeil dich, Nora!

Nora? Anna wendet den Blick ab, ist aus der Fassung gebracht, fängt sich wieder:

– Schneller, Léa!

Nora. Sie kann es nicht fassen. Sie hat ihre Tochter beim Vornamen ihrer jüngeren Schwester gerufen, und schon ist sie wieder zurückversetzt in die Kindheit, die Zeit, als sie mit ihrem Vater, ihrer Mutter, ihrer Schwester und ihren Brüdern spazieren ging. Léa ist das ziemlich egal. Sie beschleunigt ihre Schritte.

Den ganzen Abend hat Anna über diesen Lapsus nachgedacht. Sie hat eine Erklärung gefunden, die sie Yves schon gegeben hat und die sie jetzt Le Gall unterbreitet.

– Ich schaffe es nicht, Mutter zu sein, wenn ich mit Yves zusammen bin.

– Mmmh. Aber dabei sprachen Sie gar nicht mit Yves.

– Nein.

– Sie sprachen mit Léa, nicht wahr?

– Ja.

– Also ist es vielleicht auch so, dass Sie es vor Léa und Karl nicht schaffen, Frau zu sein. Dass Sie es sich versagen.

Anna schweigt. Le Gall hat soeben ihren Blick auf die Szene umgekehrt, den Sinn des Lapsus ins Gegenteil verkehrt. Sie fühlt, dass er richtigliegt.

– Vielleicht versuche ich, sie zu beschützen.

– Oder sich selbst zu beschützen.

Le Gall interveniert nur selten. Er tut es jedes Mal, wenn er eine andere plausible, ebenso fruchtbare Assoziation erkennt. Er versucht, aus seinem Vokabular das Wort «weil» zu verbannen. Es ist nicht seine Rolle, zu bestimmen, was Ursache und was Wirkung ist. Er beschränkt sich auf Feststellungen. Manchmal gibt er nur wieder, was gesagt worden ist. Als sie ihm während einer Sitzung ihr Herz ausschüttet:

– Wenn ich zu Yves gehe, werde ich das Leben haben, von dem ich träume …

hat Thomas wiederholt:

– Ja, das Leben, von dem Sie träumen. Sie träumen. Sie hatte Le Gall schon gesagt:

– Stan hat aus mir eine Mutter gemacht, Yves hat aus mir eine Frau gemacht.

Le Gall nennt so etwas «Formelisierung», eine Art und Weise, das Leben in Aphorismen zu setzen, es im Satz erstarren zu lassen. Das taugt, was es taugt. Anna liebt es so sehr, «die richtigen Worte gefunden» zu haben. Aber heißt Worte finden auch verstehen? Die Tiere brauchen keine Worte. Le Gall zweifelt gelegentlich an der Philosophie der Sprache, aber an der Philosophie zu zweifeln, und sei es auch die der Sprache, heißt das nicht, wirklich Philosophie zu betreiben?

# STAN UND YVES

Das Mäzenatentum ist gut für das Image einer Firma, und die Kosten lassen sich von der Steuer absetzen. Aus diesen beiden Gründen hat ein Unternehmen aus der Wasserwirtschaft ein Stadtpalais im Marais in den Rang eines Kulturzentrums erhoben, die Pension Heisberg. Es finanziert dort Konzerte, Symposien und Ausstellungen. Im Auditorium der Pension Heisberg sind an diesem Abend drei Schriftsteller zu Gast. Sie halten eine gemeinsame Lesung zum politisch korrekten Thema «Fremde». Ihre drei Originalbeiträge, alles Auftragsarbeiten, werden in einer limitierten und nummerierten Auflage der *Carnets Heisberg* auf Vergé-Papier im Oktavformat erscheinen.

Stan kommt zu spät, er hatte noch einen Notfall zu behandeln, eine Keratitis. Er hat schon lange keiner Lesung mehr beigewohnt. Aber die Kinder schlafen bei den Schwiegereltern, Anna ist zu einem psychoanalytischen Seminar in der Rue de Verneuil gegangen, und die Neugier war einfach zu stark. Er hat sein Fahrrad in der Nähe des Picasso-Museums angekettet und ist bis zur Stiftung gelaufen.

Die junge blonde Brillenträgerin hinter dem kleinen Büchertisch hat ihm fast schon im Flüsterton geantwortet:

– Ja, Monsieur, es hat schon angefangen. Ja, es gibt noch ein paar freie Plätze. Nein, Yves Janvier hat noch nicht gelesen, er ist der letzte Redner. Sie können den oberen Eingang nehmen, ohne Lärm zu machen.

Es wird geklatscht, Stan stößt die Tür auf und nimmt, sobald er kann, ganz oben im Auditorium Platz. Auf der Bühne steht ein Mann, es ist Janvier. Er liest:

– 1. Guten Tag. Der Titel des Textes lautet «Nachrichten von Fremden», obwohl er der Kategorie «Nachricht» fremd ist. 2. Nachrichten von Fremden umfasst 78 Einträge, was eine räsonable und wohlbedachte Menge ist, und die Spielregel besteht darin, dass in jedem Satz das Wort «Fremden» verwendet werden muss. 3. In bestimmten Fällen kann das Wort «Fremden» auch durch «Fremder», «Fremde» oder «Fremd-» ersetzt werden. 4. Das Wort kann im Plural oder im Singular erscheinen. 5. Jeder, der zwischen diesen Kategorien nicht unterscheiden kann, hat gute Chancen, einer dieser Fremden zu sein. 6. «Fremden» kann also ein flektiertes Adjektiv oder ein Substantiv sein, aber in keinem Falle ein schwaches und regelmäßiges Verb. 7. Wenn es das schwache Verb «fremden» gäbe, müsste es folgendermaßen konjugiert werden: Ich fremde, du fremdest, usw. 8. Was soll man wohl «fremden» können? Ich weiß es nicht. 9. Und warum sollte dieses Verb überhaupt transitiv sein? Intransitiv hat «fremden» indes eine zu starke Ähnlichkeit mit «fremdeln». 10. Im Exodus (23,9) steht geschrieben:

*das ist also der kerl und der kerl da anna du hast gesagt er hat mich verwirrt du hast sogar gesagt mehr als mich jemals irgendein mann verwirrt hat das heißt seit dir seit wir uns begegnet sind seit unserer hochzeit aber schau ihn dir doch an was soll denn an ihm dran sein an diesem yves janvier ist gar nicht mal so jung schon etwas kahl ja groß ist er das stimmt aber nicht größer als ich älter ist er falten tränensäcke unter den augen vielleicht auch etwas bauch ich kanns nicht sehen fettige flachsblonde haare die*

«Die Fremden sollt ihr nicht unterdrücken; denn ihr wisset um der Fremden Herz, dieweil ihr auch seid Fremde in Ägyptenland gewesen.» 11. Ein letztes Zitat: «Ich bin ein Mensch, und nichts Menschliches ist mir fremd.» Der Satz stammt von Terenz (185 v. Chr.–159 v. Chr.); ich habe ihn in ein kleines gelbes Heft geschrieben, als ich dreizehn Jahre alt war. 12. Der dreizehnjährige Knabe, der ich damals war, würde mich heute gewiss wie einen Fremden ansehen. 13. Ihm zu offenbaren, dass er siebenunddreißig Jahre später genau dieser Fremde sein sollte, hätte ihn zweifellos zutiefst erschrocken. 14. Vielleicht würde auch ich ihn (wiewohl deutlich gefasster) als einen Fremden betrachten. 15. Da ich schon ein Fremder in meinem heutigen Körper bin, wie soll es mir da erst in siebenunddreißig Jahren in einem hinfälligen Körper gehen? 16. Ich habe das

*glänzende stirn der ist überhaupt nicht dein typ anna komisch je länger ich ihn ansehe desto deutlicher sehe ich dass er überhaupt nicht dein typ ist seine stimme okay seine präsenz ich werd mir seinen text anhören mich auch darauf konzentrieren zwanzig minuten fünfundzwanzig minuten um zu begreifen nein dieser kerl kann dich nicht verführen ich finde nichts an ihm und dann dieser abstruse text der nicht wirklich losgeht der nichts sagt der sich einfach breitmacht was für eine selbstgefälligkeit wie prätentiös aber der saal hört zu ich muss schon sagen was für eine einfache spielregel fürs schreiben in jeden satz das wort fremd einzubauen ja das ist schon ganz schön simpel und dann eben das ding mit dem verb fremden fremdeln das war vollkommen daneben ja natürlich ich hab's nicht mit den schriftstellern diese blasiertheit mancher autoren mancher künstler die sich für was besseres halten wie hätte*

Wort «Fremde» im Internet in eine Suchmaschine eingegeben, und der erste Eintrag, der kam, war *Der Fremde* von Albert Camus. 17. «Heute ist Mutter gestorben», lautet der Eingangssatz des *Fremden.* Ich habe den Eindruck, dies schon immer gewusst zu haben. Oder vielleicht erst seit gestern, ich weiß es nicht. 18. Der zweite Eintrag ist das französische «Haus des Fremdenverkehrs». 19. Ich finde den Ausdruck «Fremdenverkehr» etwas befremdlich. 20. Wie viel Zeit muss ein Franzose in der Fremde verkehren, um in Frankreich als ein Fremder zu verkehren? 21. Ist diese Zeit kürzer als die, die ein Fremder in Frankreich verbringen muss, um Franzose zu werden? 22. Erinnern wir uns daran, dass, wenn man weit genug zurückgeht, alle Franzosen ausschließlich Fremde als Urahnen haben. 23. Das Wort «Urahn» klingt sehr fremd in meinen Oh-

*sich Paul Valéry auf dieser Bühne aufgeführt oder Aragon oder Villon wie viel sind's sie sind zu dritt und wir im saal wie viel sagen wir fünfzehn reihen und nehmen wir achtzehn sitzplätze pro reihe zweihundertfünfzig plätze nur jeder zweite belegt wir sind höchstens hundertzwanzig hundertdreißig maximum das macht dreißig pro autor eine große schulklasse das alles um einem kerl dabei zuzuhören wie er das verb fremden erfindet monsieur yves janvier du kannst mich mal und je länger ich dir zuhöre desto mehr kannst du mich du verratzter schriftsteller nie von dir gehört bevor anna deinen namen ausgesprochen hat ach anna ich verstehe dich nicht meine anna mein schatz liebe meines lebens wem oder was rennst du hinterher mein liebling welchem mythos welchem phantasma welchem traum es sind nur wörter die dieser kerl aneinanderreiht der sich selbst beim reden zuhört der glaubt* ren, aber weniger fremd als «Uran». 24. Die beiden Wörter «Yves Janvier» klingen für mich ebenfalls unglaublich fremd. 25. Fremd, fremd, fremd, das Wort so lange wiederholen, bis es einem fremd erscheint. 26. Mobutu bedeutet im Lingàla «Fremder». 27. Der Marschall Joseph-Désiré Mobutu, Diktator von Zaire (heute die Demokratische Republik Kongo) von 1965 bis 1997, ist auch der General Fremder. 28. Man stößt auch auf den Begriff «Fremdkörper». 29. In einem Gedicht, in dem die Rede ist von «zwei roten Löchern an der rechten Seite», stößt man aller Wahrscheinlichkeit nach in dem betreffenden Individuum (ein Soldat, jung, barhäuptig) auf zwei Fremdkörper. 30. Auf gleiche Weise ist die Brille, die ich abends trage, ein Fremdkörper. 31. Aber ohne sie erschiene mir die Welt noch fremder. 32. Unser Körper enthält viele Fremd-

*er wär gewachsen wenn er auf die schultern von riesen steigt camus terenz und wem sonst noch was soll das und was kostet dieses intellektuelle gewichse pro kopf im saal überhaupt wie viel kriegen die dafür was verdient denn so ein schriftsteller zweihundert euro für den abend ist das richtig ich weiß es nicht ist das viel wenig nicht die geringste ahnung sagen wir dreihundert euro also tausend euro für drei autoren ach ja da ist ja auch noch die publikation des kleinen Buches nummeriert von eins bis dreihundert von dem sie im programm reden sagen wir zweitausend euro für das heftchen dazu die saalmiete und die werbung macht mindestens viertausend euro jeder besetzte stuhl kostet staat und steuerzahler dreißig euro das ist wahnsinn oh ja oder nein richtig die sache ist gesponsert ist absetzbar von den gewinnen der klitsche und da schmeichelt sich dann der dicke spießer aus irgendeinem pharmala-*

körper: Bakterien, Viren, die Fauna und Flora unserer diversen Organe. Sie entsprechen im Volumen einem Tennisball. 33. Diese Fremdkörper sind unsere besten Freunde, im Gegensatz zum Krebs, der ein wild wuchernder Teil unserer selbst ist. 34. Das Fremde kann unser Freund sein, das Eigene unser Feind. 35. Es fällt auf, dass das Französische, hat man es mit nur einem Fremdkörper zu tun, einem «corps étranger», die beiden Wörter ohne den s-Laut [z] verschleift – es heißt dann: «un corétranger» –, handelt es sich aber um mehrere, so sagt man «des corzétrangers». 36. Erklären Sie das mal einem Fremdsprachler. 37. Zumindest einem Fremdsprachler, der eine Fremdsprache beherrscht, denn manche Fremdsprachler beherrschen keinerlei Fremdsprache. 38. Verglichen mit bestimmten Leuten, die unsere Sprache

*den nein hier ist's einer aus der wasserwirtschaft gebildet zu sein mit schriftstellern umgang zu haben vielleicht sogar filmschauspielerinnen zu begegnen der bergwerksdirektor hatte noch seine tänzerinnen das hier ist postmodern aber sonst nichts neues unter der sonne erst 34 und es sind 78 ein drittel haben wir hinter uns das ist der vorteil von durchnummerierten texten man weiß immer wie viel man sich noch anhören muss bin ich böswillig bin ich in der lage mich auf diesen text einzulassen etwas anderes zu sein als reine wut und eifersucht anna anna du bist klug anna so schön so attraktiv du gefällst mir immer noch dermaßen und immer mehr mit den jahren die vergehen und du die du hunderten von männern über den weg läufst nehmen wir nur weiszbrot vor kurzem diesen arsch von weiszbrot du hast mit ihm getanzt und du gefielst ihm das war so klar wie kloßbrühe aber dir war das so voll-*

sprechen und keine Fremden sind, fühlen wir uns manchen Fremden näher, die eine fremde Sprache sprechen. 39. Wer Fremdsprachen spricht, heißt es zuweilen, der ist nirgends fremd. 40. Nichts ist falscher: Ich spreche englisch und fühle mich in London fremd, italienisch spreche ich nicht, aber in Mailand bin ich wie zu Hause. 41. Es hat mich immer wieder verblüfft, dass ich auf einem Berggipfel in den Alpen nur einen einfachen Schritt tun musste, um in ein fremdes Land zu kommen. 42. Aber noch mehr verblüfft es mich, dass die Kinder, nur wenige Meter hinter einer Grenze, bereits in einer Fremdsprache sprechen. 43. Ich fühle mich manchmal sogar in meinem eigenen Land wie ein Fremder. 44. Ich muss gewiss noch lernen, die Franzosen wie Fremde zu betrachten. 45. Wer hat da behauptet, dass uns noch ein Quäntchen Patriotismus geblieben ist,

*kommen egal warum also der da ausgerechnet der da was findest du an ihm okay eine gewisse eleganz hat er eine verspielte sympathische stimme der text ist einigermaßen verschlungen und ausschweifend und leichtfüßig gar nicht mal so schlecht nimmt den hörer bei der hand hübsche gedankengänge und dabei nicht allzu anbiedernd eigentlich eine schwierige übung eine auftragsarbeit und trotzdem anhörbar ja doch ziemlich gut getroffen nicht zu literarisch und schließlich auch gar nicht mal so prätentiös ich war ein bisschen bösartig schlecht aufgelegt wenn man so will ja schlecht aufgelegt das mit mobuto wusste ich zum beispiel nicht gut getroffen den text hätte ich auch selbst schreiben können mich einfach vor den computer setzen und mir zeit nehmen aber vielleicht ist das ja das geheimnis der schriftsteller jeden glauben zu machen er hätte das auch gekonnt damit er besser in den text reinkommt* wenn wir uns in der Fremde für Landsleute schämen können, die sich unmöglich aufführen? 46. Aus welchem Land man auch kommt, die Welt zählt stets mehr Fremde. 47. Oder besser: Für manche Menschen besteht die ganze Welt nur aus Fremdländischen. Zum Beispiel die Luxemburger. Wenn Sie zwei Luxemburger im selben Flugzeug von Los Angeles nach Chicago antreffen, dann gehören sie zur selben Familie. 48. Andere Völker haben kaum ein Bewusstsein von der Existenz der Fremde. Zum Beispiel die Vereinigten-Staatler, diese Fremdlinge, die nicht einmal einen richtigen Namen haben, wie Godard sagen würde. 49. Von den Fremdsprachen scheint mir der US-Amerikaner (was die *white anglo-saxon protestants* angeht) nur die Wörter auf den Speisekarten und die altbackensten Formeln zu kennen: «Je vois la vie en

*ihn sich zu eigen macht und warum habe ich eigentlich das schreiben drangegeben ja warum eigentlich aufgehört geschichten zu schreiben gedichte zu schreiben dir gedichte zu schreiben mein liebes das war gar nicht so schlecht erinnerst du dich ich hatte ein kleines lied geschrieben ein lied nach etwas naiven regeln das stimmt schon ich wollte weitermachen hatte mir geschworen eins für karl zu schreiben dann für léa aber ich habe nichts getan nein absolut nichts die zeit hat mich verschlungen und gefressen aber es ist noch nicht zu spät es ist noch alles möglich ich werd mit karl reden karl wir werden all die geschichten aufschreiben die ich dir erzählt habe als du noch klein warst die wunderbaren abenteuer der mademoiselle zillibum der kleinen maus wir machen ein buch draus wir bitten léa uns bei den zeichnungen zu helfen und mama auch mama kann auch sehr gut schreiben und mit mama* rose.» 50. Schätzen wir uns glücklich angesichts der Invasion von Fremdwörtern, die in gewissen Bereichen zu beobachten ist: Ein Amerikaner schreibt auf seinem Rechner mit *Wort* unter *Fenstern* von *Mikroweich*. 51. In den USA werden fremdsprachige Filme mit einer besonderen Auszeichnung bedacht. Billy Wilder meinte sarkastisch: «Drehen wir ein paar völlig zusammenhanglose Szenen. Ich will den Oscar für den besten fremdsprachigen Film.» 52. Das Auftauchen eines französischen Wortes in einer Fremdsprache macht mir diese Sprache nicht weniger fremd, sondern lässt mir das Wort im Französischen als fremder erscheinen: «déjà vu» im Englischen, «Fauteuil» im Deutschen. 53. Ich erinnere mich an Frank Sinatra: *Strangers in the night, exchanging glances, strangersinthenight …* usw. Ich erinnere mich nicht

*kriegen wir vielleicht noch ein kleines schwesterchen oder ein kleines brüderchen ja anna ja ich weiß ich habe den zauber zerrinnen lassen meine schuld die lustlosigkeit die routine das ist keine entschuldigung das leben lebt von überraschungen ich werde umschläge mit gedichten auf dem tisch liegen lassen im kühlschrank oder in deinen taschen verstecken wir werden wieder spazieren gehen wie früher mitternachts crêpes essen auf einer bank wir werden was neues machen ich denke mir was aus ich werd schon was finden anna anna anna das darf doch nicht wahr sein da in der zweiten reihe entdecke ich erkenne ich deinen nacken wieder dein haar dein kleid du bist da du bist es mir dreht sich der kopf mein herz krampft sich zusammen mir ist schlecht ich sehe dich nicht ich ahne dein lächeln denn du lächelst du lächelst ihm zu gespannt aufmerksam voller bewunderung nein nicht voller* daran, wie's weitergeht. 54. *Stranger* heißt im Englischen Fremder. 55. Der Akzent auf dem französischen «étranger» rührt von der Kontraktion des verschwundenen *s* her: estranger. 56. So ist der englische *«stranger»* weniger fremd als der «étranger». 57. Allerdings heißt *foreigner* auch Fremder. 58. Der *foreigner* aber kommt aus einem anderen Land, der *stranger* ist derjenige, den man nicht kennt. Zwei Fremde, von denen einer fremder ist als der andere. 59. Es gibt auch den *outsider*: Eine Übersetzung von Camus' *Der Fremde* lautet übrigens *The outsider*. 60. Oder auch das Wort «alien», das jeder Franzose mit einem fleischfressenden außerirdischen Wesen assoziiert, wo es doch einfach nur so viel heißt wie «Fremder»: *«I'm a legal alien in New York»*, singt Sting. 61. Vier englische Fremde für einen französischen. Darin sieht man

*bewunderung aber stolz fast schon ängstlich ich kenne dich ich kenne das alles diesen blick und er er spricht, er liest für alle und für dich ich muss hier weg will nicht dass man mich wie einen dieb davonschleichen sieht wie einen hahnrei wie einen vollidioten und was für ein vollidiot ich bin ein vollidiot ich krieg keine luft mehr ich muss raus ich stolpere ich stoß die tür auf sie quietscht – sie wollen schon gehen? – ja ich gehe entschuldigen sie bitte ich ja ich muss nach hause der ausgang ist doch gleich da vielen dank ja das kann nicht wahr sein mir stockt der atem da ist endlich der innenhof sich an eine wand lehnen sich setzen wieder zu atem kommen luft holen luft holen warum tust du mir das an anna warum tust du mir das an was für ein schwachkopf ich bin mir ist schlecht das herz zerspringt warum bin ich hergekommen wie konnte ich es nicht ahnen nicht begreifen nicht fassen anna warum* das ganze Unverständnis zwischen den Sprachen. *tust du mir das an anna meine anna*

62. Alle Frauen meines Lebens waren, bevor sie die Frauen meines Lebens waren, Fremde. 63. Manche sind von Fremden im Laufe der Monate zu Vertrauten geworden. 64. Ich hätte es wahrscheinlich bevorzugt, wenn sie etwas fremder geblieben wären. 65. ...

Yves macht eine Pause, trinkt einen Schluck Wasser.

In der Rue de Turenne kommt Stan am Wagen seiner Frau vorbei, ohne ihn zu erkennen, und hält ein Taxi an.

Yves wendet sich einen kurzen Moment Anna zu, dann fährt er fort.

– 65. Mir bleiben noch dreizehn Einträge, um unter dem Zeichen der Fremde von dir zu sprechen. 66. Was mir gefällt, ist aber nicht, dass du mir fremd wärest. 67. Ich glaube übrigens, dass du mir niemals ganz fremd warst. 68. Doch ich mag es, dass irgendetwas in dir widersteht, sich der Vertrautheit verweigert, unüberwindlich fremd bleibt. 69. Etwas, das dafür sorgt, dass ich mich in deiner Gegenwart immer am Fremden reiben werde, an etwas Geheimnisvollem und nicht Hinterfragbarem, etwas Hervorspringendem und Heiterem. 70. Etwas, das in der Liebe ein Äquivalent für die Farbe einer Fremdsprache in der Muttersprache wäre. 71. Ein «je ne sais quoi», dieses französische Wort, das in fast alle Fremdsprachen eingegangen ist. 72. So sind mir deine Art zu gehen, manche deiner Bewegungen augenblicksweise fremd. 73. Fremd die Wölbung deiner Brust, deiner Schultern. 74. Fremd, von Zeit zu Zeit, deine Stimme am anderen Ende der Telefonleitung. 75. Dein Parfüm, Bartgras, und dein Duft, hauchzart: fremd. 76. Die subtilen Windungen deines Denkens, die meinen eigenen Bahnen so fremd und doch klarer und lebendiger sind. 77. Es gibt im Französischen kein Wort, das den «Sachverhalt, ein Fremder zu sein» auf den Begriff brächte. Es gibt keine «étrangérité». 78. Das Fremde in uns bewahren, das ist vielleicht das Geheimnis.

Hier endet der Text. Yves ist es gelungen, die Stimme zu senken, den Rhythmus zu verlangsamen, um den Schluss deutlich zu markieren. Er verneigt sich, der Saal applaudiert, die Lichter gehen an, der Direktor der Pension Heisberg liefert noch ein paar Worte nach. Als das Publikum sich von den Sitzen erhebt, geht Anna auf Yves zu, sie steigt, fast schon rennend, die Stufen hinab, sie lächelt, sie reicht ihm die Hand.

– Meine Fremde, sagt Yves.

In der Rue Érasme zahlt Stan das Taxi. In diesem Augenblick erinnert er sich daran, dass er sein Fahrrad vergessen hat, das immer noch vor dem Picasso-Museum angekettet ist.

## STAN UND ANNA

Es ist sehr spät, als Anna nach Hause zurückkommt. Sie hat sich soeben von Yves verabschiedet. Sie fürchtet, seinen Geruch an sich zu tragen, obwohl Yves für die obligate Dusche ihre Seifenmarke besorgt hat, auf dass ein vertrauter Geruch sie vor Stans Neugierde schütze. Die Anregung dazu kam von ihr, doch die Umsetzung empfand sie als genauso ordinär wie heikel. Sie hat sich sehr sorgfältig eingeseift.

Stan sitzt am Computer.

– Du bist noch nicht im Bett?, wundert sich Anna.

– Nein, ich habe in den *Archives of Ophthalmology* gelesen. Ich habe versucht, etwas über den Fuchs-Fleck herauszufinden. Ich habe auf dich gewartet.

– Das brauchtest du nicht. Ich habe mit Sarah aus dem Seminar zu Abend gegessen.

Stan sagt nichts. Annas Lüge war überflüssig. Er hätte keinerlei Fragen gestellt. Er starrt auf den Bildschirm, um nicht dem Blick seiner Frau begegnen zu müssen.

Anna streicht ihm zärtlich übers Haar. Sie erinnert sich noch an den Augenblick, als man ihr vor zehn Jahren Stan vorgestellt hat. Der gemeinsame Freund hatte aus Spaß gesagt:

– Sie, Monsieur Stanislas Lubliner, der Sie doch auf der Suche nach einer Ehefrau sind, ich stelle Ihnen Madame Anna Stein vor, die auf der Suche nach einem Ehemann ist.

Anna hatte lachend protestiert, aber Stan sah sie an, drückte sanft, aber kräftig ihre Hand, ohne den Blick von ihr zu wenden, und sie hatte sofort gedacht, ja, dieser Mann könnte mein Ehemann sein, der Vater meiner Kinder. An jenem Tag schien es ihr, als ob sie ihre Zukunft vor sich sähe, als ob sie die Tür dazu aufgestoßen hätte.

Stan war eine unvermeidliche Übergangslösung, eine Furt. Sie hat sich seiner bedient, um dem familiären Nest zu entfliehen, und ihre Mutter, die sich so über Stan ärgert, weiß das instinktiv. Ihr Schwiegersohn ist vor allem ihr Rivale, denn auf ihn stützt sich Anna, um sich von ihr zu lösen. Heute Abend weiß Anna, dass sie sich noch immer in der Mitte der Furt befindet.

Sie zieht ihre Schuhe aus, räumt mechanisch ihre Kleider in den Schrank. Nachdem sie so glücklich in den Armen von Yves war, ist sie erstaunt, wie leicht sie in die friedliche Milde der Rue Érasme zurückgefunden hat. Sie fühlt sich ausgeglichen, ja, das ist es, ausgeglichen. Zu Yves hat sie gesagt:

– Mit dir schreite ich voran, komme ich voran, aber ich befinde mich in stetem Ungleichgewicht, meine Lage ist instabil.

Er hatte dem Bild zugestimmt und geantwortet:

– Das ist normal. Wenn man geht, ist keine der einzelnen Körperpositionen stabil. Wenn du eine stabile Position suchst, darfst du dich auf keinen Fall bewegen.

Sie hatte ihm auch gesagt:

– Mit meinem Mann sitze ich auf einem Ozeandampfer, in der ersten Klasse. Das sagt mir jeder.

Mühelos konnte Yves sie sich träge in einem Liegestuhl vorstellen, umgeben von ihrer Familie, in der Ferne die vagen Dunstschwaden über der Küste betrachtend, ohne je auf den Gedanken zu verfallen, dort anzulegen. Er hatte sich gefragt, ob das Leben wirklich dem Teakholzdeck eines Kreuzfahrtschiffs gleichen könnte. Sie hatte ihn dann mit einem Segelboot verglichen, wobei sie ihm in ihrer großen Güte das Prestige eines Zweimasters zugestand. Das Bild war ihm als etwas grausam erschienen, aber nicht als ungerecht.

– Ich weiß nicht, hatte sie noch hinzugefügt, ob es eine gute Idee ist, einen Ozeandampfer gegen eine Ketsch einzutauschen.

Stan schaut Anna bei ihrer Geschäftigkeit zu. Er nähme seine Frau gerne in die Arme, aber sie würde seine Umarmung erwidern, und er fürchtet, dass er ihr diese Verstellung übel nehmen könnte.

– Ich gehe mal unter die Dusche, Schatz, sagt Anna. Ich rieche vom ganzen Tag nach Schweiß, und das hasse ich. Stan blickt nicht auf.

– Dabei rochst du sehr gut.

Anna antwortet nicht. Sie geht duschen, das wird den hartnäckigen Seifenduft erklären.

## STAN

Stan ist alt. Dieser Gedanke durchbohrt ihn. Als er heute Morgen sein Gesicht im Spiegel betrachtete, erkannte er sich am Ende nicht mehr wieder. Oder war das, als Anna ging, als die Tür sich hinter ihr schloss? Zum ersten Mal dachte er, dass sie eines Tages tatsächlich nicht zurückkommen könnte. Durch das Fenster blickte er seiner Frau nach, wie sie sich entfernte, er nahm seinen Mantel und ging hinaus, er spazierte bis zum Jardin des Plantes. Er betrat das Große Gewächshaus, und da sitzt er nun, auf einer Steinbank unweit des Eingangs. Vorsichtig hat er seine Handfläche auf die Rinde des großen Feigenbaums gelegt, wie auf die faltige Handfläche eines alten Freundes, aber die Rinde blieb kalt, rau und feucht und wiederholte in der Art eines Baumes: «Du bist alt.»

Anna hat ihn belogen. Sie hatte geglaubt, dass sie so davonkäme. Mehr nicht. Aber da war ein Leuchten in ihren Augen gewesen, das er nicht kannte, eine Art Ausflucht, die sie verriet, sie, die sie doch niemals lügen wollte. Etwas in ihrem Blick sollte an ihrer statt ein Geständnis machen, sollte an ihrer statt reden, und Stan sollte es erraten, damit sie gehen konnte, ohne sich zu schämen. Im Weggehen hatte sie ihm einen Kuss gegeben, einen dieser routinemäßigen Küsse, mit denen sie ihn so oft bedenkt, sie hat sich umgedreht, ihm einen Augenblick lang zugewinkt. Stan hat sie nicht zurückgehalten, hat keine Geste in ihre Richtung gemacht, er hat nur darauf gelauscht, wie das Geräusch ihrer Schritte im Treppenhaus erstarb. Wegen dieses neuen Schattens war von nun an alles anders, und Stan dachte, dass seine Wimpern sich beim nächsten Mal nicht regen würden, dass Anna lügen könnte und dass es dann wirklich eine Lüge wäre, weil er ja nichts davon wüsste.

Stan sieht zu, wie das Wasser langsam von den großen gezackten Blättern des Philodendrons tropft. Früher, als Karl und Léa noch nicht geboren waren, hatte Anna ihn am Ende seines Nachtdienstes im Krankenhaus von La Pitié abgeholt. Sie hatte eine Apfeltasche und Croissants gekauft, eine Thermoskanne mit Kaffee gefüllt, und auf dieser Bank im Großen Gewächshaus hatten sie dann gefrühstückt. Draußen wurde ein Gebäude renoviert, die Arbeiten hatten beinahe zwei Jahre gedauert, und der Lärm der Bohrer und Sägen war für immer mit dieser Bank verbunden, mit dem Geruch des Kompotts in der Apfeltasche und dem Mandelgeschmack von Annas Küssen.

Zurzeit gibt es eine Baustelle in der Rue Buffon, der Wind trägt das Kreischen der Kräne bis hierhin. Stan mag diese Gespenstschrecken aus Stahl, die beweisen, dass das Leben weitergeht, dass die stets unvollendete Stadt sich noch regt, dass die Welt sich ändert. Durch eine Fensterscheibe kommt Luft von draußen herein, weht, frisch wie ein Winteranfang, durch sein Haar. Anna ist sicher schon im Krankenhaus angekommen, der Kies dürfte unter ihren Schritten knirschen, vielleicht geht sie schnell, Stan mag ihre Art zu laufen sehr, wie ein großer Flussvogel. Stan horcht auf das Geräusch des Wasserfalls, das Piepsen der Buchfinken, er beobachtet die Graskarpfen im Fischbassin, die reglosen Schildkröten. Ich liebe dich, Anna, denkt Stan, ich werde es dir sagen heute, heute Abend, du wirst mir zuhören und die Augen schließen. Ich will, dass du die Augen schließt.

# YVES UND THOMAS

Seine Gattin
Estelle Le Gall,
Sein Sohn
Thomas Le Gall,
Seine Tochter
Danielle und
Jean Mousseau-Le Gall,
Seine Enkelkinder
Esther, Alice, Aurèle und
Just

trauern über den Tod von

**Pierre LE GALL**
Inspektor a.D. des Nationalen
Unterrichtsministeriums

Er verschied am
15. November 2008
im Alter von achtzig Jahren.

Der Trauergottesdienst hat
im engsten Familienkreis in der
Kirche Saint-Louis zu La Roche-
sur Yon stattgefunden.

Statt Karten und Danksagungen

Seine Gattin
Jeannine Nordmann,
Sein Sohn
André Nordmann

5 Rue des Franciscains
83600 Fréjus

**Francis JANVIER**

ist am 15. November 2008 im Alter von
dreiundachtzig Jahren entschlafen.

Er findet seine letzte Ruhe auf dem
Friedhof von Azelay neben den sterb-
lichen Überresten seiner Frau

**Annie JANVIER**
**geb. Guerrin**

Seine Tochter
Lise Janvier-Butel,
Sein Sohn
Yves Janvier,
Seine Enkel
Julie, François, Eliette

verneigen sich vor diesem außer-
gewöhnlichen Paar.

*In der Stunde, da alles sich verdunkelt,*
*werden wir von ihnen sprechen*
Alfred de Vigny

12 Rue Herold
75002 Paris

## ANNA UND YVES

Auf dem Platz vor der Kirche hält Yves seiner älteren Schwester die Seite mit den Todes- und Geburtsanzeigen aus *Le Monde* drohend unter die Nase. Lise trägt ostentativ Trauer, der Hut mit kleinem Schleier, das schwarze Kostüm, der schwarze Mantel. Ihre Augen sind gerötet, sie schnäuzt sich unablässig und laut hörbar. Yves spricht gepresst, zwischen den Zähnen:

– Was soll das, Lise, dieses schwachsinnige Vigny-Zitat? «In der Stunde, da alles sich verdunkelt, werden wir von ihnen sprechen.»

– Das ist ein Vers aus den *Destinées*, antwortet Lise schroff. Wäre dir etwas Humoristisches von Desproges oder Pierre Dac lieber gewesen?

Yves zuckt mit den Schultern. Er fuchtelt mit der Zeitung.

– Und dieses «außergewöhnliche Paar», wo nimmst du das her? Meinst du damit unsere Eltern?

– Ganz genau. Ich meine unsere Eltern, gibt Lise zurück.

Ihre Stimme hinter dem Schleier ist zischelnd, ihre Aussprache feucht.

– Du weißt, was ich davon halte, Lise. Du weißt, was ich davon halte.

– Oh ja. Sehr genau. Ich weiß das sehr, sehr genau.

Sie wünschte, dass ihr Bruder Ruhe gäbe, aber sie ahnt, dass er seine ganze Wut herauslassen will, und so entfernt sie sich von dem Sarg, der gerade von vier schwarz gekleideten Männern in die Kirche getragen wird. Ganz so, als ob sie fürchtete, der tote Vater könne Yves noch hören. Er stapft ihr hinterher, verfolgt sie.

– Also, was willst du uns damit vormachen, mit diesem «außergewöhnlichen Paar»? Spielst du hier Disneyland, ist es das? Sie hat ihn nicht geliebt, sie hielt ihn für einen Vollidioten, das hat sie ihm gesagt, und wir waren dabei, sie ist ihm sein ganzes beschissenes Leben lang auf die Nüsse gegangen, und als sie gestorben ist, hat er die ganze Zeit nur um sie geweint.

– Sie ist unsere Mutter, du hast kein Recht ...

– Ich habe jedes Recht. Auch schlechte Menschen kriegen Kinder.

– Du kannst sagen, was du willst. Das ist mir egal. Wenn du nur wüsstest, wie egal mir das ist.

– Genau, ich sage, was ich will.

– Sprich gefälligst leiser ... Denk an die ... Kinder ...

Lise setzt nichts mehr hinzu. Ihr Blick richtet sich nicht auf die hübsche brünette Frau, die schweigsam neben ihrem Bruder steht.

Anna hat verstanden. Sie entfernt sich, sie mischt sich unter die kleine Menschenansammlung, wo sie niemanden kennt, wo niemand sie kennenlernen will. Kein entfernter Vetter grüßt sie, niemand ist neugierig zu erfahren, wer sie ist. Die Familie hält die Gefährtin des Sohnes auf Distanz, des schlechten Sohnes, der so früh aus dem Elternhaus geflohen ist und nie wieder zurückkam.

Anna hat einen Fehler gemacht. In diesem Moment der Trauer wollte sie ihren Platz an Yves' Seite einnehmen, sie wollte schön sein, Yves keine Schande machen, und das war keineswegs unangebracht. Aber inmitten dieser feindseligen Indifferenz fühlt sie sich zu elegant, zu geschminkt, am liebsten wäre sie jetzt unsichtbar, Ganz in seinem Streit aufgehend hat Yves sie alleingelassen. Yves, der keine Familie mehr haben will, erinnert sie gerade durch seine Wut daran, dass er noch eine Familie hat, eine, zu der sie nicht gehört.

Es fängt an zu regnen. Über den Schieferdächern von Azelay koloriert im Osten ein Regenbogen den Himmel. Wenn David da wäre, ihr Bruder David, der der Religion anheimgefallen ist, dann würde er den Blick von diesem Prisma im Azur des Himmels abwenden und in Erinnerung an das Versprechen des Allmächtigen, den Menschen keine Sintflut mehr zu schicken, den Segen *Socher haBrith* sprechen. Er würde sie daran erinnern, dass es Rabbi Schimon ben Jochai höchstselbst war, gesegnet sei sein Name, der das Verbot ausgesprochen hatte, die Erscheinung des *Keschet* zu betrachten, des Regenbogens, der das Zeichen für den neuen Bund zwischen Gott und den Menschen ist, und dass er dies eigenhändig in den Randspalten des *Sohar* niedergeschrieben hatte. Aber Anna glaubt nicht mehr an Gott. Es ist ihr ziemlich gleich, ob die Thora irgendwo irgendwas gegen die Praxis des Wasserskis sagt oder ob die Gummierung von Postwertzeichen koscher ist. Man sagt von einem Juden, der den Glauben verliert, dass er «auf die Frage zugeht», denn die Welt besteht dann nur noch aus Fragen. Anna betrachtet den Regenbogen, ohne dabei den Himmel oder seine Engel herauszufordern.

Sie betritt die gotische Kirche, ihre Absätze klackern allzu laut über die Steinplatten; sie betrachtet die Statuen der höchst katholischen Heiligen, die buntscheckigen Kirchenfenster, die vom Leiden Christi erzählen, wirft, mit dem Blick der Mutter, die sie ist, einen Blick auf die Büste der Jungfrau mit dem Jesuskind im Arm und sieht im Längsschiff diesen riesigen, aufs

Kreuz genagelten Jesus, *Iesvs Nazarenvs Rex Ivdœorum.* Vor dem Altar liegen auf dem mit einem Tuch aus schwarzem Samt bedeckten Sarg die Liliensträuße und die aus Rosen geflochtenen Kränze. Um den Sarg herum sind weiße Kandelaber entzündet worden. Yves glaubt auch nicht mehr an Gott, aber es ist nicht derselbe Gott. Anna atmet den beißenden Geruch des Weihrauchs, den süßlichen Duft der Blumen, ihr Kopf dreht sich, sie setzt sich auf eine Bank im hinteren Teil des Schiffs, sie fröstelt, ihr ist plötzlich kalt, ganz kalt.

Sie fühlt sich fremd. Sie hätte nicht kommen sollen. Sie ist nicht von hier. Niemand wird für den Vater das Kaddisch rezitieren, *Jitgadal vejitkadasch sch'mej raba, Be'olma di' verach chir'utech,* niemand wird sein Kleid zerreißen, bevor das Grab zugeschüttet wird, niemand wird einen Stein darauf legen, niemand wird eine Kerze im Schlafzimmer des Vaters anzünden. Nein, Anna ist nicht von hier, sie will nicht von hier sein, sie wird es niemals sein können. Sie will nicht zu Yves zurückkehren, will in seinen Armen keine Zuflucht suchen. Alles erscheint mit einem Mal so schwierig, fast unmöglich. Sie sind so verschieden, er, der Goj, sie, die Jüdin.

Anna hat Lust zu weinen. Sie würde gerne aufstehen, aus der Kirche hinausgehen. Ihre Beine versagen ihr den Dienst. Eine warme Männerhand greift nach der ihren, führt sie zu seinen Lippen. Anna drückt sich eng an Yves, der Schmerz ist zu groß, überbordend, sie weint in seinen Armen, erbebt unter lauter Schluchzern, sie möchte gerne aufhören, aber sie schafft es nicht, sie schafft es nicht.

# THOMAS UND LOUISE

Thomas hätte nicht gedacht, dass es ihm überhaupt weh tun würde. Als Analytiker glaubte er, sich auf den Tod seines Vaters vorbereitet zu haben, so fest damit gerechnet zu haben, dass er sich ihn bereits unter der Erde vorstellen konnte. Aber er verspürt einen hartnäckigen Schmerz, in dem Trauer und Groll sich vermischen. Er hat diesen abwesenden Vater nicht geliebt, diesen Mann, den er stets nur beim Vornamen rief, Pierre, diesen Vater, der an seiner Vaterschaft so wenig interessiert war, dass Thomas glaubt, ihre Unterredungen an seinen zehn Fingern abzählen zu können. Als Jugendlicher wollte Thomas seinen Namen ändern, er hätte Derenne heißen wollen, wie seine Mutter. Später hatte seine Wut aufgehört zu schmerzen, sie hatte kein Gewicht mehr. Es kam sogar der Tag, an dem er keinen Groll mehr zu empfinden glaubte.

Und doch: Vor nunmehr zwanzig Jahren hatte «Pierre» ihm am Telefon gesagt: «Ich weiß, dass du leidest, ich weiß, dass du mir das übel nimmst ...» Thomas hatte höhnisch aufgelacht. Da er es so laut getan hatte, dass sein Vater es hören konnte, wusste der blutjunge Analytiker, dass die Sache weit davon entfernt war, abgeschlossen zu sein, und er hatte hinzugefügt: «Verzeih mir, Pierre. Du hast zweifellos recht: Ich habe es dir übel genommen, und ich nehme es dir immer noch übel.»

Thomas weiß, während er in Richtung La Roche-sur-Yon fährt, dass er ihm begegnen wird. Wenn die Stoiker recht haben damit, dass nichts zwischen den Menschen existiert, weder Liebe noch Zärtlichkeit noch Freundschaft, sondern, im Gegenteil, der Körper alles ist, wenn es stimmt, dass jedes Gefühl in einem selbst entsteht und wurzelt, dann ist diese Reise, so verspätet sie auch stattfindet, nicht umsonst. Thomas fährt auf seine Befriedung zu.

Louise hat alle Termine abgesagt. Sie wollte mit ihm kommen.

– Danke, dass du da bist, Louise.

Sanft, ohne ein Wort, lehnt sie ihren Kopf an seine Schulter, er riecht ihr Parfüm. Sie schließt die Augen, umfängt ihn mit den Armen. Sie hat ein schlichtes, schwarzes Kostüm angezogen, sie schaut auf die Karte, spielt die Kopilotin.

– An der Ausfahrt 30 müssen wir abfahren, murmelt die junge Frau. Dann den ersten Abzweig nach La Roche-sur-Yon / Noirmoutier nehmen.

– Nach einem Kilometer links abfahren, sagt das GPS, das sich seit fast fünf Minuten nicht mehr gemeldet hat.

– Sag ich ja, seufzt Louise. Kannst du es nicht auf Italienisch oder Spanisch einstellen, dann trainiert man wenigstens die Fremdsprache.

– Doch, das geht. Du kannst auch auf «Männerstimme» einstellen, wenn du willst.

– Nach fünf Metern links abfahren auf die D347.

– Man müsste ein GPS fürs Leben erfinden, lächelt Louise.

Plötzlich imitiert sie die seelenlose, etwas nasale Stimme der Maschine:

– Nehmen Sie sich in einer Woche einen Liebhaber. Nehmen Sie sich morgen einen Liebhaber. Nehmen Sie jetzt, links, Thomas Le Gall. Verlassen Sie in einem Monat Ihren Ehemann. Verlassen Sie in einer Woche Ihren Ehemann.

– Verlassen Sie Ihren Ehemann jetzt, witzelt Thomas.

– Biegen Sie jetzt links ab, sagt das GPS.

– Ha, siehst du?, sagt Louise.

Sie legt die Karte weg.

– Wann hast du deinen Vater zum letzten Mal gesehen?

– Vor acht Monaten, an seinem achtzigsten Geburtstag. Ich hatte ihn, was weiß ich, seit fünfzehn Jahren nicht gesehen. Aber ich wollte, dass meine Töchter ihren Großvater, den «echten», wenigstens einmal treffen. Dass er kein Familiengeheimnis bleibt, eine Spukverwandtschaft. Sie wollten nicht, ich musste insistieren, erklären, durfte nicht lockerlassen. Um sie zu überzeugen, habe ich schließlich gesagt, dass sie, wenn er morgen stürbe, es ihr ganzes Leben lang bereuen würden, ihn nicht gesehen zu haben.

– Nach einem Kilometer im Kreisverkehr die zweite rechts abbiegen.

– Halt die Klappe! Die Mädchen waren dann einverstanden. Das Fest fand in einem Restaurant statt, das auf große Bankette spezialisiert ist, an der Porte Maillot, die Art von Ort, die ich zum Glück nie betrete. Die Zusammenkunft war einigermaßen fröhlich, auch wenn es mir etwas schwerfiel, mich wirklich wohl zu fühlen. Alice und Esther fanden ihn sehr nett, sie waren begeistert von ihren Vettern.

– Die Kinder deiner Schwester?

– Meiner Halbschwester. Aurèle und Just.

– Just?

– Du hast recht. Just ist ein komischer Name. Ich hätte gerne gehabt, dass meine Töchter zur Beerdigung kommen, aber es ist zu kompliziert, sie aus Glasgow herkommen zu lassen.

Louise zeigt mit dem Finger auf das Schild «La Roche-sur-Yon, 15 km».

Thomas nickt.

– Ich habe ein hübsches Hotel in der Altstadt von La Rochelle reserviert, mit Meerblick. Wir fahren gleich nach der Beerdigung hin. Ist dir das recht?

– Absolut. Ich darf über Nacht bleiben. Ich habe gesagt, ich müsste einen Besuch bei einem Langzeitinhaftierten machen, in der Haftanstalt von Saint-Martin-de-Ré, wegen eines Revisionsverfahrens. Und das ist fast die Wahrheit.

– Wie soll ich dich vorstellen? Louise Blum? Oder nur Louise? Meine Gefährtin?

– Ja, Louise, das ist gut, denke ich. «Meine Gefährtin» finde ich auch in Ordnung. Schließlich fahre ich ja gerade mit dir. Und ich bin in Schwarz, wie es sich gehört.

– Dein Kleid steht dir sehr gut.

– Das ist ein Kostüm, du ungehobelter Klotz ...

– Auf der D347 nehmen Sie die zweite rechts, sagt das GPS.

– Guck mal, fügt Louise hinzu.

Mit einer lebhaften Geste hebt sie den Rock. Oben auf dem nackten Oberschenkel erscheint eine karminrote Spitze mit grauen Stickmustern.

– Ich habe meine aufreizendste Wäsche angelegt. Um ehrlich zu sein, ich habe sie sogar extra für diesen ... diesen Anlass gekauft.

– Großartig, mein Liebling. Sobald ich seinen Sarg sehe, werde ich es meinem Vater sagen.

Thomas legt seine Hand auf ihre Knie, streichelt ihre Beine und fährt hoch zwischen die Schenkel, die sich öffnen, um den Durchgang frei zu geben. Er drosselt die Geschwindigkeit, der Wagen schaltet zurück.

– Zum Glück habe ich einen Automatik geliehen.

– Biegen Sie jetzt rechts ab, sagt das GPS.

Thomas gehorcht den Anweisungen des Computers nur annähernd. Seine Hand gleitet unter die Seide, streift Louises Scham, die sie ihm willig entgegenstreckt.

– Ich liebe dich, sagt Louise.

Die Finger verfahren sich. Thomas auch.

– Bei der ersten Möglichkeit wenden, sagt das GPS, gänzlich ungerührt.

## ANNA UND YVES

Es ist November, aber über dem Süden Europas hält der Sommer noch an. Das Institut français in Florenz hat Yves zu einer Lesung aus seinem ersten ins Italienische übersetzten Buch eingeladen. Yves nimmt Anna zu einem langen Wochenende mit. Ihr Zimmer ist hell, der Balkon geht auf den Arno. Anna betrachtet den Fluss und dreht sich plötzlich um.

– Bitte, lass uns nach Arezzo fahren. Ich würde so gerne eines der Fresken von Piero della Francesca wiedersehen, eine schwangere Jungfrau Maria. Sie erscheint, wie auf byzantinischen Darstellungen, aufrecht stehend, undurchdringlich, hieratisch. Mit der einen Hand hält sie sich den Bauch, die andere ruht auf der Hüfte. Es sind leuchtende Farben, und die Züge sind ganz fein gemalt. Man kann sie auch in *Nostalghia* sehen, dem Film von Andrej Tarkowski. Du weißt schon, der Dichter und die junge blonde Übersetzerin fahren in einem Volkswagen. Es gießt in Strömen, der Himmel ist schwarz, die Straße kurvenreich, und ganz oben auf einem Hügel findet sich zwischen Zypressen die Kapelle.

Yves glaubt den Film gesehen zu haben, bezweifelt aber, dass er sich noch an die Szene erinnern kann. Anna insistiert:

– Als sie dort eintreffen, wird gerade eine Marienandacht zelebriert. Die junge Frau geht allein hinein, der Dichter bleibt auf der Schwelle stehen. Das Dach ist stark beschädigt, durch das romanische Gewölbe sieht man das Gewitter. Der Regen prasselt in die Kirche, auf den Boden, aber das Fresko befindet sich vorm Regen beschützt und von Hunderten von Kerzen erleuchtet in einer Art Alkoven. Erinnerst du dich?

Yves versucht sich zu erinnern. Arezzo liegt im Südosten der Toskana, an der Grenze zu Umbrien. Sie brauchen einen Wagen, Yves mietet einen.

Anna kauft einen Toskana-Führer, versucht die Kirche ausfindig zu machen, das Fresko. Vergebens.

Yves stellt eigene Nachforschungen an. Eine Stunde später ist er über alles im Bilde.

– Anna, ich habe eine schlechte Nachricht.

– Die Kirche ist geschlossen?

– Das ist es nicht. Deine Kirche mit dem eingestürzten Dach liegt nicht in der Nähe von Arezzo.

– Ach so?

– Nein, es handelt sich um eine Zisterzienser-Abtei in der Nähe von Siena, die Abtei von San Galgano. Sie ist so romantisch, dass sie gleich in mehreren Filmen auftaucht, wie zum Beispiel im *Englischen Patienten*.

– Ist das weit?

– Im Südosten von Siena, anderthalb Stunden Autofahrt. Doch bekommst du dort nicht das Fresko aus dem Film von Tarkowski zu sehen.

– Und warum nicht?

– Weil es sich bei der schwangeren Jungfrau, die er gefilmt hat, um die *Madonna del Parto* handelt. Wenn du die sehen willst, müssen wir ins Museo di Monterchi gehen, das nicht sehr weit von Arezzo entfernt liegt. Allerdings hat es der Regisseur damals vorgezogen, eine viel besser restaurierte Nachbildung dieses Werkes abzufilmen, die Jungfrau von *Nostalghia*. Und diese Jungfrau befindet sich wieder an einem anderen Ort, in der Krypta einer anderen romanischen Kirche, in San Pietro, in der Toskana.

– Ich sehe schon. Nichts stimmt.

– Sagen wir, dass Tarkowski alles neu zusammengesetzt hat, um seine Szene zu drehen. Das ist Kino.

Anna bleibt einen Moment lang schweigsam. Als sie wieder anfängt zu sprechen, klingt ihre Stimme traurig.

– Siehst du, diese Geschichte ist typisch für mich. Das, wovon ich träume, gibt es nicht, es ist wirklich nur Kino.

### L'Abbazia di San Galgano

Dove si trova?

Il complesso monumentale di San Galgano sorge circa 30 km ad Ovest di Siena, al confine con la provincia di Grosseto, fra Monticiano e Chiusdino, in una terra selvaggia e incontaminata, ricca di bellezze naturali.

### Museo della «Madonna del Parto»

*Indirizzo:* Via Reglia, 1, Monterchi (AR)

*Telefono:* +39057570713

*Orari:* Novembre-Marzo, tutti i giorni: 9:00–13:00 e 14:00–17:00
Aprile-Ottobre, tutti i giorni: 9:00–13:00 et 14:00–19:00

**Costo dei biglietti:**

*Intero:* 3,50

*Ridotto:* 2,00 (studenti oltre i 14 anni)

*Ridotto gruppi:* 2,50 (gruppi a partire da 15 persone)

*Gratuito:* ragazzi sotto i 14 anni, donne incinte, abitatanti di Monterchi, invalidi e disabili.

## LOUISE UND THOMAS

Judith ist so erschrocken, dass sie nicht mal weint. Louise versucht, ihre kleine Tochter zu beruhigen, aber Judith ist vor Angst wie versteinert, sie zittert. Die Räder haben den Kinderwagen mitgerissen, die Reifen haben gequietscht, aber Judith ist nichts passiert. Etwas weiter ist der Lieferwagen zum Stehen gekommen, der Puppenwagen liegt zermalmt unter der Achse, die Puppe ist auf die Straße geflogen. Der Fahrer, ein großer Schwarzer, ist herausgesprungen, kniet vor Judith und fragt sie unaufhörlich: «Ist dir nichts passiert? Ist dir nichts passiert?» Er zittert noch mehr als sie.

Es ist ein Sonntag im Dezember, der erste, den Louise in Thomas' Begleitung mit Judith und Maud verbringt: Die beiden hatten ihn noch nie zuvor gesehen. Maud hatte herausgefunden, dass, wenn man ganz oft hintereinander Thomas Thomas sagt, es sich anhört wie «ma tomato ma tomato». Judith fand, der Freund ihrer Mutter habe wirklich sehr viele graue Haare, mehr als Papa, das hatte sie ihrer großen Schwester kichernd ins Ohr geflüstert, damit ihre Mutter nichts davon hörte.

– Was ist das da für ein Getuschel, Judith?, hatte Louise gefragt.

Judith war lachend losgerannt, sie hatte sich gerade in dem Moment zu ihrer Schwester umgedreht, als sie auf die Straße trat. Thomas hatte die Gefahr erkannt. Er hatte den Arm ausgestreckt, das Mädchen geschnappt und brutal nach hinten gezogen. Er entschuldigt sich bei ihr, dass er sie so fest am Arm gepackt hat. Er hat ihr weh getan, sie schimpft mit ihm.

Sie wird einen blauen Fleck kriegen. Der Fahrer hat die Puppe geholt, den Puppenwagen befreit, der völlig aus der Form geraten und nicht mehr zu reparieren ist:

– Wie heißt du denn, mein Spatz? Ich kaufe dir einen neuen.

Thomas bringt ihn davon ab, begleitet ihn zurück zum Lieferwagen.

Sie waren auf dem Weg zum Naturkundemuseum im Jardin des Plantes gewesen. Louise ist völlig erschöpft, sie will sich nur hinsetzen, einen Kaffee trinken. Thomas fragt die Mädchen, was sie möchten: heiße Schokolade. Gute Idee. Viermal heiße Schokolade.

– Thomas hat dir das Leben gerettet, sagt Maud zu ihrer Schwester.

Ganz entzückt von den ungeheuren Worten, die sie gesprochen hat, wiederholt Maud:

– Thomas hat dir das Leben gerettet.

– Was bedeutet das, Mama, das Leben retten?, fragt Judith ihre Mutter.

Louise antwortet nicht. Sie schließt ihre Tochter fest in die Arme, erdrückt sie fast. Sie blickt auf zu Thomas, schließt die Augen wieder, eine Träne glitzert unter ihren Lidern.

Langsam trinkt Thomas seine Schokolade. Judith und Maud spielen mit den Löffeln und dem Kakao in den Tassen.

Für eine Weile ist die Angst vergessen. Aber Louise fährt der Schrecken immer tiefer in die Glieder. Er kann ihre Gedanken lesen, die sich mit den seinen überschneiden. Und wenn Judith umgekommen wäre? Dann hätte sie ihn ganz sicher verlassen. Der Schmerz tötet jedes Verlangen, keine Liebe übersteht ein solches Schuldgefühl. Nur mit Judiths Vater hätte sie dieses geteilte Leid aushalten können, nur mit ihm hätte sie versuchen wollen, es zu überwinden.

– Danke, sagt Louise schließlich.

Thomas schüttelt den Kopf. Er sieht in diesen wenigen Minuten seines Lebens eine Weichenstellung des Schicksals. Anna hatte dieses Wort bei ihrer letzten Sitzung benutzt und gesagt: «Ich weiß nicht, ob Yves mein Schicksal ist.» In Annas Mund ist das Wort zweideutig, einerseits die Freiheit der Wahl, andererseits die Unausweichlichkeit des Schicksals.

Thomas glaubt nicht an die Unausweichlichkeit des Schicksals. Er will, dass die Kraft des Wortes und der Tat die Existenz gestalten. Das ist für ihn auch der Sinn der Psychoanalyse, sie soll dem Patienten die Kraft geben, sein Leben selbst in die Hand zu nehmen. Er will daran glauben, dass, wenn der Unfall eben wirklich passiert wäre, er dennoch einen angemessenen Platz eingenommen hätte, dass er zu einem jener Menschen geworden wäre, auf die Louise sich gestützt hätte.

Als Jugendlicher hatte er endlos über die Dehnbarkeit von Schicksal und Geschichte debattiert, der Historie mit ihrem, wie Perec gesagt hatte, großen H – wie Hackebeil. Der marxistische Grünschnabel war gegen die hegelianischen Lehrjungen angetreten. Wäre Hitler 1931 bei einem Autounfall gestorben, hätte das Trägheitsmoment der wirkenden Kräfte dennoch den Krieg und die Shoah zur Folge gehabt? Wäre ein Stalinismus mit einem anderen Stalin vorstellbar gewesen? Wer hätte Trotzki ersetzen können?

Andere Fragen schweben im Raum. Welche Rolle spielte er in Louises Geschichte? Musste ausgerechnet in genau diesem Moment ihres Lebens als Frau ein Liebhaber auftauchen? War er auswechselbar? Thomas hat keine Ahnung. Er zweifelt an der Existenz eines okkulten Programms. Nicht immer hat der Bruch bereits stattgefunden, wenn es zu einer Begegnung kommt. Es gibt mehr Zufall als Notwendigkeit. Gewiss, wer in einem Ökosystem dieselbe Nische einnimmt, hat zwangsläufig dieselben Antworten: Alle großen Raubtiere des Meeres ähneln einander, die Haie bei den Fischen, die Schwertwale bei den Säugetieren, die Plesiosaurier bei den Dinosauriern. Aber der Mensch ist nicht auf die Natur zu reduzieren, Geschichte nicht gleich Evolution, und Thomas hat aufgehört, eine materialistische und wissenschaftliche Antwort auf eine Frage zu suchen, die weder das eine noch das andere ist. Niemals wird er wissen, ob Hitler und er *ersetzbar* wären. Sagen wir, das Leben serviert nie dasselbe Gericht noch einmal.

Judith und Maud haben ihre Schokolade ausgetrunken. Sie wollen heimgehen. Louise auch. Man wird ein andermal die Tausende von Schmetterlingen und den großen weißen Wal ansehen. Louise öffnet die Haustür, die Mädchen rennen die Treppe hoch. Louise dreht sich zu Thomas um.

– Wenn Judith ... Weißt du, ich wäre zu nichts mehr in der Lage gewesen. Ich hätte nicht weitermachen können. Mein Leben hätte aufgehört.

– Nein, sagt Thomas. Nein. Das Schlimme ist eben, dass es nicht aufgehört hätte.

# ANNA

## Unvollständige Liste von Annas Einkäufen.
## *(vom 8. September bis zum 21. Dezember 2008)*

Ein Seidenkleid, Größe 36, mit seitlichem Reißverschluss, unterhalb des Gürtels plissiert, silberbeige, 129 Euro.

Ein Paar Pumps aus braunem, krokoartigem Leder, Größe 39, flache Absätze, 79 Euro.

Eine bestickte Baumwolltunika, Größe 1, beige und smaragdgrün, mit Halsverschluss, V-Ausschnitt, Stickereien an Halsausschnitt und unter der Brust, unten leicht ausgestellte Form, 49 Euro.

Ein schwarzes Baumwollkleid, Größe S, mit Indianermotiven, kurze geknöpfte Ärmel, ausgestellter Schnitt, 99 Euro.

Eine Baumwollbluse, Größe 38, opalisierend, leicht tailliert, spitzer Kragen, «im Schlussverkauf», 55 Euro.

Eine tief sitzende Jeans, W27 L34, ausgewaschenes Blau, gerader Schnitt, fünf diagonal geschnittene Taschen, darunter eine kleine für Fahrkarten, lederne Gürtelschlaufen, 89 Euro.

Ein Paar Ballerinas aus Wildleder, maulwurfgrau, eine kleine blaue Seidentulpe auf der Schlaufe, Größe 39, 69 Euro.

Zwei Büstenhalter aus Seide und Polyamid, 75C, einer mausgrau und einer karminrot, Verzierung aus weißer Spitze, hochgesteckte Form, Bügel, Häkchenverschluss, verstellbare Träger, 34 Euro. Zwei Shorties aus besticktem Tüll, Seide und Polyamid, Größe 38, einer mausgrau und einer karminrot, mit Stickerei an der Taille, 28 Euro.

Ein schwarzer, flaschengrün changierender Trenchcoat, zwei versteckte Knopfverschlüsse, ein Gürtel, breites Revers aus schwarzem Leder, Größe M, 249 Euro.

Ein Paar schwarze Ledersandalen, Schmuckapplikation am großen Zeh, 5 cm hohe Absätze, an der Ferse schmale Lederriemen zum Binden, Größe 39, 55 Euro.

Ein einteiliger Badeanzug Größe 38, wassermelonenrot, tiefer V-Ausschnitt, in Brusthöhe Schnürbändchen, 49 Euro.

Ein T-Shirt aus schwarzer Baumwolle, bestickter V-Ausschnitt, mit dem Aufdruck *Rock 'n' Roll Animal*, 15 Euro.

Zwei Slips aus besticktem Tüll (ein schwarzer, ein rohseidenfarbener), Größe 36, 66% Polyamid, 25% Polyester, 9% Elasthan, Stickereien am Bund, 38 Euro. Zwei Büstenhalter (ein schwarzer, ein rohseidenfarbener), 75C, 60% Polyamid, 35% Polyester, 5% Elasthan, Stickereien, 48 Euro.

Ein Paar maulwurfgraue, hohe Lederstiefel, runde und fein geschnittene Form, am oberen Rand schräg ausgeschnitten, rechter Schaft gefaltet, zum Hineinschlüpfen, Größe 38, 219 Euro. Eine schokoladenbraune Jacke, Größe 36, Ein-Knopf-Verschluss, langärmlig, Taschen gepaspelt, dunkelblaue Leder-Epauletten, 99 Euro. Ein Paar Mokassins aus rotem Glatt- und Wildleder, vorne mit weißer Sichtnaht, flache Absätze, Größe 38, 39 Euro.

Ein Jeans-Rock, 100% Baumwolle, Größe 1, kreidefarben, Knopfverschluss, Hosenschlitz mit Reißverschluss vorne, zwei aufgenähte Seitentaschen mit geknöpftem Umschlag, ein kleiner Schlitz vorne und hinten, 59 Euro.

Ein kurzes blaues Baumwollkleid mit Dekolleté, Volant aus dunkelblauem Tüll, Größe 36, 119 Euro.

## ANNA UND YVES

Die Nacht bricht an. Anna schafft es nicht, sich loszureißen. Nachdenklich legt sie ihren Kopf auf Yves' Schulter:

– Mein süßer Goj.

Yves weiß, dass Anna ihren Mann «mein Süßer» nennt. Er erkennt die Zärtlichkeit hinter der Ironie.

– Weißt du was?

Bei «Weißt du was?» muss Yves lächeln. So oft beginnt Anna ihre Fragen mit diesem Motiv. Und jedes Mal antwortet er, ohne das kleinste Zeichen von Überdruss an den Tag zu legen:

– Nein, Anna, ich weiß nicht. Sag's mir.

– Ich gefalle dir auch deswegen, weil ich Jüdin bin.

Yves wird diese Bemerkung absurd finden, aber sie fährt schon fort:

– Du wärst gerne ein Jude gewesen.

Das ist eine Behauptung. Yves wundert sich:

– Willst du damit sagen, dass ich es bedauere, kein Jude zu sein?

– Genau. Da ist ein Bedauern. Und du hast dich auf der Grundlage dieses Bedauerns erfunden.

Yves antwortet nicht. Sie spinnt ihre Idee weiter:

– Jude sein, das ist eine Identität. Wenn du dir eine Identität hättest aussuchen können, dann hättest du diese gewählt.

Anna glaubt ernsthaft, dass alle Welt gerne Jude wäre, und auf jeden Fall die Schriftsteller. Die Juden sind die Leute des Wissens, des Buches, die Hüter der Erinnerung. Der Jude, sagt sie, arbeitet, will seinen Kindern etwas weitergeben, der Welt etwas hinterlassen. Die Protestanten zuweilen auch, räumt sie ein. Aber Yves erinnert sich an einen Gedanken von Annas Schwester Nora, als Anna ihr das Werk ihres Freundes Hugues Léger vorstellte. Nora fand eines seiner Bücher so großartig, so tiefgründig, dass ihr der Satz herausrutschte:

– Bist du sicher, dass er kein Jude ist?

Anna hatte sie erst völlig verblüfft anschauen müssen, bevor Nora errötete: Die Entdeckung ihres spontan geäußerten Rassismus verwirrte sie nicht weniger als die Offenlegung ihrer Vorurteile. Niedergeschlagen und mit einem Anflug von Wut hatte Yves genickt.

Er hätte nicht übel Lust gehabt, sie zusammenzustauchen:

– Nein, Nora, Hugues Léger war kein Jude. Jude zu sein ist keine notwendige Bedingung, um ein großes Buch zu schreiben. Und es ist auch keine hinreichende Bedingung. Soll ich dir ein paar sehr schlechte jüdische Schriftsteller nennen?

Aber Yves hatte Annas Schwester verschont. Er hatte sich mit einem ironischen Blick begnügt, den er mit höchstem Wohlwollen unterlegte.

Anna hingegen redet nie einfach ins Blaue hinein. Es stimmt: Yves hat das Zeug zum verbrieften Juden. Er ist kein Philosemit, keiner dieser Antisemiten, die die Juden mögen, aber ihn interessiert die jüdische Identität. Er kennt sich im Judaismus gut aus, kennt die Riten, die Festtage, hört Klezmer-Musik. Da er das Deutsche beherrscht, versteht er das Jiddische, aber wer spricht es noch? An Rosch haSchana hat er Anna einen Gruß geschickt: *A gut yor.* Ihr Vater mochte in Hannover geboren sein, Anna wusste nicht, dass dies «Ein gutes neues Jahr» bedeutete. Wenn Yves zum militanten Trotzkisten geworden war, dann aus einer Art angeborenem Antifaschismus, aus Hass auf die Mörder der Shoah. Über Letztere hat er eine ansehnliche Bibliothek zusammengetragen. Es stimmt auch, dass viele seiner Freunde Juden sind und dass er eine besondere Vorliebe für jüdische Witze hat, wobei der von der «Alternative» sein Lieblingswitz ist.* Und schließlich ist ihm auch bewusst, dass

* Um weder den Fluss der Erzählung zu unterbrechen noch den Leser um diese Geschichte zu bringen, gestatten wir uns diese Anmerkung.
Eines Tages sucht Mosche den Rabbiner des Dorfes auf und sagt:
– Rabbi, ich habe ein neues Wort gehört, aber ich weiß nicht, was es bedeutet. Es ist das Wort «Alternative». Was ist das?
Der Rabbiner denkt nach und antwortet:
– Mosche, komm morgen wieder und bring mir die Besitzurkunde für das kleine Stück Land unten am Fluss mit. Dann werde ich deine Frage beantworten.
Am nächsten Tag taucht Mosche wieder auf. In der Hand hält er die Besitzurkunde.
– Sehr gut, sagt der Rabbiner. Und jetzt gehst du auf den Markt in Radom und bringst mir zwei Kaninchen mit, ein kräftiges Männchen und ein junges Weibchen.
Am nächsten Tag ist Mosche mit zwei Kaninchen im Käfig zur Stelle.
– Schön, Mosche, und jetzt hör mir gut zu. Du wirst das kleine Stück Land unten am Fluss, dort, wo der Boden weich ist, umzäunen und die beiden Kaninchen dort aussetzen. In ein paar Monaten wirst du zwanzig kleine Karnickel haben. Die Hälfte verkaufst du auf dem Markt und das Geld aus dem Verkauf investierst du in das Nachbargrundstück, das du ebenfalls einzäunen wirst. Bis zum Ende des Jahres wirst du das ganze Land am Fluss bis hin zur Brücke erworben haben und der reichste Mann im Dorf sein. Du treibst deine Geschäfte und Investitionen weiter, du wirst alle Grundstücke beidseits des Flusses kaufen bis hinunter nach Brentsk, und du wirst einer der angesehensten Männer der ganzen Region sein. Du wirst die junge Sarah heiraten – streite es nicht ab, Mosche, ich habe sehr wohl gesehen, wie du sie anschautest –, du heiratest also die junge Sarah, und ihr werdet schöne Kinder haben, ein Mädchen und einen Jungen. Unterdessen ziehst du weiter Tausende von Kaninchen auf und verkaufst sie auf den Märkten von Radom, Piotrkow, Katowitz und du wirst reich sein, sehr reich. Deine Kinder werden größer, deine Tochter wird mit einem Arzt aus Lublin ausgehen, dein Sohn wird in Łódz mit seinem Studium beginnen.

er sich häufiger, als es die Statistiken vorausberechnet haben würden, in jüdische Frauen verliebt hat.

– Okay, du wirst es niemals zum *Jewish Writer of the Year* bringen, hatte ihm eines Tages ein (jüdischer) Freund erklärt, aber warum versuchst du's nicht beim «Prix du roman goy»?

Aber bedauert Yves nach alldem, kein Jude zu sein? Antwortet er mit Nein, wird Anna die Sache als einen Akt der Verleugnung analysieren. Yves sucht nach der richtigen Antwort auf diese Frage, die er sich nie gestellt hat. Er ist sehr wahrscheinlich ein unbestimmbares Gemisch aus Galliern, Wikingern, Goten, aber er hat diese Ungewissheit und Abwesenheit einer kontrollierten Herkunftsbezeichnung niemals verabscheut, er hat niemals in die Kleider eines anderen schlüpfen wollen. Er hat sich auf der Grundlage einer Verweigerung von Zugehörigkeit konstruiert, aus der Ablehnung der Familie heraus. Es gefällt ihm, dass ihm seine Muttersprache zuweilen fremd vorkommt. Um Anna antworten zu können, wäre er gerne präzise. Sobald die Unterhaltung auf die Juden kommt oder, schlimmer, auf Palästina und die «Gebiete» (ein Begriff, dem sie nicht immer

---

Und dann, Mosche …
– Und dann, Rabbi?
– Und dann wird es ein Hochwasser geben, eine unglaubliche Überschwemmung, du wirst alles verlieren, deine ganzen Ländereien werden fortgespült, die Kaninchen ertrinken zu Tausenden, du wirst ruiniert sein, deine Frau wird dich verlassen und deinen Leichtsinn verfluchen, deine Kinder werden sich weigern, mit dir auch nur zu reden, und du endest wie ein armer Schnorrer als völlig mittelloser Trunkenbold. So wird es ausgehen.
– Aber das verstehe ich nicht, Rabbi, du solltest mir doch den Sinn des Wortes «Alternative» erklären.
Der Rabbiner denkt einen Augenblick nach und sagt:
– Die Alternative, Mosche? Die Alternative sind Enten.

«besetzte» voranschickt), auf den «Terrorismus», bewegt er sich stets auf dünnem Eis. Anna nimmt sich das Thema so zu Herzen, dass sie manchmal jedes Unterscheidungsvermögen verliert. Einmal ist ihr ein «ihr Franzosen» herausgerutscht, was Yves schaudern ließ, umso mehr, da sie ihn wegen eines «ihr Juden» verlassen hätte. Yves rafft sich auf:

– Um es dir gleich zu gestehen, Anna, ich bin nicht unzufrieden, kein Jude zu sein. Wäre ich als Jude geboren, wäre ich Gefahr gelaufen, mich damit zufriedenzugeben. Diese Illusion, etwas zu sein, ist ja so benebelnd. Ich hätte einer dieser Jungen mit der Kippa auf dem Kopf sein können, die mit Plakaten demonstrieren gehen, auf denen steht: «Ich bin stolz, ein Jude zu sein.» Glaubst du wirklich, dass man stolz darauf sein kann, einfach nur als Jude geboren zu sein? Das ist genauso bescheuert, wie zu sagen, man sei stolz, Franzose zu sein.

– Nein. Das ist nicht dasselbe. Die jüdische Kultur ist fünftausend Jahre alt.

– Hör auf mit diesem Märchen, Anna. Es sind höchstens zweitausendachthundert. Und man ist heute nicht mehr Jude, wie man es zu Zeiten Cäsars oder des Ptolemäus war.

– Diese Jungen brauchen sich nicht zu verstecken, sie brauchen sich nicht zu schämen.

– Darum geht es nicht: Jeder, ob Jude oder nicht, kann stolz auf die jüdische Kultur sein. Jeder hat das Recht und sogar die Pflicht, es zu sein, wie er auf alles stolz sein kann, was der menschliche Geist hervorgebracht hat. Wenn ich durch die Alhambra spaziere, bin ich stolz auf die islamische Kultur.

– Schau an! Diesen weichlichen Ökumenismus hinsichtlich der Religionen kannte ich noch gar nicht an dir.

Sie hat recht. Yves hasst die Religiösen, die Juden nicht mehr und nicht weniger als die anderen. An den Kirchen ist immer etwas schief, wie Prévert sagte. Aber er ist gerne bereit, anzuerkennen, was das Judentum an universellen Werten transportiert. Als er den Text über die Fremden gelesen hat, hat er eine Überlegung ausgelassen, die er sich für einen anderen Text aufbewahren wollte. Jude werden heißt im Hebräischen *lehitgayer*, mit anderen Worten «zum *ger* werden», zum Fremden werden, denn die Juden waren Fremde im alten Ägypten. Die Versuchung, zum anderen zu werden, ist untrennbar mit der jüdischen Kultur verbunden. Anna hätte ihm zweifellos erwidert, dass er Philosophie betreibe, dass *lehitgayer* ganz einfach heiße, zum Gast zu werden, zum Gast der Juden. Aber *ger* ist im biblischen Hebräisch nicht ganz so zweideutig, er hat darüber mit einem Rabbiner diskutiert: Er ist der «Fremde», Punkt. Ohne dieses Bewusstsein der Entwurzelung kann sich nichts Heiliges vollziehen. Wenn der Stamm der Levi nicht das Recht hatte, Land zu besitzen, dann gerade deshalb: Der Priester ist der lebendige Inbegriff dessen, der niemals ganz zu Hause ist.

Der ungläubige Yves könnte fast schon behaupten, dass man die Welt, wenn man sie wirklich denken will, wie ein Jude denken muss, wie jemand, der nirgendwo hingehörte und nichts besäße. Aber das hat er, wie er glaubt, Anna schon gesagt, und er will sich nicht wiederholen:

– Anna, ich sage ganz einfach nur, dass man, wenn man die Illusion hat, Jude zu sein, nur weil die Mutter Jüdin ist, es schon nicht mehr ganz ist. Als Jude geboren zu sein, bedeutet nichts. Man kann nicht darüber hinwegsehen, dass man es wird.

– Noch so ein Sophismus. Ein Sophismus, der die Pogrome, die Verfolgungen, die Shoah außer Acht lässt.

– Ich lasse nichts außer Acht, Anna. Aber zu sagen, Einstein und Freud seien jüdische Gelehrte, das heißt, wie die Nazis zu räsonieren.

Indem er sich erregt, begreift Yves, dass Anna einen wunden Punkt berührt hat, dass er sich, ja, doch, wenn er sich wirklich eine mythische Abstammung auszusuchen hätte, dann vielleicht doch ... Aber auch andere Optionen wären noch offen. Anna zuckt mit den Schultern. Sie will keinen Krieg:

– Und doch. Es ist nun einmal so, Freud und Einstein sind Juden. Aber das hat überhaupt nichts damit zu tun, du langweilst mich. Du hast nicht auf meine Frage geantwortet.

Yves schweigt. Es erstaunt ihn, wie deutlich er gewesen ist. Früher, wenn die Spannung zu groß wurde, hatte sich sein Geist unter dem Ansturm parasitärer Bilder verheddert. Im Alter von fünfzehn Jahren verlor er bei Familienstreitigkeiten den Faden, weil plötzlich die absurde Vision einer eierlegenden Schildkröte von den Galapagosinseln vor ihm auftauchte. Es wurde ihm unmöglich, weiter zu argumentieren, auch wenn er noch so recht haben konnte. Er brauchte einige Zeit, um zu begreifen, dass seine Blödigkeit ein Symptom war, dass sie von seiner Unfähigkeit herrührte, sich ganz in Front zu bringen.

– Anna, ich werde dir noch einen letzten Grund nennen, warum ich froh bin, es nicht zu sein. Ich bin nicht sicher, ob unsere Geschichte ein Existenzrecht gehabt hätte, wenn ich Jude wäre.

Anna antwortet nichts. Sie erinnert sich, dass Le Gall sie während einer Sitzung, in der sie erzählt hatte, dass Yves ein Goj sei, gefragt hatte:

– Hätten Sie sich in einen Juden verlieben können?

Das hatte ihr die Sprache verschlagen. Aber Le Gall hatte die richtige Frage gestellt. Dass Yves ein Goj war, machte alles leichter. Sich zu einem anderen Juden ins Bett zu legen, wäre obszön gewesen, ein Verrat an der in der Synagoge geheiligten Verbindung. Yves kam aus einer anderen Welt, einer Parallelwelt, einer exotischen Welt. Sein Universum berührte sich so wenig mit dem ihren, dass es sich kaum um einen Kratzer am Ehevertrag handelte.

# LOUISE UND ROMAIN

Der australische Leierschwanz, den man auch Prachtleierschwanz nennt, kann alle Laute imitieren, vom Dieselmotor bis zum Presslufthammer. An diesem Nachmittag würde ein Dutzend dieser Prachtleierschwänze ausreichen, den Lärm von Paris nachzumachen.

Louise fühlt sich leicht, beschwingt, verliebt. Wenn sie Romain verlässt, dann wegen dieser wiedergewonnenen Leichtigkeit. Der Himmel ist von einem endlosen Grau. So kann er gleichzeitig die Sonne und die Form der Wolken verdecken. Louise wünschte sich einen helleren Himmel, ein argentinisches Blau. Vor fünf Jahren ist Louise nach Buenos Aires gereist. Für immer wird sie der Name an das Blau des Himmels erinnern, von dem sich messerscharf die Hochhäuser absetzen.

Auf den Ladenschildern steht *Alte Bäckerei, Lotto Presse, Landwirtschaftsbank*. Das mitten in die Stadt verirrte Wort «Landwirtschaft» erscheint ihr nicht abwegig. Das Adjektiv abwegig hat Louise immer schon gemocht, denn es ist selbst abwegig. An der Bushaltestelle hängt ein Werbeplakat für einen amerikanischen Film mit Nicole Kidman, ein anderes Transparent wirbt für eine deutsche Limousine. Das Transparent dreht sich, und es erscheint ein koreanisches Handy. Louise durchquert Paris, um Romain zu verlassen, und doch schaut sie sich die Werbung an. Sie tankt Energie aus dem Licht des Himmels, dem Geflirre der Blätter, der Bewegung der Äste. Sie betrachtet die Aushänge, die Arbeiter, die den Asphalt aufbrechen, die

Boutiquen, die Kleider und die Stiefeletten. Sie wird Romain verlassen, und doch betrachtet sie die Kleider, die Stiefeletten.

Sie hat sich geschminkt und dieses schwarze Kleid angezogen, von dem sie sehr genau weiß, dass es ihr gut steht. Sie hat dieses nach Efeu und Sandelholz duftende Parfüm aufgelegt, das Romain ihr zum Geburtstag geschenkt hat, dieses zu holzige, für sie zu gekünstelte Parfüm. Sie weiß nicht, warum sie so lange gebraucht hat, um sich fertig zu machen, wo doch der eigentliche Takt darin bestanden hätte, sich so wenig hübsch wie möglich zu machen, so wenig wie möglich gefallen zu wollen. Sie fragt sich, ob sie für ihn oder für sich so viel Aufwand getrieben hat.

Sie weiß, dass manche Männer auf den Café-Terrassen ihr in diesem Augenblick, da sie den Boulevard Saint-Germain hinaufgeht, nachschauen. Vielleicht ruht auf jeder Frau, die durch Paris geht, zu jedem Zeitpunkt der Blick eines Mannes.

Sie ist aufgebrochen, um Romain zu verlassen. Sie wird den Mut haben, ihm zu sagen, dass sie ihn schon seit langer Zeit verlassen hat. Sie wandert durch Paris, um ihm deutlich zu machen, dass der Faden zwischen ihnen gerissen ist, dass die Kinder sie an ihn binden, aber dass das nicht ausreichen kann. Sie sieht sich schon nicht mehr an seiner Seite. Das Glück, das sie gestern noch empfand, als sie an seinem Arm ging, hat sie vergessen.

Im Geiste hat Louise zuerst Listen angelegt, Spalten aneinandergereiht. So hat sie ein Raster aufgebaut, das so rational ist wie die Häuserblocks einer amerikanischen Stadt. Eine Spalte *Pro*, Gründe, Romain zu verlassen. Eine Spalte *Kontra*. «Ich liebe dich noch», in die Spalte *Kontra*. Oder vielmehr, sie liebt noch immer den Gedanken, ihn geliebt zu haben, das ist so wie der süße Nachgeschmack eines Kaffees. «Ich liebe dich nicht mehr», in die Spalte *Pro.* Oder vielmehr, sie liebt ihn nicht mehr so, wie sie ihn lieben müsste, um ihn weiterhin lieben zu können.

In die Zeilen hätte sie nacheinander eintragen können: Deine Art, manchmal zu lachen, Deine englische Art, gelangweilt auszusehen, Dein etwas bitterer Humor, Deine grünen und manchmal grauen Augen, Deine langen, feingliedrigen Hände. Die Spalten *Pro* und *Kontra* hätten sich mit denselben Worten gefüllt, sie hat verstanden, dass das, was sie gestern noch anzog, sie heute abstößt. Dieser beinahe weibliche Charme, der sie verführt hatte, berührt sie heute nicht mehr, denn heute sucht sie Rauheit. Seine schüchterne Art, sie zu streicheln, die sie gestern noch erregen konnte, macht sie heute rasend, denn heute sehnt sie sich nach wilder Lust.

Auch für ihre Unterschiede hat Louise eine Liste angelegt. Im Kino sucht Romain sich immer einen Platz hinten im Saal aus, während sie selbst lieber nahe an der Leinwand sitzt. Sie haben die Buslinien Nr. 30, 31, 53, 27 und 21 genommen, und Romain hatte dabei unglaubliche Strategien entwickelt, um ihnen zwei Sitzplätze zu sichern. Louise hatte nichts dagegen, stehen zu bleiben. Sie gingen im Franprix einkaufen, im Carrefour, im Monoprix; Romain füllte den Einkaufswagen mit logischem Verstand: nie eine zerquetsche Erdbeere, nie eine zerbröselte Baguette. Das schafft Louise nie. Sie haben sich über das zu hell oder zu dunkel gebackene Brot gestritten, über den Krieg im Irak, der gerechtfertigt war oder auch nicht, über die Farbe, in der das Schlafzimmer gestrichen werden sollte. Jedes Mal gab Romain seufzend nach: Ist nicht wichtig. Louise weiß nicht, was wichtig ist.

Ja, Louise hat alles aufgelistet. Das ist ihre Art, das Leben zu ordnen.

An Romains Seite hat sie den Geruch des frisch gemähtem Rasens neben dem großen Bassin im Jardin du Luxembourg genossen, dabei ist sie gegen frisch geschnittene Gräser allergisch. Sie hat die Sirenen der Lastkähne, die unter der Passerelle des Arts hindurchfahren, geliebt und den Wind, der ihren Rock hochhob. Sie, die weder die Kälte noch die Place Blanche erträgt, hat die kühle Luft des sibirischen Tiefs, die eines Morgens über die Place Blanche wehte, geliebt. Ganz oben im Parc des Buttes-Chaumont hat sie das Rosa eines Sonnenuntergangs geliebt, den sie aus zugekniffenen Augen ansah. Sie hat in einem Café in der Rue des Abesses den Geschmack einer zu heißen Schokolade geliebt und ging dabei bis an die Schmerzgrenze der Verbrühung. Das alles hat sie geliebt, und Romain ist da gewesen, bei ihr, in genau dem Moment, da sie ihn geliebt hat. Sie fragt sich, ob sie ihn geliebt hat, weil er da gewesen ist.

Romain wartet auf sie in einem Bistro in der Rue Montmartre, er trinkt einen Kaffee.

Von Louise weiß er, dass Bistro auf Russisch «schnell» heißt, dass das französische Wort aus der Besatzungszeit von 1815 stammt, als die russischen Soldaten sich ein Glas bestellten, *bistrot, bistrot*, bevor die Offiziere kamen. Romain hat ihr erklärt, dass die Japaner dabei waren, den Kaffee so zu verändern, dass er kein Koffein mehr enthielt (oder mehr Koffein, Louise weiß es nicht mehr). Louise hat ihm beigebracht, dass das älteste Haus von Paris in der Rue de Montmorency steht und dass dort der Alchimist Nicolas Flamel gewohnt hat (oder dort gestorben ist). Romain hat ihr erzählt, dass Mouton-Duvernet ein General und dass Denfert-Rochereau ein Oberst war (oder vielleicht auch umgekehrt). In zehn Jahren haben sie sich viel erzählt; Louise wird nur wenig davon behalten haben und Romain nicht viel mehr.

Romain wird bereits seinen Kaffee bestellt haben.

Wahrscheinlich verspürt er eine gewisse Unruhe, ahnt er, dass Louises bereits abwesend klingende Stimme ihre kommende Abwesenheit ankündigt. Zuerst wird er nicht zuhören wollen, dann wird er gewiss wollen, dass Louise ihm sagt, wie sehr sie es bedauert, gehen zu müssen, er wird diesen letzten Moment ausdehnen wollen, wird wollen, dass sich die Zeit wie eine Woge auseinanderzieht, er wird sich wünschen, dass allein schon Louises Worte ausreichen werden, um sie zurückzuhalten, ganz so, ob sie sich, erschrocken über den tiefen Ernst der Rede, die über ihre Lippen kommt, plötzlich nicht mehr in der Lage sähe zu gehen.

Aber Louise wird die ersten Worte finden, und die folgenden auch. Sie hat für alles eine Lösung, die Kinder, die Wohnung, an alles hat sie gedacht. Er wird sie bitten, ihm eine letzte Chance zu geben, er wird sagen, dass er sich ändern wird, dass alles noch einmal neu anfangen kann. Sie wird ihm sagen, dass es nicht um ihn geht. Sondern um sie.

# YVES

Yves hat wieder angefangen zu schreiben. Er hat gelesen, dass man in Abchasien, ehedem eine kleine Sowjetrepublik am Schwarzen Meer, auf eine Art und Weise Domino spielt wie sonst nirgendwo. Man verwendet dort einen Dominosatz weniger (achtundzwanzig Doppel-Sechser-Steine) als Spieler teilnehmen: einen Satz Dominosteine für zwei Spieler, zwei Sätze für drei Spieler usw. Vor allem aber kann beim abchasischen Domino jeder Stein aus einer Kette wieder herausgenommen und erneut gespielt werden. Das ist zum Beispiel dann der Fall, wenn ein Spieler, nachdem er zweimal hintereinander einen Stein aus dem Vorrat gezogen hat, keinen seiner Steine setzen kann. Ist der Stein einmal aus der Kette genommen, entstehen somit zwei Ketten, an denen man unterschiedslos anlegen kann. Außerdem darf jeder Spieler, der über einen Doppelstein verfügt, diesen legen und damit eine neue, unabhängige Kette beginnen. Das Spiel ist einigermaßen komplex, bietet die Möglichkeit zu bluffen und ist beendet, sobald sich kein Stein mehr im Vorrat befindet. Eine durchschnittliche Partie kann sehr lange dauern.

Yves will einen Roman mit sechs Personen schreiben. Er wird jeder dieser Personen eine Zahl des Dominos zuordnen, wobei die Null jeweils für eine Nebenfigur steht, die immer eine andere sein wird. Der Roman wird verlaufen wie eine Partie des abchasischen Dominos: Ein abgelegter Doppelstein zieht ein Kapitel mit nur einer Person nach sich, ein einfacher Stein

ein Kapitel mit zwei Personen, ausnahmsweise auch drei Personen, wenn eine der Personen darin weder handelt noch zu Wort kommt. Ein interessanter Fall ist dabei die doppelte Null: In dem betreffenden Kapitel treten dann zwei Nebenfiguren auf – oder auch nur eine. Yves hat sich als Vorlage eine Partie gewählt, die sich im Jahre 1919, bei einem Turnier in Sukhumi, zwei Mannschaften mit jeweils zwei Spielern geliefert haben. Die Partie ist deswegen zu Ruhm gekommen, weil sie zwei Stunden gedauert hat, in deren Verlauf die Dominosteine 1–3 und 2–6 gleich mehrmals gespielt wurden und sich drei Ketten gebildet haben. Der abchasische Schriftsteller Dimitri Josifowitsch Gulia erwähnt die Partie in einer Rubrik, die er in den zwanziger Jahren in der Zeitung *Apsny* innehatte. Yves wird den Roman *Das abchasische Domino* nennen, aber nichts, was diese Struktur angeht, wird dem Leser erklärt werden. Dies umso mehr, als Yves schließlich niemals alle Regeln genau respektiert.

Als er Anna das Konstruktionsprinzip erläuterte, hatte sie dafür nur ein Kopfschütteln übrig:

– Viel zu kompliziert. Und unnütz. Du unternimmst wirklich große Anstrengungen, mein süßer Goj, damit deine Bücher sich nicht verkaufen. Und dann dieser Titel, den kann man sich nur schwer merken.

– Ganz und gar nicht. Domino, das ist kindlich, und abchasisch, das weckt die Neugier.

– Glaube ich nicht. Mach's einfacher. In deinem Buch ist von Liebe die Rede?

– Ja.

– Dann denk dir einen Titel mit «Liebe» aus.

Eines Tages entdeckt Yves in einer Buchhandlung neben der Kasse einen Stapel eines seiner Gedichtbände, darauf eine kleine, von Hand beschriebene Pappe: «Ihr Buchhändler empfiehlt». Er weist Anna diskret darauf hin, amüsiert.

– Siehst du, ein paar verkaufe ich doch.

Anna ist entzückt. Ohne zu zögern spricht sie die Buchhändlerin an:

– Wissen Sie, dass der Autor vor Ihnen steht?

Yves ist sprachlos. Er könnte locker darüber lächeln, sich mit einem kleinen Scherz aus der Affäre ziehen, aber am liebsten würde er nur in einem Mauseloch verschwinden. Er macht abermals die «Kennedy-Affäre» durch, die der erdrückende Stolz seiner Mutter war. Er hatte gehofft, größer geworden zu sein.

Anna hätte gern, dass er geselliger wäre, glanzvoller. Dabei wünscht sie sich weniger, dass er Erfolg hat, als dass er ihn haben will. Sie hatte ihm, durchaus verschämt, gestanden:

– Wenn du berühmt wärst, würde ich bestimmt schon mit dir zusammenleben.

Entmutigt hatte er den Kopf geschüttelt. Er erinnert sich an die hübsch bösartige Sentenz eines britischen Freundes, seines Zeichens Sammler von Oldtimern und Alimentenzahlungen. Dieser hatte, nachdem er ihm Anna vorgestellt hatte, gesagt:

– *My dear*, dieses Mädchen ist ein Bugatti. *A lot of maintenance.*

An manchen Tagen passt ihr nichts. Das kann ein Bild an der Wand sein, «etwas spießig», ein Buch in seinem Regal, «Sag mir nicht, dass dir das gefallen hat», vier Pakete Spaghetti im Schrank, «Das darf doch nicht wahr sein, das ist ja schon manisch», oder Yves' Angewohnheit, den Löffel im Mund herumzudrehen, wenn er einen Joghurt isst, «zu lustbetont». Und wenn Yves für ihren Geschmack einen Augenblick lang zu schnell fährt, seufzt sie:

– Wie soll ich es je wagen, dir meine Kinder anzuvertrauen?

Anna würde ihn so gerne bewundern können, wie sie Stan bewundert, seinen wissenschaftlichen Ernst, seinen Respekt vor den Patienten, seine Arbeiten über die Hornhaut, «die Tausende von Menschen retten werden», dessen ist sie sich gewiss.

Denn Stan ist unfehlbar, zwangsläufig unfehlbar. Und bei der kleinsten Enttäuschung ist sie am Boden zerstört: Eines Sonntagnachmittags backt Stan mit den Kindern einen Sandkuchen, einen *quatre-quarts*: 4 Eier, 250 g Mehl, 250 g Butter und – ein fataler Fehlgriff – 250 g Salz ... Als der Kuchen aus dem Ofen kommt, sieht er recht ungewöhnlich aus. Anna probiert ein Stück, spuckt es unter Grimassen gleich wieder aus und steigert sich in eine so maßlose Wut hinein, dass die Kinder losrennen und in ihrem Zimmer Zuflucht suchen. Das erzählt sie zwei Tage später während ihrer Sitzung bei Le Gall und ist überwältigt von den Tränen, die ihr erneut in die Augen steigen, während sie von dem Vorfall berichtet.

An jenem Tag hat Thomas gespürt, dass Anna am Ende ist. Der Analytiker hat gefürchtet, dass sie Stan verlassen wird, dass sie zur Tat schreiten wird, während sie in diesem Stadium, solange in ihr nur Platz ist für Väter und Liebhaber, doch nichts anderes tun könnte, als von einer Vaterfigur zur anderen Vaterfigur zu wechseln. Yves gehört lediglich zur Kategorie der Liebhaber. Le Gall hat sie, was selten genug geschieht, gewarnt:

– Es kann vorkommen, Anna, dass die Entscheidung für einen anderen Mann gerade dazu dient, sich nicht zu ändern.

Wie an jedem Donnerstagvormittag hat Yves am Ende der Sitzung auf Anna gewartet. Sie hat ihm gleich alles erzählt, und er hat gemerkt, wie sehr Le Gall recht hat, wie weit sie noch von einem solchen Sprung entfernt ist. Und Yves, der Anna so sehr begehrt, hätte dem Analytiker fast dafür gedankt, dass er sie zurückgehalten hat.

Oft ärgert sich Yves über Annas Ansprüche. Mit ihm, dies ihre große Befürchtung, könnte sie «verarmen». An dem Tag, an dem sie ihm ihre Angst eingesteht, schaut er sie verdutzt an, versichert ihr, dass diese Angst unberechtigt ist - vor allem hält er sie für ihrer unwürdig –, aber sie insistiert, ernsthaft verängstigt:

- Ich brauche Sicherheit. Ich kann ohne sie nicht leben. Das ist neurotisch bei mir. Ich versuche, daran zu arbeiten. Sei mir bitte nicht böse, ich flehe dich an. Soll ich dir das genaue Wort sagen? Ich fürchte mich, wenn ich mit dir lebe, vor dem Abstieg.

Abstieg: «Niedergang», «Degradierung». Die Grausamkeit der Synonymwörterbücher entlockt Yves einen Seufzer.

Nie sind sie einer Meinung. Yves hat den Trotzkisten, der er in seiner Jugend war, nicht ganz vergessen, Anna hasst, wie sie sagt, die Globalisierungsgegner. Als Yves bei einem Abendessen deren Verteidigung übernimmt, ist sie gleich gereizt:

- Der Zweck einer Gesellschaft kann nicht die Gleichheit sein. Schau dir an, was passiert, sobald man nach Gleichheit strebt. Die Menschen sind nicht gleich.

Yves antwortet ihr auf ihrem Terrain: Die Gleichheit ist keineswegs ein Zweck, sondern das Mittel, damit die Besten hervortreten und ihre Bedingungen hinter sich lassen können. Warum gilt ihre Bewunderung, wenn doch «das Geld ein Antrieb ist», ausschließlich Künstlern, Wissenschaftlern und Schriftstellern? Sie versteift sich, sie streiten sich. Die Gäste am Tisch glätten die Wogen. Als er sich einen Augenblick lang mit einem Freund allein in der Küche befindet, lächelt Yves:

– Du wirst dich fragen, was ich mit dieser Frau mache oder was sie mit mir macht.

– Nein, sagt der Freund ganz nüchtern, obwohl er in der Tat fragend dreinschaut. Ihr seid ganz einfach sehr verschieden. Ein Pluspol und ein Minuspol.

Anna sagt auch:

– Ich kann nicht rundum zufrieden sein. Und dafür wirst du mich hassen. Für einen Mann ist es sehr frustrierend, wenn er eine Frau nicht zufriedenstellen kann.

Yves findet auch da kein Gegenargument. Er muss sich schon sehr anstrengen, um sich selbst von dem Gedanken zu überzeugen, dass Anna trotz allem bei einem Wechsel gewinnen könnte.

Eines Tages, da er endgültig zu viel hatte, hat er in seinem Bücherschrank nach Drieu La Rochelles Buch *Une femme à sa fenêtre* gesucht, um Anna diesen so reaktionären und misogynen Satz zu lesen zu geben: «Die Frau, die stets von einem machtvollen Realitätssinn geprägt ist, kann einen Mann nur seiner Kraft und seines Prestiges wegen lieben»:

– Bitte schön. Willst du diesem Schweinehund von Drieu unbedingt recht geben?

– Aber genau das ist es, hatte Anna versetzt. Du bist unmöglich, schau dich doch an: Du hast ein Ticket für die erste Klasse in der Tasche, aber du fährst lieber in der zweiten oder bleibst gleich auf dem Bahnsteig stehen.

– Ich mag die Leute in der ersten Klasse kein bisschen. Wenn du mich liebst, steigst du zu mir in die zweite Klasse.

Yves hasste es, die Metapher weiter ausreizen zu müssen. Sie erschien ihm nicht ungefährlich. Wenn das Leben ein Zug war, wer schmuggelte sich dann in die erste Klasse, wer kontrollierte die Fahrscheine? Das Bild grenzte ans Absurde, er wollte es nicht weiter ausmalen.

Und doch drängt Anna ihn, sich zu verändern. Wenn ihm der Erfolg so gleichgültig ist, was spricht dann dagegen, erfolgreich zu sein? Er ist sich nicht sicher, ob er der Typ dafür ist. Jedes Mal, wenn er bei seinem Gesprächspartner Bewunderung verspürt, gerät er in Verlegenheit. Er fühlt sich besudelt, würde sich am liebsten wie ein Hund nach dem Regen schütteln, um sich zu reinigen. Er fühlt sich wie ein Hochstapler. Die ganze Welt erscheint ihm voller Hochstapler.

Aber er hat wieder angefangen zu schreiben, und mit dem *Abchasischen Domino* geht es voran. Gewiss, Anna hat nicht Unrecht. Warum sollte die Anordnung eines Buches einer bizarren und längst von aller Welt vergessenen Domino-Partie gehorchen? Yves lächelt. Er bastelt weiter an seinem Gebäude, mit verdoppelter Hartnäckigkeit.

## THOMAS UND ROMAIN

Für 17 Uhr hat Le Gall in seinen Terminkalender eingetragen: «Fabien Dalloz», und exakt zu dieser Uhrzeit klingelt der neue, noch nie gesehene Patient. Thomas öffnet ihm und sagt in natürlichem Tonfall:

– Monsieur Fabien Dalloz? Thomas Le Gall. Bitte kommen Sie doch herein.

Der Mann gehorcht, und trotz seiner auffälligen Größe erkennt Thomas Romain Vidal erst, als dieser auf dem Sessel Platz genommen hat. Natürlich: Romain-Fabien, das liegt auf der Hand, und von Dalloz bis Vidal bleibt man auch bei den Wörterbüchern.

Thomas setzt sich an seinen Schreibtisch, ihm gegenüber sitzt Louises Ehemann. Einen Moment lang will er ihm geradeheraus sagen, dass seine List durchschaut ist, doch mit jeder Sekunde, die verfließt, wird die Sache komplizierter. Die vertraute Umgebung und auch die Überraschung führen schließlich dazu, dass er instinktiv die üblichen Worte ausspricht:

– Ich höre Ihnen zu.

Zunächst sagt Romain nichts. Nicht einen Moment lang zieht Thomas in Erwägung, dass es sich um einen Zufall handeln könnte, dass Vidal in diesem Zimmer sitzt, weil er einen Analytiker konsultieren will: Louise hat mit ihm gesprochen, und Romain ist gekommen, um sich ein Bild von dem Mann zu machen, der ihm die Frau rauben will. Da er einen anderen Namen gewählt hat, glaubt er, alle Karten in der Hand zu haben.

Aber früher oder später werden Le Gall und der echte Romain Vidal aufeinandertreffen, und wenn er die Praxis wieder verlässt, wird der falsche Fabien Dalloz nicht umhinkönnen, die Maske fallen zu lassen.

Es macht sich eine Stille breit, die Thomas respektiert. Er will Louises Ehemann nicht sofort zur Offenheit zwingen.

– Ich weiß nicht, wie ich anfangen soll. Ich weiß nicht, womit ich anfangen soll, bricht es schließlich aus Romain heraus.

Fangen Sie ruhig mit dem Schluss an, möchte Thomas sagen. Wenn Sie sich das Leben als ein Buch vorstellen, sehen Sie niemals ein Ende.

Im Grunde könnte diese Unterhaltung, so seltsam sie auch erscheinen mag, gar nicht so weit von einer Analysesitzung entfernt sein. Ein Mann geht zu einem anderen mit einem Geheimnis, das nicht wirklich eines ist und das er am Ende wird preisgeben müssen. Ein Mann, der oftmals nicht spricht.

– Nun, sagt Fabien-Romain plötzlich. Um es zusammenzufassen: Ich bin verheiratet, wir haben Kinder, zwei, meine Frau hat einen Mann kennengelernt und mir verkündet, dass sie mich verlassen will. Ich bin sehr ... unglücklich, aber ich glaube nicht, dass eine Analyse die Lösung ist. Das dauert Jahre, nicht wahr, und meine Frau geht jetzt, in diesem Moment.

Romain schweigt, Thomas öffnet ein Heft, schreibt ein paar Worte auf, um Haltung zu bewahren, dann hält es ihn nicht länger:

– Sie sind Romain Vidal, nicht wahr? Verzeihen Sie, aber dieses Katz-und-Maus-Spiel ist keine gute Idee.

Romain schaut ihn an, senkt dann den Blick und starrt auf den Fuß der Schreibtischlampe. Sein ganzes Gesicht verschließt sich, er atmet schneller. Thomas steht auf, um nicht länger in der sitzenden und distanzierten Haltung des Analytikers zu verharren. Er geht bis zum Fenster, bewegt leicht eines der Rollos. Er wartet darauf, dass Romain seinem Zorn, seiner Trauer freien Lauf lässt. Da Louises Ehemann sich in Schweigen hüllt, spielt Thomas mit dem Rollo, das man auch – Thomas kann sich diesen Gedanken nicht verkneifen – eine «Jalousie» nennt, Eifersucht mithin:

– Ich verstehe, dass Sie hier sind. Ich war auch neugierig darauf, Sie zu sehen, und habe mich in eine Ihrer Vorlesungen gesetzt.

Draußen fährt ein Krankenwagen vorbei, den man durch die Tür kaum hört. Thomas lässt ihn vorbeifahren, die Sirene verstummt.

– Da Sie hier in meinem Büro sind, erwarten Sie etwas von unserer Begegnung. Aber ich weiß nicht, was: Sie sind nicht gekommen, um mich zu bitten, Louise nicht mehr zu lieben.

– S… sicher nicht, murmelt Romain, der in sein jugendliches Stottern zurückfällt.

– Sie sind hier, um der Angst ein Gesicht zu geben. Das ist legitim.

Thomas betrachtet weiter den Himmel, die Bäume im Hof. Er ist ganz gewiss nicht der, den Romain erwartet hatte.

– Sie verstehen es nicht. Indem Sie mir ausgerechnet hier gegenübertreten, wollen Sie die Kraft finden, Louise zurückzuerobern. Aber ich bin fünf Jahre älter als Sie, zehn Jahre älter als Louise, anders gesagt, ich bin alt. Sie sind brillant, sogar berühmt. Warum also ich? Das ist fast schon schlimmer.

Romain hat aufgeschaut. Thomas wartet noch immer darauf, dass er redet, aber Romain beobachtet die glitzernden Staubkörnchen auf den Sonnenstrahlen. Der Analytiker hebt erneut an, mit ruhiger Stimme, in einer Stille, in der der geringste Laut vernehmbar ist.

– Sie betrachten Ihr zerstörtes Leben, als wäre es das eines anderen. Sie sind verletzt, gedemütigt. Sie haben Ihre Selbstachtung verloren. Das ist eine ganz gewöhnliche Empfindung.

Nach jedem Satz hat Thomas eine Pause eingelegt, einen Raum ausgespart, auf dass Romain, wie er hoffte, Besitz von ihm ergreife. Aber Vidal schafft es nicht.

– Wissen Sie, Dutzende von Personen sind schon durch diese Praxis gekommen. Menschen voller Schmerz. Meine Arbeit besteht darin, diesem Schmerz mit meiner eigenen Erfahrung von Schmerz zu begegnen. Mein Schmerz, Romain, ist eine Trauer, die weit zurückliegt.

Thomas hat jede Emotion aus seiner Stimme herausgenommen. Er hoffte, dass Romain, wenn er ihn beim Vornamen nennt, ihm etwas entgegnet, aber der Mann hat nichts durchscheinen lassen. Thomas fährt fort:

– Ich weiß nichts von Ihnen. Deshalb trifft das, was ich jetzt sage, vielleicht nicht auf Sie zu. Oft verleiht das Werben eines Mannes um eine Frau ihr in den Augen der anderen einen geheimnisvollen Zauber. Ich zweifle nicht an der Ernsthaftigkeit von ...

– Halt die Fresse!

Thomas schweigt. Sehr lange verharren sie so, ohne etwas zu sagen. Es klingelt an der Tür. Der 17.30-Uhr-Termin. Romain klappt seinen großen Körper auseinander, der ihm an diesem Tag wie eine Bürde vorkommt. Thomas folgt ihm, öffnet die Tür der Praxis. Im letzten Augenblick dreht Romain sich um. Thomas sieht die ausgestreckte Hand, ist erstaunt, drückt sie. Romains Händedruck ist ehrlich. Er sagt nur:

– Maud hat mir erzählt. Wegen Judith.

Die Kehle des Riesen schnürt sich zu. Er bringt das Wort «danke» nicht heraus.

## ANNA UND MORAD

– Was ist das, Kummer?

Das ist die Frage, die Anna von einem kleinen Jungen gestellt worden ist.

Manchmal macht Anna, wenn sie aus dem Krankenhaus zurückkommt, einen kleinen Umweg und schaut noch bei Yves vorbei; sie bleibt eine Stunde oder zwei. Sie erzählt ihm von ihrem Tag, ihren Patienten, den Fortschritten, die sie bei ihrer Arbeit machen. An diesem Tag ist eine Frau mit ihrem fünfjährigen Sohn zu ihr in die Sprechstunde gekommen. Es ist ihr zweiter Besuch, sie stammt aus Mali, ist sehr jung, spricht schlecht Französisch. Ihr kleiner Junge, Morad, ist sehr unruhig, kann sich nur schwer konzentrieren; der Kindergarten hat um die Behandlung nachgesucht. Er sitzt ganz brav da, malt mit Buntstiften einen Baum, einen Weg, das alles in dunklen Farben. Nach wenigen Sitzungen kommt eine Wahrheit zum Vorschein: Die Mutter hat es nie gewagt, ihrem Kind zu sagen, dass sein Vater zwei Jahre zuvor auf einer Baustelle ums Leben gekommen ist. Das Einzige, was sie zu sagen vermocht hatte, war: Dein Papa ist nicht mehr da, er ist fortgegangen. Diese Abwesenheit erlebt das Kind wie eine unsagbare Schande, es tut so, als ob es, vergeblich, auf die Rückkehr des Vaters wartete, aber es hat wahrscheinlich schon begriffen. Die hilflose, überforderte Mutter hat sich darauf versteift, bei der Lüge zu bleiben. Sie hatte geglaubt, ihren Sohn zu beschützen, ihn auf Distanz zu diesem Schmerz zu halten, aber sie hat ihn von sich selbst entfernt: Morad ist allein in seinem Elend.

Anna begleitet Mutter und Sohn bei den ersten Schritten zu dieser Offenbarung. Die Worte sind plötzlich gesagt, und Morad schaut seine Mutter verwundert an. Und als Anna zu Morad gesagt hat: «Jetzt kannst du, wenn du Kummer hast, mit deiner Mama darüber reden», hat das Kind seine Frage gestellt.

– Was ist das, Kummer?

– Das ist, wenn man traurig ist. Du weißt, was das heißt, traurig?

Das Kind hat genickt. Anna hat Morad angeschaut, ihn angelächelt und gesagt:

– Kannst du dich an deinen Vater erinnern, Morad?

Das Kind antwortet nicht. Die Mutter hat Tränen in den Augen. Anna dreht sich zu ihr um:

– Und Sie, Madame, was können Sie Morad über seinen Vater sagen? Was hat er zum Beispiel gern mit Morad zusammen gemacht?

Die Mutter denkt lange nach, dann murmelt sie:

– Mein Mann hat gerne gesungen. Er sang ein Lied, ein Lied aus unserem Dorf.

– Und Sie, singen Sie Morad dieses Lied noch vor?

– Aber nein. Ich singe das Lied nicht. Ich kann nicht singen.

– Und du, Morad, kannst du singen?

Das Kind schaut seine Mutter wortlos an und zeichnet einen Bären. Anna hakt nach.

– Wären Sie bereit, uns dieses Lied vorzusingen, Madame? Vielleicht nur die Melodie?

Die Frau willigt ein, schweigend zerknüllt sie ihr Taschentuch zwischen den Händen. Ihre Fingergelenke erblassen unter dem Druck. Sie singt leise, aber angestrengt.

– *Aandi d'beyyib ya mahleh ya mahleh gannouchou khachmou wateh.*

– Wovon spricht das Lied, Madame?

– Das Lied sagt: «Ich habe einen kleinen, ganz weichen und schönen Teddybären, und seine Nase steht ihm gut ...»

– Nun, Morad, erinnerst du dich ein wenig? Vielleicht kannst du ja, wenn du traurig bist, mit deiner Mutter das Lied singen, das dein Vater dir vorgesungen hat, als du noch ein ganz kleines Baby warst.

Das Kind lächelt Anna an und nickt. Ja, Morad kennt das Lied, *«Aandi d'beyyib ya mahleh»*. Er wird es mit seiner Mama singen. Für seinen Papa, der gestorben ist. Er hat alles genau verstanden. *«Aandi d'beyyib ya mahleh»*. Er hat das Recht, Kummer zu haben. Er wird wieder auf seine Mutter zugehen können, mit ihr über den Vater sprechen können. Die Mutter wird wieder ihren Platz einnehmen können. Jetzt ist sie so weit.

Yves hört Anna zu. Ein zärtliches Mitgefühl übermannt ihn, und er geht einen Tee aufsetzen, bevor Anna das Wasser in seinen Augen bemerkt und sich über ihn lustig macht.

## YVES UND STAN

Es halten sich nur noch wenige Menschen in der Buchhandlung «L'À peu près» auf, und Yves will sich gerade von dem Tisch erheben, an dem er Bücher signiert hat, um sich zu dem Buchhändler an der Kasse zu gesellen. Ein Mann, den Yves nicht bemerkt hatte, kommt auf ihn zu, er hatte den letzten Moment abgewartet, um sich zu nähern: Er hält ihm *Das zweiblättrige Kleeblatt* entgegen.

– Ich widme es ... wem?, fragt Yves.

– Für Stanislas und Anna, bitte. Anna ist meine Frau.

Der Ton ist wenig freundschaftlich. Yves schaut auf, mustert rasch den Mann. Er ist groß, Anfang vierzig, trägt eine Hornbrille. Seine braune Samtweste ähnelt der, die Anna ihm vor drei Tagen aufschwatzen wollte. Natürlich ist dieser Stanislas Annas Mann, und er weiß alles, dieser Augenblick musste kommen. Vielleicht hat er sie zusammen gesehen, vielleicht hat ihn ein Freund gewarnt.

Yves versucht, Zeit zu gewinnen.

– Anna, das schreibt sich doch a, zwei n, a. Oder sagten Sie Hanna»?

– Kein h.

«Für Anna, für Stan ...», schreibt Yves.

– Entschuldigen Sie, Monsieur, aber kennen wir uns nicht?

– Nein, antwortet Stan. Ich bin sicher, dass wir uns noch nie gesprochen haben.

Die Stimme ist kalt, feindlich. Nervös öffnet und schließt

Stan seine Faust. Eines Tages hatte Anna Yves gesagt, dass Stan, wenn er von ihm und ihr erführe, ihm wohl «die Fresse polieren» könnte. Er hatte Anna gewarnt: Falls ihr Mann ihn beleidigte, würde er das hinnehmen, aber beim ersten Schlagabtausch würde er Anzeige erstatten.

Der Schlag kommt nicht. Genauso wenig wie die harmlose, aber feinsinnige Widmung, die dem außergewöhnlichen Anlass entsprechen würde. Yves schreibt nur den oft zitierten Satz, den er der Diotima aus Platons *Gastmahl* entlehnt und den Lacan verändert und sich zu eigen gemacht hat:

«... eine Geschichte, die von Liebe handelt, dieser Sache, die man gibt, ohne sie zu besitzen.

Yves Janvier»

Er hält ihm das Buch hin, Stanislas wirft einen kurzen Blick auf die Widmung. Das ist nicht der Mann, den Yves sich vorgestellt hatte. Anna hatte ihn ganz entschieden so beschrieben, wie ein Kind seinen Vater beschreibt, indem es alle Maße überschätzt. Stan war «sehr groß»: Yves hatte lächeln müssen, als er seine wahre Größe erfuhr. Er war genauso groß. Stan nimmt sich einen Stuhl, setzt sich neben ihn:

– Ich habe gerade eines Ihrer Bücher gelesen. *Fortsetzung folgt*, so heißt es doch?

Seine Stimme ist ernst, Yves findet sie melodisch.

– Ja, das ist ein kurzer Roman, ziemlich alt.

– Sie haben einen, wie soll ich sagen, sehr flüssigen Stil. Yves hat *Fortsetzung folgt* vor fünfzehn Jahren veröffentlicht. Die Geschichte eines Müßiggängers, der aus Neugierde eine Frau auf der Straße verfolgt. Jeden Tag macht er sich den Spaß, hinter ihr herzugehen, sie zu beobachten. Das Buch basiert zunächst auf den Notizen, die er sich macht. Er spioniert sie aus, während sie Einkäufe macht, mit ihren Kindern oder ihrem Mann spazieren geht. Wochen vergehen. Nach und nach verliebt er sich unsterblich in sie. Er beschließt, sie zu verführen; er ist charmant, er ist intelligent, es gelingt ihm, und als die Frau allen Widerstand aufgegeben hat und sich in ihn verliebt, sich unwiderruflich von ihrem Mann trennt, bekommt er es plötzlich mit der Angst zu tun, er verlässt sie und verschwindet. Er hat das Leben dieser Frau zerstört.

Worauf Stan hinauswill, ist kristallklar:

– Das ist kein Porträt einer Frau, auch wenn er sie ohne Unterlass beschreibt. Man erkennt einen Mann an der Art und Weise, wie er eine Frau anschaut. Wie heißt er noch?

– Kostas. Und Camille ist die Frau, antwortet Yves.

– Richtig, Kostas. Camille hat einen Mann, Kinder, sie ist glücklich. Je länger Kostas ihr beim Leben zuschaut, desto klarer wird ihm, wie alleine er ist. Er verliebt sich in ihr Glück. Aber er liebt sie nicht wirklich.

– Ich weiß nicht. Ich denke doch.

– Nein, begehren heißt nicht lieben, Monsieur Janvier. Er ermisst nicht die Konsequenzen seines Handelns für das Leben dieser Frau, ihrer Kinder. Das interessiert ihn nicht, er denkt egoistisch. Es ist das Porträt eines Schweinehundes.

– Wieso eines Schweinehundes?

– Kostas hätte jedes Recht, wenn er sicher wüsste, was er wirklich will. Aber das weiß er nicht, er zweifelt, schwimmt, nur das weiß er. Sich des eigenen Begehrens gewiss zu sein, das ist doch wohl das Mindeste, was man von sich selbst verlangen muss, wenn man sich daranmacht, ein Paar zu zerstören, einer Frau Leid zuzufügen, und auch ihren Kindern. Finden Sie das nicht?

– Ja. Vielleicht. Kostas ist ein Schweinehund wider Willen. Stan öffnet die Faust und schließt sie wieder, seine Fingergelenke werden ganz weiß.

– Ein Schweinehund wider Willen bleibt ein Schweinehund, mehr nicht. Camille ist fragil, mit ihrem Dasein unzufrieden. Dabei hat sie ein angenehmes Leben. Vielleicht ist es zu angenehm. Tief in ihrem Innern trägt Camille schwer an einer Art Melancholie, ihr Mann hilft ihr mit großem Zartgefühl, diese Melancholie zu ertragen. Als Kostas auftaucht, hofft sie, jetzt endlich zu leben. Kostas spürt, dass sie verletzlich ist, er ahnt, dass sie ihn auch deshalb liebt, weil er das Unvorhergesehene verkörpert, das so sehr ersehnte Abenteuer, aber er nutzt diesen Traum aus, um sie an sich zu binden. Das ist eine weibliche Passion, Emma trifft Rodolphe. Im Grunde sehr klassisch. Aber Sie haben zu viel Verständnis für Kostas. Sie übernehmen seinen Standpunkt. Dabei wären mehrere Romane zu schreiben, der von Camille, der des Ehemanns, der der Kinder. Diese Romane hätten Sie schreiben sollen.

– Das sind tragische Romane. Ich …

– Aber wie auch immer, vielleicht schreibt man nicht zweimal *Madame Bovary*.

In Stans Stimme liegt Trauer, aber noch mehr Wut. Immer noch reibt er mit der Faust über seinen Handballen, doch scheint ihn das Reden beruhigt zu haben. Die Buchhandlung leert sich nach und nach, der Buchhändler macht Yves ein diskretes Zeichen.

– Haben Sie Kinder, Monsieur Janvier?, fährt Stan fort.

– Eine Tochter. Sie heißt Julie.

Stan schüttelt den Kopf.

– Anna und ich haben zwei, wissen Sie. Ich habe jede Seite

von *Fortsetzung folgt* gelesen und mir dabei vorgestellt, dass ein Kostas Anna verfolgen könnte, sie kennenlernte, sie verführte. Ich war sehr traurig, als ich mir vorstellte, dass ein so unreifer, so wenig vertrauenswürdiger Mann kommen könnte, um das Leben meiner Anna zu zerstören und unserer Familie Leid zuzufügen, für nichts und wieder nichts, nur weil er sein eigenes Begehren nicht richtig ermessen hat.

– Ich verstehe.

– Ich weiß, dass Sie mich verstehen. In jeder Frau steckt ein bisschen Camille, und ein wenig Kostas in jedem Mann.

Stan schweigt für einen Moment. Yves dreht seinen Stift zwischen den Fingern hin und her. Er will nicht streiten; Stan berührt ihn, mehr noch, als er es sich vorgestellt hatte. Annas Wertschätzung und Zartgefühl für Stan haben schon seit langem eine seltsame Empathie in ihm entstehen lassen. Inzwischen weiß Yves, dass die Liebe für dieselbe Frau geheime Bande webt, die sogar jegliche Form von Eifersucht verbieten – was besonders auf den Liebhaber zutrifft.

– Ich bin sicher, dass ich heute nicht mehr dasselbe Buch schreiben würde.

– Glauben Sie? Man sagt doch im Gegenteil, dass man immer dasselbe Buch schreibt.

– Das ist nicht wahr. Bücher sind wie die Tage des Lebens. Sie folgen aufeinander, und man lernt von jedem einzelnen.

– Na dann ... na dann, umso besser. Umso besser.

– Kostas will niemanden unglücklich machen.

Stan zuckt wütend mit den Schultern, steht auf. Yves ebenfalls.

– Das ist unmöglich, Monsieur Janvier. Leute wie Kostas sind nicht glücklich, sie können niemandem Glück schenken.

Yves wird es plötzlich kalt. Er zieht seinen Mantel über. Stan verbeugt sich, tritt einen Schritt zurück.

– Ich bin sehr glücklich, dass ich Sie kennenlernen durfte, Monsieur Janvier. Dass ich mit Ihnen über Kostas und Camille reden konnte. Ich hoffe, ich habe Sie nicht gelangweilt.

Yves schüttelt den Kopf. Stan geht fort, ohne ihm die Hand zu reichen. Bevor er die Buchhandlung verlässt, schlägt er das Buch auf, blättert darin. Er kommt zurück, wirkt sehr entschlossen, hat die Fäuste geballt. An seinem Blick erkennt Yves sofort, dass sie sich schlagen werden. Er stellt sich darauf ein. Im Grunde zieht er das der höflichen Auseinandersetzung vor, in der jeder den Unbeteiligten spielt. Aber Stan zeigt ihm lediglich die Widmung.

– Verzeihen Sie. Sie haben geschrieben: «Für Stanislas und Anna.»

– Ja?

– Ich heiße Ladislas, nicht Stanislas. Können Sie schreiben «Für Ladislas und Anna»?

Yves ist sprachlos. Er entschuldigt sich, greift nach einem anderen Exemplar, korrigiert seinen Irrtum. Ladislas entfernt sich zufrieden. Der Buchhändler lächelt dem Schriftsteller zu, ist beinahe bestürzt:

– Tut mir sehr leid, Yves. Ich hätte Sie warnen müssen. Ladislas ist hier Stammkunde. Er ist – wie soll ich sagen – speziell. Vor einer Woche, als Delcourt signiert hat, ist er gekommen und hat ihm fast eine Stunde lang sein eigenes Buch erklärt. Können Sie sich Delcourt vorstellen? ... Und dann hat er diesen nervösen Tick mit der Faust, man hat immer den Eindruck, er will einem eine reinhauen.

– Habe ich nicht bemerkt, sagt Yves.

## YVES UND ANNA

Morgen wird Anna vierzig Jahre alt. Zum ersten Mal seit Jahren hat sie keine Feier organisiert. Sie konnte sich nicht vorstellen, den Geburtstag ohne Yves zu begehen, und in ihrer Unschlüssigkeit hat sie so lange gewartet, bis es wirklich zu spät war, noch Einladungen zu verschicken.

Ungeduldig geht sie die Straße entlang. Sie ist mit Yves verabredet. Er hat ihr ein Geschenk versprochen. Kurz nach ihrer ersten Begegnung hatte er ihr einen Ring geschenkt, einen silbernen Ring, einen Ring, den man drehen kann und der sich wie eine Auster öffnet, die ihr Geheimnis preisgibt: einen gelben Diamanten auf goldenem Perlmutt. Aber dieses Schmuckstück liegt tief verborgen in einer Schublade unter einem Seidenschal.

Natürlich sitzt Yves schon längst in diesem Café, er liest in aller Ruhe die Zeitung. Anna hasst es, wenn man ungeduldig oder ängstlich auf sie wartet, sie hasst es, die Gefangene der Zuneigung eines anderen zu sein. Was sie sich wünschte, gibt es nicht: einen indifferenten Liebhaber, der sie dennoch bis zum Wahnsinn liebte.

Kaum hat sie ihm gegenüber Platz genommen, reicht er ihr ein kleines, in rotes Krepppapier eingeschlagenes Päckchen. Sie öffnet es; es enthält fünf vollkommen identische Bücher. Kleines Format, elfenbeinfarbener Einband, gut sechzig Seiten.

Sie hebt den Blick, wirkt fast schon erschrocken.

– Keine Bange, sagt Yves. Das Buch existiert nur in zehn Exemplaren. Die Hälfte der Auflage liegt vor dir.

– Danke, sagt Anna. Kann ich es jetzt gleich lesen?

– Das hoffe ich sehr, antwortet Yves. Es ist nicht sehr lang.

YVES JANVIER

# *Vierzig* Erinnerungen **an** Anna Stein

*éditions du regard*

Wo stecken unsere Erinnerungen? Broca hat nachgewiesen, dass die linke Gehirnhälfte für die Sprache zuständig ist, Penfield zufolge beherbergen die Schläfenlappen das Gedächtnis. Ein Zusammenspiel von Neuronen, die Chemie des Gehirns speichert also diese Bilder, diese Düfte und diese Klänge, die ich die Erinnerung an Dich nenne. Warum bewahren meine Hände von allein die Erinnerung an Deine Haut?

Es sollen vierzig Erinnerungen an Dich sein. Den Grund dafür hast Du schon erraten. Vierzig, das ist nicht wenig, denk nur an Ali Baba. Und vierzig, das ist längst nicht genug: Ich muss darauf verzichten, eine Deiner so besonderen, ganz eigenen Gesten nachzuzeichnen, eine Straßenflucht zu beschreiben, vor der sich Deine Umrisse abheben, ich werde keines Deiner Worte heraufbeschwören können, das mich berührt hat, manchen Deiner Züge beiseitelassen, mit der dürftigen Entschuldigung, sie anderswo schon zu lesen gegeben zu haben.

Etwas genau zu beschreiben ist unnütz, und ich bin mir des Risikos, das ich eingehe, bewusst, des Risikos der Plattitüde. Ich gehe es dennoch ein, denn die Erinnerung selbst läuft eine noch viel größere Gefahr, die Gefahr, in Vergessenheit zu geraten, denn das Vergessen ist die natürliche Bestimmung des Gedächtnisses. Vor allem aber weiß ich, dass jede Erinnerung, die hier in Worte gebannt ist, nur dazu da ist, das Unmögliche zu vollbringen: Dich nie wieder zu verlieren.

## Eins

Es ist eine zu vage Erinnerung, ein Dunstschwaden im Gedächtnis. Du stehst in der Mitte einer großen Diele in einer Wohnung auf dem linken Seine-Ufer und redest. Ich schreibe «Du», aber das ist absurd, denn ich weiß noch nicht, dass Du Du bist. Die Menschen, die in unserem Leben Platz nehmen, sind, am Vorabend der ersten Begegnung, noch Unbekannte, und das zu schreiben, ist weniger Ausdruck von Naivität als von staunender Verwunderung.

Du redest über Inzest und Vergewaltigung. Aus Deinen Augen spricht eine seltene Lebhaftigkeit, Deine singende Stimme ist durchdringend, Deine Aussprache selbstsicher, präzise, ich erahne hinter diesem raschen Redefluss eine Dringlichkeit, die nichts mit dem Thema, wohl aber mit Deiner Art zu sein zu tun hat. Die Kleider, die Du trägst, scheinen zu weit. Deine Haare streichen über Deine Schultern. Wenn ich Dich so wenig anschaue, dann, weil ich allzu begierig bin, Dich anzuschauen. Ich will nicht, dass meine Begierde das aufkeimende Verlangen verrät, ich will nicht, dass meine allzu sichtbare Aufmerksamkeit Dich in Verlegenheit bringt. Noch heute trauere ich diesen ersten Minuten nach, in denen ich es nicht gewagt habe, Dich besser zu erfassen, Dich besser anzuschauen.

## Zwei

Du erinnerst Dich daran vielleicht besser als ich. Wir sitzen am Abend, in Gesellschaft von Leuten, die mir nichts sagen, in jenem italienischen Restaurant in der Rue Mazarine und essen *Tagliatelle al pesto ligure*. Wir kennen uns noch nicht, Du ziehst mich an, verwirrst mich. Wenn Du Dich uns zu diesem Abendessen nicht angeschlossen hättest, wäre ich nach Hause gegangen.

Wir reden über die Shoah, über die Lager, über Belzec, und es ist einfach stärker als ich, ich kann das Wasser, das sich in meinen Augen bildet, nicht verbergen. Später wirst Du mir verraten, dass Du darüber gerührt warst. Plötzlich sprichst Du diese Wörter aus: «mein Mann, meine Kinder», und ich denke: natürlich. Eine solche Frau kann nicht ohne Bindungen sein. Die Verwirrung, in die ich stürze, als Du mir zu verstehen gibst, dass nichts geht, lässt mich nackt dastehen, sie spricht mir von der Einsamkeit, in der ich – ohne Dich – immer gelebt habe. Die Evidenz bricht sich Bahn: Ich zweifele nicht mehr daran, dass Du eine Frau für mich bist.

Du wirst das Wort aussprechen: «Wie vom Blitz getroffen.» Später aber, für ein Porträt, das dann in der *Quinzaine Littéraire* erschienen ist, schreibe ich, auf Bitten der Journalistin, die mich nach den zehn wichtigsten Daten meines Lebens gefragt hat, als Letztes: «September diesen Jahres. Vom Blitz getroffen.»

## Drei

Sagen wir es gleich: Es wird keine chronologische Abfolge geben, keine wirkliche Logik und vor allem keine Hierarchie. Die letzte verzeichnete Erinnerung wird nicht mehr und nicht weniger sein als eben die letzte. Sie wird die oben liegende Seite eines Würfels sein, der zur Ruhe gekommen ist, denn jeder Würfel, den man wirft, muss ja irgendwann liegen bleiben. Was diese dritte Erinnerung angeht, so ist sie hier nicht wirklich am Platze, aber sei's drum.

Es ist ein Abend im Herbst, Du kommst am späten Nachmittag bei mir vorbei und bringst uns drei Kuchenstücke mit, denn meine Tochter ist auch da: Apfelkuchen, Birnenkuchen und ein Puddingteilchen. Du hast die drei Stücke geteilt, Du isst nur den Belag und lässt den Rand und den Mürbeteigboden übrig. Meiner Tochter gegenüber mache ich die Bemerkung, dass sich so etwas nicht gehört, wenn man irgendwo zu Gast ist. Du brichst in Gelächter aus: Du hast gerade bemerkt, dass Du Dich «ganz wie zu Hause» fühlst.

Du bist nicht mehr auf Besuch.

## Vier

Nackt unter dem Laken liegen wir im Bett. Du zählst die Dinge auf, die Du magst: über eine Brücke gehen, eine Landschaft von oben betrachten, so lange suchen, bis man das richtige Wort gefunden hat, lachen, spazieren gehen, den Blick von Männern, die Du liebst, auf Dir spüren ...

«Kleider kaufen» hast Du nicht erwähnt. Ich mache Dich darauf aufmerksam. Du wunderst Dich, nicht selbst daran gedacht zu haben. Ich würde mich so gerne an alles erinnern: Du liebst es immer noch, dass ein ganz schwaches Licht an bleibt, wenn Du nachts allein schläfst, Du liebst alte Kirchen, Du liebst es, begehrt und genommen zu werden, Du liebst das *Quattrocento*. In ungeordneter Reihenfolge.

## Fünf

Du schläfst. Du liegst auf dem Rücken, die Knie beieinander, die Beine angewinkelt, die Füge ausgestellt. Das Ganze bildet eine sehr stabile Pyramide, die ich nicht zum Kippen bringen kann. Unter der Bettdecke zieht's, es wird nicht warm. Kein Mensch kann in dieser Stellung schlafen. Und doch schläfst Du tief und fest; es ist unmöglich, Dich auch nur einen Zentimeter zu bewegen. Am nächsten Morgen wirst Du mir natürlich kein Wort davon glauben.

## Sechs

Ein Telefongespräch, wohlgemerkt. Wir werden tausendmal telefoniert haben, und diese Zahl ist nicht einmal so arg übertrieben. Sagen wir, dass dieses hier das fünfhundertste ist.

Der TGV durchquert den Morvan, ich trinke einen Kaffee an der Bar des Bordrestaurants, die hügelige Landschaft gleitet an meinen Augen vorbei. Ich höre, wie Du mir sagst: «Ich habe mir überlegt, dass ich bei unserer Hochzeit ein rotes Kleid tragen werde.»

Tragen *werde*, nicht *würde*. Kein Umlaut. Ich höre es deutlich. Das ist ein Futur. Wenn Du schon an Deine Kleider denkst, dann ist es wirklich ernst. Zehn Minuten lang sprechen wir über die Zeremonie, den Ort, die Gäste, die Musiker, ich weiß, dass Du Scherze machst, ich weiß auch, dass Du Gefallen an diesem Spiel findest, denn nur so ist es Dir möglich, uns diesen Bruch vollziehen zu lassen, der eine Verbindung zwischen uns beiden wäre.

Von Zeit zu Zeit kommt der TGV an einem Dorf vorbei. Ich sehe den Kirchturm, wahrscheinlich gibt es dort auch ein Rathaus, aber gewiss keine Synagoge.

## Sieben

Noch eine Runde auf dem Karussell im Jardin des Plantes, und Deine kleine Tochter steigt vom Holzpferdchen herunter. Léa hat es, trotz aller Anstrengungen der Dame an der Kasse, nicht geschafft, sich die rosarote Troddel zu schnappen. Ein rothaariges Mädchen, das besser saß und kampflustiger war, hat es jedes Mal vor ihr geschafft. Wir setzen uns neben den kleinen Getränkekiosk: zwei Kaffee, eine heiße Schokolade. Weil Léa ihren Tretroller stehen gelassen hat und Du zurückgehen musst, um ihn zu holen, sitzen sie und ich uns nun schweigend allein gegenüber, wir beobachten uns, ich von oben und vorsichtig, sie von unten und verschmitzt.

Das ist unsere erste echte Begegnung. Ich finde, dass sie Dir, trotz ihrer blonden Haare und ihrer blauen Augen, ähnelt. Und da kommst Du auch schon zurück, und wir brechen auf zum Großen Gewächshaus. Plötzlich schiebt Léa sich zwischen uns. Sie nimmt Deine Hand, dann, vollkommen überraschend, die meine und spielt zwischen uns Schaukeln. Eine Geste Deiner kleinen Tochter verhilft mir zur Existenz, und eine ganz kleine Hand schenkt mir einen Platz, den nur sie das Recht hat, mir zuzuweisen.

Wir steigen die Treppe am Gewächshaus hinab, zwischen uns Léa, die herumspringt und lacht. Ihretwegen gehen wir zum ersten Mal Seite an Seite.

## Acht

Ich habe gehört, wie Wasser floss, ich habe heimlich die Tür zum Badezimmer geöffnet, und jetzt beobachte ich Dich. Du bist nackt, Du stehst unter der Dusche. Dabei hat Dir eine Deiner Freundinnen diesen Rat der untreuen Ehefrau gegeben: «Niemals nach Seife riechen, wenn man abends heimkommt.» Unter den gegebenen Umständen ist es schwer, auf Seife zu verzichten, aber es sollte zumindest dieselbe sein wie üblich. Ich habe sie mir besorgt. Du biegst Dich zurück, Du achtest darauf, dass Deine Haare nicht nass werden, denn ihre Feuchtigkeit wäre verräterisch. An Deinem Hintern entsteht ein schattiges Grübchen, von dem ich noch nicht wusste, Deine dunkle Haut wird körnig ob der Kälte, die Brustwarzen stehen noch.

Später wirst Du mir erklären, dass Du es liebst, sehr heiß

zu duschen oder sehr kalt, so kalt, dass man das Gefühl hat zu verbrennen. Das Fenster hinter Dir geht auf die Dächer der Stadt, die Lichter der einbrechenden Nacht. Du spürst meinen Blick nicht, bald wirst Du Dich umdrehen, wirst überrascht sein und mich entzückt anlächeln.

## Neun

Die Rue du Chevalier de la Barre entlang (1734–1760) gehen wir den Hang hinunter. Ich habe meinen Arm um Deine Taille gelegt, was Du mir erlaubst, auch wenn überall in Paris diese «Leute, die mich kennen» herumlaufen, die es mir zudem, von der Place de la Concorde bis zum Marais, verbieten, Dich zu küssen. Aber mitten auf der Straße greifst Du nach meiner Hand und legst sie, so natürlich wie provokativ, auf Deinen Hintern. Meine Hand kommt dabei auf ihre Kosten, Dein Hintern auch. Ich habe sofort Lust auf Dich. Eines Tages wirst Du eine Redewendung benutzen, in der es, aus der Erinnerung, um den Raum geht, «den das Verlangen im Korpus unserer Beziehung» spielt – und ich werde darüber lächeln. Unterdessen mag ich es, wie Dein Arsch sich unter meiner Hand bewegt.

## Zehn

Es ist nur ein Schreibtisch, dessen einfache Konturen in den sechziger Jahren modern waren. Da steht er, abgestellt auf dem Trottoir in der Rue des Abbesses. Er gefällt

Dir sehr, mir auch. Du hältst gern nach Trödel Ausschau, das ahnte ich bereits. Du beschließt, dass wir ihn mitnehmen, du holst Deinen Wagen. Unter Schwierigkeiten verstauen wir ihn im Kofferraum. Du hast vor, die stählernen Füße rot zu streichen. Oder schwarz. Ich bin einverstanden. Wo soll er stehen, in Paris oder in Burgund oder, eines Tages, bei uns? Ich gebe letzterer Lösung den Vorzug. Auf jeden Fall ist dies unser erstes gemeinsames Möbel. Wo auch immer es sein Dasein fristen wird, es wird Dich an uns erinnern.

## Elf

Ich habe auch Erinnerungen an Dich, in denen Du nicht auftauchst, Erinnerungen an uns beide, von denen Du nichts wissen kannst. Erinnerungen, in denen Du so präsent in mir bist, dass Deine Abwesenheit kaum spürbar ist. Das ist Dein Abdruck in meinem Sand, die stumme Melodie, die Dein Dasein in mir hinterlässt. In einer dieser Erinnerungen gehe ich durch den Chorumgang einer Abtei. Das romanische Gewölbe schützt mich vor dem Regen. Ich setze mich auf die steinernen Stufen; um mich herum das Geräusch von Schritten, von Stimmen, von Kindergeschrei. Ich denke nur an Dich. Am Vorabend habe ich Dich zum ersten Mal in meinen Armen gehalten, und schon hast Du mich ganz in Besitz genommen. Mir kommen Sätze in den Sinn, die von Dir sprechen und die ich mir – noch ganz ohne jede Absicht – notiere. Einer Legende zufolge hatte Schostakowitsch einen Granatsplitter im Kopf, der es ihm erlaubte, wenn er den Kopf in einer bestimmten Weise neigte, unbekannte Melodien zu vernehmen. Du bist mein Granatsplitter im Kopf. *Der Granatsplitter in Schostakowitschs Schädel*, das wäre auch ein guter Romantitel. Das Leben ist voll von guten Romantiteln.

## Zwölf

Ich kenne die Stelle ganz genau. Wie ein Gerichtsmediziner, der die Lage eines Körpers am Tatort nachzeichnet, oder wie ein Ballettmeister, der die wesentlichen Tanzschritte auf den Bühnenbrettern markiert, könnte ich mit weißer Kreide die Umrisse Deiner und meiner Füße auf den Boden malen. Es ist hier, in der Küche, zwischen dem Kühlschrank und dem Holztisch. Du bist zum ersten Mal in meiner Wohnung, Du gehst vor mir her und bleibst plötzlich stehen. Dich in meine Arme zu nehmen, drängt sich geradezu auf. Außerdem war ich so nah hinter Dir, dass ich sonst gegen Dich gestoßen wäre. Ich umschlinge Dich, meine Brust berührt Deinen Rücken, mein Mund nähert sich Deinem Nacken, Du drehst Dich in meinen Armen um, und wir küssen uns.

Eines Tages werde ich diese Markierungen auf die Fliesen zeichnen. Sie werden Dir beweisen, dass Du keine Sirene bist, denn Sirenen haben keine Füße.

## Dreizehn

Die Müdigkeit überwältigt Dich, Dein Atem wird stiller, Du schließt die Augen in der Wärme des Bettes. Du sprichst plötzlich von «Tabaksbeuteln». Dein Gerede ist ohne jeden Zusammenhang, aber ich versuche trotzdem; einen Sinn darin zu finden (ich weiß, wer in Deiner unmittelbaren Umgebung tatsächlich Tabaksbeutel besitzt); ich habe vergessen, was ich Dir geantwortet habe, aber Du sagst, schon weniger deutlich, die Wörter «Beutel», «rotes Papier». Ich hatte nicht begriffen, dass Du schon schliefst, ich wusste noch nicht, dass unter all den Fäden, die Dich mit der bewussten Welt verbinden, die Sprache der widerstandsfähigste ist, derjenige, den Du erst loszulassen bereit bist, wenn Du schon in tiefsten Schlaf versunken bist.

## Vierzehn

Ohne wirklich die Bedeutung Deiner Geste zu ermessen oder, wie ich glaube, ihrer auch nur bewusst zu sein, hast Du in einer lebhaften Bewegung Deine Hand auf meine Schläfe gelegt und damit meinen Kopf aufs Laken gedrückt. Auf jeden Fall aber, das ist offensichtlich, willst Du über mich verfügen. Ich bin zunächst überrascht, so überrascht, dass mein Nacken, nicht weniger erstaunt als ich, noch einen Augenblick lang Widerstand leistet, bevor er Deiner Einladung folgt. Dann lache ich, wie Du, über diesen Eigensinn der Körper, auf den wir keinerlei Einfluss haben.

## Fünfzehn

Du schleppst mich in ein Bekleidungsgeschäft gegenüber dem «Marché des Enfants rouges». Es ist das erste Mal. Ich weiß noch nicht, welch große Bedeutung Zierrat und Stoffe für Dich haben. Du betrittst den Laden mit der Leichtigkeit und Unbefangenheit einer Stammkundin, Du betastest die Kleider, die Blusen, Du fragst mich nach meiner Meinung, ich antworte. Die Preise sind hoch, aber ich verstehe nichts von der Materie: In den folgenden Monaten werde ich sehr viel dazulernen. Um einen Jeansrock anzuprobieren, schlüpfst Du in eine Umkleidekabine. Durch die schmale Öffnung im weißen Leinenvorhang erblicke ich Deine Hüften und Deinen Schlüpfer aus roter Spitze. Ich kenne Dich noch nicht gut genug, um es wagen zu können, den Kopf durch den Vorhang zu schieben und Dich fast nackt zu betrachten. Aber es gefällt mir, für die Dauer einer Anprobe der Mann zu sein, der Dich durchs Leben begleitet: Ich finde nicht, dass diese Rolle eine Nummer zu groß ist für mich.

## Sechzehn

Das Telefon klingelt, Du bist es. Deine Brüste sind «enorm», wie Du sagst, denn Du bist schwanger, daran gibt es für Dich nicht den geringsten Zweifel: «Ich kenne meinen Körper», sagst Du, keinen Einspruch duldend. Ich bin in Roissy, in wenigen Augenblicken besteige ich ein Flugzeug nach Berlin. Ich glaube an die Schwangerschaft, und die Tatsache, dass mich diese Aussicht in keiner Weise erschreckt, macht mir eines klar: Ich will ein Leben mit Dir. Du legst wieder auf, und ich bin ein paar Stunden lang der potenzielle Vater einer kleinen Sarah, eines kleinen, wie war das noch, Jude?

Und weißt Du was? Trotz des anstehenden Dramas, der voraussehbaren Tränen, der Zerwürfnisse: Ich bin glücklich.

## Siebzehn

Weißt du was? Das ist *Deine* Frage. Ein Relikt aus der Jugend, das Du nicht abgestoßen hast, eine sprachliche Schwachstelle, die mich berührt. Wozu dient sie Dir, welche Rolle spielt sie in Deiner Sprache, ist es eine Pause, die Du Dir gestattest, um einen Gedanken, der gerade aufkeimt, besser in Worte fassen zu können? Jedes Mal nehme ich diese Frage ernst, ich antworte sanft mit «Nein», das ist meine zurückhaltende Art, mein Interesse an Dir zu bekunden – und auch meine Zärtlichkeit für Dich.

## Achtzehn

Es ist Abend geworden in der Rue Érasme, Du bist wieder bei Deinen Kindern. Aber um mich nicht gleich wieder von Dir verabschieden zu müssen, begleite ich Euch noch ohne weiteren Vorwand ins Kaufhaus Monoprix.

Karl und Léa schieben ihre kleinen beflaggten Einkaufswagen energisch die Regale entlang. Auf Deine Anordnungen hin beladen sie sie mit Cornflakes, Zucker, Quark ... Für sie verwandelst Du das lästige Einkaufen in eine Art Schnitzeljagd, eine Schatzsuche. Einen Augenblick lang erblicke ich hinter dieser wilden Raserei Deine Furcht, das Leben könnte aufhören, ein Fest zu sein, als ob Du es Dir – und Deinen Kindern – schuldig wärst, eine Fee zu sein.

Aus Deiner Fieberhaftigkeit als Frau und aufmerksame Mutter springt eine Zerbrechlichkeit hervor, die mich anrührt und fast schon aufwühlt. Ich unterdrücke das in mir aufsteigende Verlangen, diese Zauberin in die Arme zu schließen, um sie vor den Dämonen der Routine und der Langeweile zu beschützen.

## Neunzehn

Du glaubst zu wissen, wie man mich herumkriegt. Du hast recht. Aber wie soll man von dem Verlangen sprechen, von dem Hunger, den meine Hände auf Deine Haut haben, von dem Durst meiner Lippen auf die Deinen. Es ist aussichtslos, unsere Gesten erzählen zu wollen, eine unter Tausenden auszuwählen. Ich tue es hier.

Wir liegen nebeneinander, nackt. Ich liebe es, Dich nackt anzuschauen, Du liebst es, dass ich Dich anschaue. Du liegst auf dem Bauch, begehrenswert, bietest Dich dar, aber das Geschlecht eines Mannes gehorcht ihm nicht immer mit solcher Evidenz, selbst wenn Du das leugnest oder zumindest bedauerst.

Ich setze mich aufs Bett, ich betrachte Deine Nacktheit,

während Deine Pobacken sich wenden, sich zu mir hochrecken, alle ihre Kurven mir gefallen wollen, mich die ganze Sanftheit Deiner Haut anspricht. Du lächelst, diese Geste reißt mich hin, das Verlangen packt mich, Du bist mein, und ich nehme Dich.

## Zwanzig

Es ist spät, Du musst gehen: Dein Mann hat Bereitschaftsdienst, die Kinder sind bei den Großeltern, aber das Schuldgefühl untersagt Dir, bei mir einzuschlafen, es treibt Dich nach Hause.

Es ist Winter, es ist kalt. Wie üblich begleite ich Dich zu Deinem Wagen, ich richte es so ein, dass ich mit Dir fahre, um dann im Taxi zu mir zurückzukehren. Das ist unser Ritual, eine Möglichkeit, der Zeit, die uns fehlt, eine halbe Stunde mehr zu stehlen. Wir nähern uns dem Twingo, ich sehe, wie Du plötzlich erstarrst. Ein Mann schläft tief und fest auf dem Fahrersitz. Du bist wie versteinert, unfähig, auch nur eine Handbewegung zu machen. Ich klopfe ans Fenster. Vergeblich. Ich öffne die Tür, klopfe dem Mann sanft auf die Schulter, dann etwas kräftiger. Nur ganz langsam wacht er auf, und ich bitte ihn, keineswegs barsch, aus dem Auto herauszukommen.

Der Clochard ist jung, wahrscheinlich Ausländer, Pole oder Russe ... Er ist verlegen, spricht ein paar Worte der Entschuldigung, schält sich, noch ganz benommen vor Schlaf, aus dem Wagen und verschwindet in der Nacht. Er hat seinen Rucksack auf dem Beifahrersitz vergessen, ich renne ihm hinterher. Du stehst immer noch auf dem Bürgersteig, bist geschockt und nicht dazu in der Lage, in den Wagen zu steigen, den ein Eindringling entweiht hat. Du ekelst Dich, Du zitterst noch. «Ich fahre, wenn Du willst», schlage ich Dir vor. Du bist einverstanden und mir dankbar dafür, dass ich in die Rolle des Mannes schlüpfe, auf den Du Dich stützen kannst. Du hast gerade eine Seite an mir kennengelernt, die Du noch nicht kanntest, die Dich zu verwundern scheint.

Wir fahren bis zu Dir, die Müdigkeit scheint Dich zu erschlagen. Du sagst: «Du bist nett», und das ist kein Vorwurf, auch wenn Du es hasst, wenn jemand «nett» ist. Ich schüttele den Kopf, Du bleibst dabei: «Doch, du bist nett, du warst sehr nett zu dem Mann. Du hast keine Angst vor den Leuten, du hast keine Angst, auf sie zuzugehen.» Es gefällt Dir mit einem Mal, dass ich nett sein kann. Für Dich ist das jetzt nicht mehr nur ein Ausweis von Schwäche.

## Einundzwanzig

*Eau de Lierre*, Dein Parfüm. Eine Nase würde es so beschreiben: tiefgrüne Noten von vegetabiler Eleganz im Vordergrund, bevor der Efeu langsam nachgibt und hinter den tiefen Grundton von Stein und trockenem Holz zurücktritt. Es könnte ein diskretes Herrenparfüm sein, aber auf Deiner Haut überwiegen die warmen Töne von Gewürz und Moschus. Wir sind schon weit vom Tier entfernt, und es gelingt mir nicht, die Duftnoten so genau wiederzugeben, wie ich, wenn ich die Augen schließe, Dein Gesicht sehe.

Es wird, für immer, die Farbe Deines Nackens sein, in der ich mich verliere, und es wird, wenn ich Dich verliere, das Parfüm meiner Sehnsucht sein.

## Zweiundzwanzig

Es ist ein Abend im Dezember, das Auto verlässt die Neonlichter der Place de Clichy und biegt in den verstopften Boulevard des Batignolles ab. Du willst die Kinder abholen.

Ich weiß nicht mehr, über welche Umwege wir auf den Tod zu sprechen gekommen sind, aber Du sagst plötzlich: «Wenn ich eine tödliche Krankheit hätte, einen Krebs, ich glaube, dann würde ich nicht zögern und mit Dir zusammenziehen.» Lächelnd, vielleicht aus Schamgefühl, zitiere ich Woody Allen: «Das Leben ist eine tödliche Krankheit.» Aber Du parkst schon ein, während mich Deine Worte noch verstören.

Ich ermesse die Tragweite Deiner Erklärung. Du sprichst hier nicht von der Dringlichkeit der Wahrheit, sondern von dem Anspruch auf Wahrheit, dem Du uns aussetzt. Ich verstehe plötzlich, was Dein Satz zwischen den Zeilen auch sagt: dass Du mit mir die heitere Gelassenheit einer illusorischen Ewigkeit verlassen würdest, in der die Tage nicht gezählt sind, um in eine ungewisse Welt einzutreten, in der alle Tage gezählt sind. Die Krankheit würde Dich endlich in jene Welt stürzen, in der die Zeit vergeht. Ich verstehe, was es ist, das ich Dir biete. Ich biete Dir, Angst zu haben.

## Dreiundzwanzig

Winter. Ein Café gegenüber der *Scuola Musica*. Du hast mir Léa anvertraut, aber vielleicht ist es auch sie, die auf mich aufpasst. Sie will zunächst Memory mit mir spielen, dann, weil sie genug davon hat oder mir andere Spiele zeigen will, Bilderdomino. Sie trinkt eine heiße Schokolade, ich einen Kaffee. Wie üblich. Mir gefällt der Gedanke, dass wir beide, sie und ich, unsere Gewohnheiten haben. Sie rührt den Schaum mit dem Löffel um, ich achte darauf, dass nichts umkippt. Du hast Karl zu seinem Musikunterricht gebracht, kommst aber fast umgehend zurück.

Für Léa bin ich Mamas Freund Yves, der manchmal einen Koffer dabei hat, denn er fährt immer sehr weit weg. Ich weiß nicht, wie Du darauf kommst, aber Du fragst: «Wer ist der Wolf?» Das bin ich, antwortet Léa treuherzig. Dann fügt sie, entzückt von ihrem Geistesblitz, hinzu: «Mama ist Mama Wolf, und Yves ist Papa Wolf.» Du bist verlegen, aber auch verwirrt, Du korrigierst sie, holst den wirklichen Papa in die Dreieckskonstruktion zurück.

Ich sehe Léa noch vor mir, schelmisch, wie Du es manchmal bist, ihr Auflachen.

## Vierundzwanzig

Das ist eine Erinnerung an Erinnerungen. Du nimmst mich mit zu Dir, in Dein Schlafzimmer. Aus einem Schrank holst Du Pappschachteln hervor, die so groß sind wie Schuhkartons. Fotografien, jede Menge. Dann ziehst

Du mich in die Küche, um sie mir besser zeigen zu können.

Das ist Dein Leben.

Du mit Deinem kleinen Jungen vorm Weihnachtsbaum. Deine kleine Tochter, die durch einen Garten trollt, den ich nicht kenne, ein anderes Bild, mit Deinem Mann. Du zögerst, dann zeigst Du mir noch mehr Fotos, von Deiner Hochzeit, glaube ich, aber ich bin mir nicht sicher. Ich werde kopfüber in Deine Welt gestürzt, werde überschwemmt von dieser Woge an Schnappschüssen aus Deinem gestrigen Leben, in dem ich keinen Platz habe. Ich verstehe, was Deine Geste bedeutet, den Wunsch nach Intimität, der hinter ihr steckt, aber ich ertrinke still und langsam unter dieser Flut von Bildern. Ohne dass Du es siehst, nehme ich unmerklich Abstand, um nicht zu ersticken. Du wühlst weiter in der Schachtel herum. Nach und nach holst Du Fotos von Dir heraus, die Du beiseitelegst. Du schenkst sie mir.

Ich weiß, wer sie aufgenommen hat, wen Du anlächelst, aber das ist plötzlich ohne Bedeutung. Was Du mir schenkst, bist Du selbst. Ich nehme das Geschenk an.

## Fünfundzwanzig

Du kommst zu spät angerannt in dieses Restaurant am Flohmarkt von Saint-Ouen, wo wir uns seit ein paar Wochen jeden Montag treffen. Du nimmst mir gegenüber Platz, ich erkenne an der Fahrigkeit Deiner Bewegungen, dass etwas im Gange ist. Wie in einem schlechten Film –

das sagt die Richtige: Du bist krank, irgendeine Infektion, von der Du nichts weißt, später wirst Du Dich selbst als «Riesenarsch» bezeichnen, ein Ausdruck, der sonst nicht zu Deinem Wortschatz gehört. Dein Blick will dem meinen ausweichen, Du empfindest keinerlei Liebe mehr für mich, alles Verlangen hat sich verflüchtigt. Du bist nicht die reine Wut, aber mich hat's in Stücke gehauen.

Ein Abgrund tut sich auf. Ich stelle mir vor, auf immer eine untilgbare Schuld Dir gegenüber, Deiner Familie gegenüber, auf mich geladen zu haben. Du kennst das fast schon komische Ende der Geschichte, aber diese Erinnerung will nur diesen einen Moment erzählen, dieses Schwindelgefühl, diesen Umschlag, wo unsere heitere und leichtfüßige Geschichte plötzlich ins Hässliche, ins Schlammige kippt. Eine Besudelung, das ist das Wort, das mir an jenem Tag in den Sinn kommt, aber ich spreche es nicht aus, aus lauter Angst, es könnte so treffend sein, dass es uns beschmutzt. Doch es geht mir nicht mehr aus dem Kopf, es besetzt mein ganzes Denken, es hindert mich sogar daran, zu reden, als ich eigentlich reden müsste.

## Sechsundzwanzig

Der Wagen bewegt sich in Richtung Paris, ich fahre. Meine Hand hat sich zwischen Deine nackten Schenkel geschoben, das ist ein Ort, wo sie sich wohl fühlt. Nur wenige Minuten zuvor trugst Du noch eine Hose. Auf einem Rastplatz, an dem anzuhalten Du mir nicht zugetraut hattest, hast Du sie gegen ein Kleid getauscht. Meine Zärtlichkeiten werden immer präziser, die rechte Hand ist immer abenteuerlustiger, während die linke aufmerksam am Steuer bleibt. Deine Schenkel öffnen sich meinen Fingern, die weiter vordringen und sich amüsieren. Ich spiele mit Deiner Begierde, wie Du mit meiner spielst. In unseren Gesten liegt mehr Natürlichkeit als Provokation, mehr Staunen als Perversität. Dein ganzer Körper lächelt fröhlich dem meinen zu.

## Siebenundzwanzig

In der Spielzeugabteilung des «Bon Marché». Für Léa suchst Du nach einem Feenkostüm, für Karl nach irgendeiner Ausrüstung.

Du entfernst Dich nur wenige Meter, und ich beobachte Dich inmitten der Barbie®-Puppen, der Playmobil™-Garagen und der Lego™-Schachteln. Ich folge Dir die Regale entlang: Unschlüssig rufst Du den Vater Deiner Kinder an, um ihn um Rat zu fragen, und kaum hast Du wieder aufgelegt, soll ich Dir meine Meinung sagen. Das tue ich, und staune, was für ein intimer Fremder ich für Dich bin. Du lässt mir die Tür zu Deinem Leben einen Spalt weit offen, und ich, verloren inmitten all der Plüschtiere, werfe einen zärtlichen, leicht bitter-süßen Blick hinein.

## Achtundzwanzig

«Pass gut auf dich auf.» Das sind die Worte, mit denen Du Dich verabschiedest. Wirklich verabschiedest. Wir stehen neben Deinem Auto gegenüber der Gare de l'Est, dem Ostbahnhof. Es ist Dezember, das Wetter ist sehr schön.

Du hast, nur wenige Minuten zuvor, die Sätze gesprochen, die es uns unmöglich machen, weiter in der Leichtigkeit vergangener Tage zusammenzubleiben, Sätze, die mich zwingen, Dir zu sagen, dass ich gehe. Du willst, dass ich das Notwendige zu tun weiß. Dich jetzt nicht zu verlassen hieße, Dich zu verlieren. Deswegen verlasse ich Dich – um mir die Chance zu bewahren, Dich wiederzufinden.

«Pass gut auf dich auf»: die Worte, die ein Vater zu seinem Sohn spricht, bevor er aufbricht, bevor er stirbt. Sie bedeuten, dass Du nicht mehr da sein wirst, um über mich zu wachen. Aber hast Du je über mich gewacht? Du gehst auf den Twingo zu, Du drehst Dich um. Dann ein Blickwechsel, ein einziger, und plötzlich rebelliert Dein Körper, er stürmt auf mich zu, drückt mich an sich. Ich sauge seinen Duft, seine Wärme in mich auf, es ist nur kurz, Du wehrst Dich und Du trennst Dich wirklich von mir. Der Wind verscheucht die Süße Deines Parfüms, es bleibt mir nichts von Dir, als der Wagen anspringt und sich entfernt. Ich wende mich ab, bewege mich mechanisch Richtung Autobus, der mich nach Hause bringen wird.

Geradezu automatisch überquere ich die Straße, wobei ich auf den 31-er aufpasse, der vorbeirauscht: Ich habe keinerlei Lust zu sterben, der Schmerz macht mich unglaublich lebendig.

## Neunundzwanzig

Hier die neunundzwanzigste Erinnerung. Ich liefere Dir, was eine kurze, fiebrige Nacht des Schreibens hervorgebracht hat. Denk nach: eine kleine Blechdose, sie war gestohlen, denn Du hattest sie in Deiner Tasche versteckt. Ich schenkte sie Dir vier Tage nach unserer ersten Begegnung. Sie enthielt *«Sechsundzwanzig ganz kurze Augenblicke für uns»*, jeder gedruckt auf einem Papier, das nicht größer war als ein Métro-Ticket. Einer von ihnen lautete, damals schon:

*Ich hab's gezählt. Dreimal*
*Sind wir uns begegnet. Kaum zu glauben.*
*Glaubst Du, dass das alles nur Traum ist?*
*Dass nichts wahr ist?*

## Dreißig

Der Twingo ist zweieinhalb Millionen Mal verkauft worden, davon eine Million Mal in Paris und Umgebung. Und jeder dritte Twingo ist schwarz (ich hab's nachgeprüft). In einem solchen fast schon unsichtbaren Modell fahren wir über die Place de la Concorde. Es ist Nacht, es regnet, die Fenster der Autos sind beschlagen. Ich versuche, Deinen Hals zu küssen. Du protestierst, sehr heftig. «Ich kenne hier fast jeden.»

## Einunddreißig

Ein Unfallbericht, dessen Fotokopie ich sorgfältig aufbewahre. In der Rue Pouchet im 17. Pariser Arrondissement, auf Höhe der Passage Berzelius, hast Du abrupt gebremst, und der Wagen hinter Dir ist aufgefahren. Auf der Vorderseite des Berichts hast Du in der Zeile «Unfallhergang» noch unter Schock geschrieben: «Mein Fahrzeug (d.h. A) hat abgesoffen ...»

Später zeigst Du mir das Formular, Du wirst über die Streichungen und den Grammatikfehler lachen. Manchmal, sogar ziemlich oft, lese ich diesen Bericht und muss gleich lächeln. Du, die Du immer so richtig liegst in Deinen Handlungen, die Du stets so genau bist bei der Wortwahl, lässt Dich leicht von den Wechselfällen des Alltags überwältigen. Was dieser Bericht bewahrt, das ist die Reibspur Deiner Begegnung mit der Welt.

## Zweiunddreißig

Du nimmst ein (sehr heißes) Bad bei mir. Ich setze mich neben Dich, auf die Holzstufe, ich tauche meinen Arm bis zum Ellbogen ins Wasser, bis meine Hand Dich berührt. Es ist eine Instinkthandlung, ich beherrsche meine Gesten Dir gegenüber nur schlecht. Schon das Sprechen verlangt mir einige Konzentration ab. Meine Finger gleiten über Deine Brüste, Deine Hüften, streicheln über Deinen Bauch bis hinunter zum Geschlecht. Ich küsse Dich, und Deine Lippen öffnen sich, Deine Zunge spielt mit der meinen, Du schließt die Augen. Furchtlos und doch respektvoll fährt der Mittelfinger sanft über Dein Geschlecht und zwischen die Pobacken. Ich sauge diesen Moment in mich auf, denn ich ahne bereits, dass diese sinnliche Erinnerung ins Gedächtnis des Tastsinns eingehen wird, dass sie für immer den Worten entgleiten wird, die sie zu fassen suchten.

## Dreiunddreißig

Das Telefon vibriert: eine SMS. Ich schaue auf die Uhr, und ich weiß, dass Du sie auf dem Kennedy Airport eingegeben hast, wo Du in den Flug Nummer AF544 New York–Paris einchecken musst. Von Panik ergriffen, bevor Du in die Boeing steigst, schreibst Du mir: «Flls ws passiert ich lass dir meine 2008 Hefte.» Respekt vor der Rechtschreibung. Mir kommt ein Lächeln auf die Lippen, und ich antworte Dir: «Du bist verrückt. Aber ich möchte, dass Dir was passiert.»

In einer Novelle von Virginia Woolf stirbt eine Frau bei einem Unfall. Selbstmord? Ihrem Ehemann hinterlässt sie als Erbe (*Das Erbe* ist übrigens, glaube ich, der Titel der Novelle) ihr Tagebuch. Er entdeckt darin die Existenz eines anderen Mannes, der, je weiter er in der Lektüre fortschreitet, immer präsenter wird. Er macht sich auf die Suche nach jenem Mann und, vor allem, seiner Frau.

Wenn Dir etwas zustoßen würde, wie könnte ich es dann wagen, Deine Hefte einzufordern? Ich kann es mir nicht vorstellen, und doch würde ich es tun. Du bietest mir den

Stoff für ein Theaterstück: Ein Mann klopft an die Tür eines anderen, der in Trauer ist. Sie kennen sich nicht. Der erste sagt ganz einfach: «Ich bin gekommen, um Sie um die Notizbücher Ihrer Frau zu bitten, diejenigen, die sie im Laufe dieses Jahres geführt hat. Wir haben uns geliebt. Sie hat sie mir geschenkt.»

## Vierunddreißig

Ein Freitagnachmittag an der Porte de la Chapelle, es ist fast vier Uhr, ich steige in Dein kleines Auto, und wir fahren die Schulen Deiner Kinder an. Du bist zu spät dran, was sonst.

Alle diese Fahrten – wie viele waren es, zwanzig, dreißig? – vermischen sich in meinem Gedächtnis zu einem bunten Mosaik. In all diesen Monaten haben wir blaue Himmel, graue Himmel gehabt, strömenden Regen, Sommersonne. Du hast Jeans getragen, schwarze Kleider, weiße Röcke, Wollpullover und leichte Blusen, Dir ist es zu warm gewesen, Dir ist es sehr kalt gewesen. Aber immer war es dieselbe lärmige und verstopfte Rue Saint-Martin, immer war Dein schwarzer Twingo voller Papiere die Kulisse. Unsere Unterhaltungen drehten sich um alles und nichts.

Eine Stunde. Jeden Freitag. Ich lächele.

## Fünfunddreißig

Florenz. Ich bin dort für eine Lesung, es ist mir gelungen, Dich mitzunehmen. Zwischen all den Postkartenerinnerungen und den anderen, intimeren, wähle ich ein Abendessen in einem schicken, volkstümlich eingerichteten Restaurant, von denen es so viele in dieser Stadt gibt.

Wir sitzen nebeneinander, Du sprichst mit Luciana, der jungen blonden Frau, die Dir gegenüber sitzt. Ich drehe mich von Zeit zu Zeit zu Dir um, und Luciana lächelt gerührt über diesen Blick, der besagt, dass ich auf Dich Acht gebe. Sie erkennt darin die aufmerksame Sanftmut im Blick ihres Mannes wieder, wenn es sein Beruf als Bankier mit sich bringt, dass er sie zu Abendessen mit Kunden ausführt, bei denen sie sich, wie er fürchtet, langweilen könnte. Auch Du lachst, und weil sich zwischen Euch freundschaftliche Bande knüpfen, sprichst Du von Deinem Mann, Deinen Kindern, diesem anderen Leben, in dem ich nicht bin, und Du greifst mit einer natürlichen Bewegung nach meiner Hand, eine Geste, die sowohl von Deiner Liebe als auch von Deiner Unsicherheit spricht.

## Sechsunddreißig

Es ist ein Samstag Ende Oktober: Ich gehe über den Friedhof Père Lachaise, die Touristen stromern zwischen den Gräbern umher, verlieren sich in den Alleen. Ich nähere mich langsam dem Krematorium.

Unter der Zinkkuppel verbrennt der Körper von Hugues Léger. Ich schreibe diesen Satz in seiner ganzen außerordentlichen Gewaltsamkeit. Ich sehe Dich vor mir, stumm, versteinert, angesichts dieses zweiten und endgültigen Verlöschens von Hugues. Ich bin gekommen, um da zu sein, an Deiner Seite, ohne Dich vorher gefragt zu haben. Ich habe die Initiative ergriffen, es schien mir das Richtige zu sein. Ich setze mich auf eine Bank, ich schreibe Dir eine SMS, ich warte.

Aus Gründen, die mir damals noch unerfindlich sind, empfinde ich zu Hugues Léger, der nicht mehr ist, eine Nähe, die nichts Morbides an sich hat: Der Tod kann mich nicht faszinieren, aber sein Selbstmord berührt mich. Ohne mich vermessen zu fühlen, wage ich es gar zu sagen, dass er mich erschüttert. Ich habe seine Bücher in den vergangenen Tagen gelesen oder nochmals gelesen. Ich kenne unsere Unterschiede; was uns verband, erscheint mir deutlich. Sollte der schönste Tag meines Lebens auch für mich schon Vergangenheit sein?

Auf dieser Bank wird mir zur wirklich traurigen Gewissheit, dass ich für immer an einer Freundschaft vorbeigegangen bin, an einer Freundschaft mit dem Mann und dem Schriftsteller, und dass es Dir gefallen hätte, wenn wir Freunde geworden wären.

Du scheinst in dieser Erinnerung nicht aufzutreten, und doch bin ich Deinetwegen, nur Deinetwegen, hier, auf dieser Bank.

## Siebenunddreißig

Du schläfst, ich nicht. Du bist in meinen Armen eingeschlafen, ohne Dich ganz von mir zu verabschieden, aber jetzt schläfst Du schon tief und fest.

Auf den Ellbogen aufgestützt, den Kopf in der Hand, betrachte ich Dich. Deine Augen sind geschlossen, Dein Mund halb geöffnet, und auf Deinen Lippen liegt dieses ganz sanfte und seltene Lächeln, das – was keine bloße Redewendung ist – nur Dir gehört. Du bist schön, frei. Gedanken schießen mir durch den Kopf: Wovon träumst Du? Wo bist Du in diesem Augenblick? Wer bist Du, dass ich so viel Angst habe, Dich zu verlieren, warum habe ich einen so starken Wunsch, Dich nur für mich zu haben, warum bin ich so sicher, dass Du niemals ganz mir gehören wirst?

Ich schäme mich für diesen Besitzanspruch, den ich nicht kontrolliere. Er offenbart in mir den Schrecken, den die Freiheit weiblichen Verlangens bei den Männern auslöst. Ich mag dieses stumpfsinnige Tier nicht, das von der Angst, dass Du mich eines Tages nicht mehr begehren könntest, aufgeweckt wird. Ich wäre gerne gelöst, frei von Zweifel.

Ich lege mich auf den Rücken, der Schlaf will nicht kommen.

## Achtunddreißig

Bleib noch zwei Minuten dran, sagst Du. Wir haben uns getrennt, um uns nie wiederzusehen. Einmal mehr. Und doch hat mein Handy geklingelt, das warst Du, wir haben gesprochen – wahrscheinlich nur, um die Stimme des anderen ein letztes Mal zu hören. Ich wollte auflegen: «Bleib noch zwei Minuten dran.» Na gut, ich bleibe noch zwei Minuten dran. Ich spreche nicht, Du auch nicht, ich höre nur von Zeit zu Zeit Deinen Atem. Mehr als jedes gesprochene Wort überwältigt mich Deine Atmung. Die Zeit vergeht, ich gehe die Straße hinauf, komme vor meinem Haus an, trete ein, bleibe aber, mit dem Rücken an die Wand gelehnt, in der Eingangshalle stehen. Wir schweigen immer noch. Lange Zeit. Ich bin mir sicher, dass Du Dich, wie ich, mit diesem Schweigen, in dem wir noch zusammen sind, vollsaugst – in Vorausahnung jenes anderen, in dem wir es nicht mehr sein werden.

## Neununddreißig

Ja, dieses kleine Werk kommt zu seinem Ende, die Zeit des Bedauerns ist angebrochen. Ich hatte mir vorgenommen, kurz und strikt zu sein, aber erinnere Dich: eine SMS, die mir ankündigt, dass Du vier Dinge tun willst (das erste war, Dir die Ohrläppchen durchbohren zu lassen); ich, der ich bei der ersten (und einzigen) Begegnung mit Deinen Eltern fast wie ein Jugendlicher dastand; Dein kleiner Sohn, der mich bei Lucs Konzert zum Zeichen der Begrüßung schlägt; Du, wie Du an unserem ersten Tag hinterm Steuer Deines Wagens diesen vieldeutigen Satz ausprichst: «Du bindest Dich nicht fest?», als Du siehst, dass ich den Sicherheitsgurt nicht angelegt habe; Du bei Dir im schwarzen Kleid und mit doppelt geheimem Ring am Finger; Deine Stimme, die mir auf der Kaimauer an der Seine aus Dorothy Parker vorliest; Deine Hand, die mich in einen Winkel der Küche zerrt, wo die Nachbarn uns nicht sehen können; Du, gierig geküsst unter einem Tonnengewölbe im Jardin des Batignolles; und Du, nochmals Du, immer wieder Du, wie Du die Treppe in einer Bibliothek heruntersteigst, in der ich aus meinen Texten lese, und so verliebt wie entzückt mein öffentliches Gesicht entdeckst.

## Vierzig

Und hier zuletzt die Seite, bei der mein Würfel zur Ruhe kommt. Ich hatte versprochen, dass es keine Logik gebe, und doch gibt es eine: Diese letzte Erinnerung ist imaginär, sie situiert sich, in dem Augenblick, da ich sie niederschreibe, in naher Zukunft. Ich weiß nicht, wo wir uns verabredet haben, ich weiß nicht einmal, ob wir uns wirklich getrennt haben, ich weiß nur das Datum: es liegt um den 10. Januar.

Ich schaue Dich an, ich sage: «Ich habe ein Geschenk für Dich. Zu Deinem vierzigsten Geburtstag.» Ich hole dieses winzige Buch hervor. Du liest den Titel, Du blätterst einen Augenblick lang darin herum. Wahrscheinlich bist Du gerührt, vielleicht sogar sehr. Ich weiß, was Du Dir am sehnlichsten wünschst: dass ich arbeite. Das ist eine Arbeit, und Du spürst es. Du weißt, dass jeder Satz nicht für Dich, sondern bereits für alle geschrieben und überarbeitet worden ist, Du ahnst, dass das, was Du in Händen hältst, der Stoff für einen späteren, ausgiebigeren Text ist. Aber dies hier ist trotz allem ein Buch, ein Buch, das wirklich für Dich geschrieben ist.

Ich füge nicht hinzu: «Ich hätte es gern etwas länger gehabt», denn das stimmt nicht, und auch nicht «Ich hätte gern mehr Zeit gehabt», denn ich hatte Zeit, fast schon zu viel. Mir wäre lieber gewesen, ich hätte es in einer Woche schreiben können, mich ganz auf das Schreiben konzentrieren dürfen – und nicht auf die Irrungen und Wirrungen unserer Geschichte. Dazu ist es nicht gekommen, diese ganze Woche ist mir nicht zugestanden worden.

Es ist nicht unwahrscheinlich, dass ich, weil auch ich bestimmt gerührt und hilflos bin, nur eben ein «Ich liebe Dich» murmele, wobei ich schon im Voraus bedauere, dass ich Dir manchmal nicht mehr als nur das sagen kann.

Und wenn Du hier noch einen Satz und diese wenigen Worte lesen kannst, dann deswegen, weil eine wirkliche Liebeserklärung kein wirkliches Buch beschließen kann.

## YVES UND ANNA

Yves hat Anna die *Vierzig Erinnerungen an Anna Stein* lesen lassen, dabei in seiner Zeitung geblättert und versucht, sich für die Artikel zu interessieren. Sie hat nicht zu ihm aufgeschaut, sie hat sie in einem Zug gelesen, zwanzig Minuten.

Anna legt das Buch aus der Hand.

– Danke, sagt sie noch.

# THOMAS UND LOUISE

Es ist der letzte Sonntag im Februar. Thomas hat Louise, Judith und Maud zur Pferderennbahn von Vincennes mitgenommen. Sie haben noch nie ein Trabrennen oder überhaupt jemals ein Pferderennen gesehen. Louise zögerte, wegen des Nieselregens, des Windes, der Kälte, aber sie wollte Thomas eine Freude machen. Sie sitzen auf der Westtribüne.

«Zweites Rennen. Start in zehn Minuten», kündigt der Lautsprecher an.

– Es ist Jahre her, dass ich auf einem Rennen war. Als ich zehn war, habe ich meinen Großvater hierher begleitet, er spielte immer beim zweiten und vierten Rennen, ganz kleine Einsätze.

– Können wir auch spielen?, fragt Judith.

Thomas ist eher dafür, aber er wendet sich Louise zu, die ihr Gesicht verzieht.

– Auf keinen Fall, sagt Louise. Dieses Milieu kenne ich sehr gut. Da wird schmutziges Geld gewaschen.

– Wieso schmutzig, warum ist das Geld denn schmutzig?, fragt Maud.

– Nur ein Rennen, insistiert Thomas. Hierherzukommen, ohne zu wetten, das wäre doch wirklich schade.

– Wie du willst, seufzt Louise. Aber ich gebe keinen Cent dafür.

– Super, sagt Thomas. Kommt, Mädchen. Wir gehen spielen.

Die Kassen sind ganz in der Nähe. Sie kommen gleich wieder zurück. Die Mädchen halten zwei Wettscheine in der Hand.

– Ich habe auf Sieg für Ouragan des Closeries gewettet, Mama, schreit Judith. Er steht siebenundsechzig zu eins!

– Und ich habe auf Platz für Oscar Night gesetzt, fügt Maud hinzu. Mit achtunddreißig zu eins!

Die Aufregung der Mädchen entreißt Louise ein Lächeln.

– Das sind wirklich zwei Nieten, bedauert Thomas, aber die Namen gefielen ihnen so sehr. Sie haben jede zehn Euro gesetzt. Ist das o. k.? Das ist doch vernünftig.

– Zusammen zwanzig Euro? Das ist viel zu viel, Thomas. Das ist ein Witz.

«Zweites Rennen. Start in einer Minute», verkündet der Lautsprecher.

– Die Pferde sind da hinten auf der großen Bahn, erklärt Thomas. Sie werden sich beim Start vor uns aufstellen, und beim Startschuss werden sie, so schnell sie können, losrennen, da hinten nach Osten abbiegen und beim Finish wieder an uns vorbeilaufen.

– Wer von denen ist Ouragan des Closeries?, will Judith wissen.

– Er hat die Nummer 12, da hinten. Der Jockey mit der violetten Jacke.

Beim «Peng» des Startschusses springen die Mädchen auf, kichern über ihren Schrecken und fangen beide an, den Namen ihres jeweiligen Pferdes zu brüllen. Thomas lacht laut auf. Louise geniert sich.

– Nicht so laut, Kinder, ihr stört ja alle anderen Leute.

Die Pferde sind schon kurz vor der großen Kurve. Wenn man dem Kommentar des Sprechers glauben kann, ist Judiths Pferd nicht schlecht platziert. Der Favorit, Piet van Dresden, hat sich leicht an der Fessel verletzt und gibt nicht sein Bestes. Sein

Rivale, Orus de Bruxelles, kommt mit diesem schweren Boden nicht gut zurecht. Die anderen bieten eine mittelmäßige Leistung. Als die Traber die Ziellinie überqueren, verkündet der Sprecher: «Erster: die 12, Ouragan des Closeries. Zweiter: die 10, Oscar Night. Dritter: die 3, Piet van Dresden.»

– Haben sie gewonnen? Louise ist völlig baff.

Thomas nicht weniger.

– Ich fasse es nicht. Ja, deine Mädchen haben gewonnen. Und auch noch alle beide!

Judith und Maud hüpfen und tanzen vor Freude. Sie fassen sich an den Händen und jubeln.

– Wir haben gewonnen! Wir haben gewonnen!

– Sie haben auf Sieg für Ouragan des Closeries gesetzt?, fragt ein großer Typ verwundert und zerreißt seinen Wettzettel. Dieser alte Gaul? Manche haben echt Schwein.

– Ou-ra-gan-dé-clo-sri! Ou-ra-gan-dé-clo-sri!, schreien die Mädchen.

– Stopp! Beruhigt euch, Kinder! Aber ... Thomas ... wie viel haben sie gewonnen?

– Das ist verrückt: beide zusammen ungefähr tausend Euro.

– Tau-send-Eu-ro! Tau-send-Eu-ro!

– Ruhe!, ruft Louise wütend. Kommt, wir gehen nach Hause.

– Aber Mama, können wir nicht noch mal mit dem ganzen Geld spielen?, fragt Judith.

– Nein, ich habe gesagt, wir fahren heim. Habt ihr gehört?

– Bitte, Mama, fleht Maud. Thomas hat gesagt, dass wir beim vierten Rennen noch mal spielen.

– Ich habe nein gesagt. Ich entscheide, nicht Thomas. O. k.?

Louise nimmt die beiden Mädchen an die Hand und zieht sie unter Protest von der Tribüne. Thomas mischt sich nicht ein.

Er holt die Gewinne ab und stößt am Auto, in dem sie bereits Platz genommen haben, wieder zu ihnen. Louise sitzt am Steuer und schweigt, der Motor läuft schon, die Mädchen piepsen auf der Rückbank. Thomas zeigt ihnen ein Geldbündel.

– Was machen wir mit diesem ehrlich verdienten Geld?

Louise antwortet nicht. Sie fährt los auf die Stadtautobahn, starrt mit verstocktem Gesicht auf den Asphalt.

Louise, erklär mir, was los ist! Das ist doch eine lustige Geschichte.

– Du verstehst nichts. Nein, Thomas, das ist nicht lustig. Die Mädchen sind vollkommen überdreht, es ist so, als ob du ihnen Kokain verabreicht hättest.

– Kokain?

– Genau! Spielen macht süchtig, weißt du das denn nicht? Ich habe meine Mädchen nicht mehr wiedererkannt. Das nehme ich dir übel.

– Es tut mir leid.

– Leid ... Aber jetzt ist es zu spät. Ich kenne Leute, die im Casino ihr ganzes Geld auf den Kopf hauen, sogar ihre Rente. Willst du es genau wissen? Also gut: zum Beispiel meine Mutter. Meine Mutter. In Enghien. Und noch heute geht sie hin, sobald sie kann. Du hast keine Ahnung, welche Bilder da vor meinen Augen auftauchen.

– Das hättest du mir sagen müssen ...

– Ich wollte ja nicht nach Vincennes fahren, aber du hast darauf bestanden. Nun gut. Du hast gewonnen.

Sie schweigen lange. Der Verkehr stockt. Die Mädchen auf der Rückbank sagen kein Wort mehr. Thomas dreht sich zu ihnen um. Sie sind erschöpft eingeschlafen. Das Armaturenbrett gibt einen langen Piepton von sich.

– Mist. Ich habe kein Benzin mehr, ärgert sich Louise. Und ich habe mein Scheckheft nicht dabei.

– Ich habe Bargeld, flüstert Thomas. Sogar ganz schön viel.

Sie antwortet nicht. Er beobachtet sie von der Seite. Auf Louises Lippen zeichnet sich ein leichtes Lächeln ab, das langsam breiter wird. Kurz darauf werden sie beide von einem Lachanfall geschüttelt, das Auto fährt im leichten Zickzack. Die Mädchen wachen nicht auf.

# STAN

Aus dem Fenster eines Hotelzimmers beobachtet Stan, wie sich die Winternacht langsam über Lissabon senkt.

Im Schatten der Platanen schlängelt sich eine lange Reihe von wartenden Taxis um den Rossio. Der abendliche Regenschauer hat aufgehört, die Menschenmenge bildet nicht länger ein Ballett von schwarzen Regenschirmen. Die nächste Kundin ist eine dicke, mit Paketen beladene Dame. Sie schnauft und pestet gegen Wind und Wetter, alles behindert sie, ihre Einkäufe, ihr durchnässter Regenmantel, ihr eigenes Gewicht. Gewiss trägt sie einen sehr respektablen Namen, vielleicht Madame Costa, oh ja, das ist es, Madame Manuela Costa. Sie hat es eilig, nach Hause zu kommen und alles in die Schränke zu räumen, bevor Monsieur Costa heimkommt. Und beladen, wie sie ist, sagt sie sich sicher, dass das Geld für eine Taxifahrt keine übertriebene Ausgabe darstellt. Sie lächelt, sagt sich, dass das Leben manchmal so schön ist wie ein großes Kaufhaus.

Unter den Bettlaken liegt, in Stans Rücken, eine nackte, schlafende Frau, die Wange ins Kopfkissen gedrückt. Die Stumpfsinnigkeit des Ausdrucks nimmt ihr die vage Ähnlichkeit mit Vermeers *Mädchen mit dem Perlenohrgehänge*, die Stan ihr zuerst zugestanden hatte. Die Schlafende heißt Marianne Laurent, ist verheiratet, steht zu ihren fünfunddreißig Jahren, lacht völlig unmotiviert und arbeitet im Lyoner Krankenhaus Édouard Herriot in der Abteilung von Bongrand, wo sie Hornhautoperationen vornimmt – was ihre Anwesenheit beim sechsten Kongress der *European Association for Vision and Eye Research* erklärt. Stan weiß inzwischen, dass sie sich Schönheitsoperationen an Lippen und Busen unterzogen, eine ausgesprochene Vorliebe für oralen Sex und eine Tendenz zum kurzen Quieken hat. An der Hotelbar haben sie Portwein getrunken, zu viel. Sie war es, die ihn sehr entschlossen in ihr Zimmer mitgenommen hat. Er überließ ihr die Initiative, bevor er selbst mit einer Rage im Leib, zu der er sich nicht fähig geglaubt hatte, die Rollen vertauschte.

Stan lehnt seine Stirn an die Glasscheibe, seine Haut lechzt nach beißender Kälte. Jedes Taxi vollzieht die gleiche langsame Umrundung des Springbrunnens mit der Bildsäule des Dom Pedro IV. Stan nimmt sich die Zeit, die Gesichter der Taxifahrer genau zu studieren, den zu erkennen, der bei jedem Wetter eine alte graue Wollweste trägt, oder den, der ein kurzärmeliges Polohemd vorzieht. Jeder hat seine eigene Art, die Fahrgäste zu empfangen. Der eine dreht sich fröhlich lächelnd um, der andere wartet grummelnd, mit fest auf das Lenkrad fixiertem Blick auf Anweisungen. Muss ein Fahrer Gepäck in den Kofferraum räumen, dann lässt sich an seinen routinierten Bewegungsabläufen alles über ihn erfahren, über seinen Ischias, seine schlechte Laune, seine Gewohnheiten. Stan kann ihm eine Existenz zuordnen, eine Frau, eine Geliebte, ein, zwei, drei Kinder, er stellt sich den Hund vor, Pudel oder Bulldogge, der auf dem Vordersitz döst.

Marianne Laurent schnarcht wenig anmutig, mit offenem Mund. Anna sagte, dass der Geschlechtsakt beim Mann, und zuweilen auch bei der Frau, «entseelt» sein kann – genau so hatte sie es ausgedrückt. Das muss Stan nun einsehen. Er hat sich den Gesten dieser Frau unterworfen, sich der gebieterischen Gier des eigenen Geschlechts ergeben, und er hat sie – in einer Art Selbstzerstörungswut, in einem Akt entsetzlicher Einsamkeit – ohne Zärtlichkeit oder Liebe genommen. Er schließt die Augen. Gerne würde er sich noch einmal in der Lüsternheit dieser fremden Lippen vergessen, sich ein letztes Mal in diesem weichen und begehrenden Fleisch verlieren.

Aber die Taxis kreisen um den Platz, und Stan lässt sich in diesen trägen Strudel hineinziehen, der ihn plötzlich zu Anna zurückführt, zu dem düsteren Gedanken an Annas nackten Körper unter dem Körper eines anderen, und das Bild, das in ihm aufsteigt, zermürbt ihn.

# THOMAS UND LOUISE

*I remember when rock was young*
*Me and Suzie had so much fun*
*Holding hands and skimming stones*
*Had an old gold Chevy and a place of my own*
*But the biggest kick I ever got*
*Was doing a thing called the Crocodile Rock*

Der Song von Elton John und Bernie Taupin stammt aus den siebziger Jahren, aber der Honky-Tonk-Modus der Farfisa-Orgel klingt gar nicht so veraltet. Louise hat so oft zu *Crocodile Rock* getanzt, dass das Stück sie gleichermaßen gut daran erinnert, wie sie mit dreizehn und wie sie mit dreißig war. Später, aber das weiß sie noch nicht, wird es sie auch daran erinnern, wie sie mit vierzig war. Nach einem Titel von Radiohead ist Thomas außer Atem. Er hat Louise allein gelassen und sitzt auf einem Barhocker. Sie wirbelt in den Armen eines großen Blonden herum, ihr Rock schwingt hoch. Louise hat ein wenig getrunken.

Der große Blonde heißt Boris, und Thomas hat mitbekommen, weil er es mitbekommen sollte, dass er eine Talkshow im Kabelfernsehen moderiert. Er ist ein eher hübscher Bengel, sportlich, mit telegenem Haarschnitt. Ganz sicher der Mann, den man an diesem Abend nicht verpassen darf. Er interessiert sich sehr intensiv für Louise. Als sie sich eben unterhielten, schaute Boris sie an, die Schultern zu ihr gewendet, mit leicht geneigtem Kopf und rasch mit den Augen zwinkernd; zweimal senkte er den Blick. Ohne Mühe hat Thomas darin die instinktiven Codes der Verführung erkannt, wie sie von den Verhaltensforschern beschrieben worden sind. Was Louise betrifft, so ist sie nicht ganz unempfindlich für seine Avancen. Die für sie typische Geste, mit der sie eine Haarsträhne zurückstrich, verrät ihre Anspannung.

Sie tanzen, und Boris drückt sie an sich, streichelt sie. Bei jeder Bewegung hebt sich Louises Bluse und legt ihre Haut frei, und Boris legt seine Hand auf ihre Hüfte, um sie herumzudrehen. Thomas macht die Erfahrung einer beinahe physischen Eifersucht, die er bislang nicht an sich gekannt hat. Als der *Crocodile Rock* zu Ende ist und Boris sie um einen weiteren, weniger wilden Tanz bittet, tritt Thomas lächelnd dazwischen:

– Sie gestatten? Ich leihe mir für die Dauer eines Tanzes meine Frau aus.

Der große Blonde spielt den Erstaunten, verneigt sich aber, indem er Louises Hand küsst, und verschwindet Richtung Bar. Louise hat ganz rosige Wangen vom vielen Tanzen. Sie fällt im ermattet ihn die Arme, legt ihren Kopf auf seine Schulter:

– Ich habe dich noch nie als besitzergreifenden Macho erlebt.

– Ich gebe zu, dass es mir langsam auf die Nerven ging, dabei zuzusehen, wie er dich befummelte. Und es hat mir auch gereicht, wie überdreht du hier mit dem Hintern wackelst.

Louise weicht einen Augenblick lang zurück und prüft Thomas' Blick. Er hat keinen Witz gemacht. Sie protestiert.

– Überdreht? Und ich wackele mit dem Hintern, sagst du?

– Ja. Und ich kann auch sagen, dass du nach Alkohol riechst, meine Liebe.

– Du bist nicht mein Vater.

Louise stolpert, Thomas fängt sie auf und lacht.

– Ich mache dich nur darauf aufmerksam, dass du betrunken bist. Und ich gebe zu, dass der Kerl nicht schlecht aussieht.

– Mehr noch. Er kann sehr gut tanzen.

– Von mir aus. Aber für meinen Geschmack hat er dich etwas zu fest an sich gedrückt.

– Bist du eifersüchtig?

– Ja, ich bin eifersüchtig. War dein Mann das nicht?

– Romain vertraute mir total.

– Dann muss es an mir liegen, denn ich weiß ja, dass du in der Lage bist, einen Mann zu verlassen.

– Ich werde dich ganz sicher nicht für einen Boris Fern verlassen.

– Ah! Er heißt Boris Fern?

– Wenn du hin und wieder den Fernseher anschalten würdest, wüsstest du das. Jeder kennt ihn. Aber ich bin nicht von der Sorte, die sich in einen Fernsehmoderator verknallt. Ich bevorzuge Psychoanalytiker, die auf Pferde wetten. Machst du mir jetzt eine Szene?

– Das werde ich niemals tun. Das wäre dumm und unangemessen. Aber wenn ich eifersüchtig bin, sage ich es.

– Ich liebe dich, du Idiot, flüstert Louise. Und du weißt doch, dass ich nur ausgehe, damit ich meinen Arsch zeigen kann.

Thomas lächelt und küsst Louises Nacken. Es missfällt ihm im Grunde gar nicht, dass sie ihn zeigt, ihren Arsch.

## KARL UND LÉA

Karl und Léa haben jede Menge Päckchen auf den Küchentisch gelegt. Vierzig sind es, denn heute Morgen wird Anna vierzig Jahre alt. Päckchen in allen Formen und Farben, in Kreppapier, in Samt, in Seidenpapier gewickelt. Eine echte Überraschung. Anna spielt mit, wie es sich gehört.

– Pack aus, Mama, pack aus, schreien Karl und Léa, während Stan den kleinen Geburtstagskuchen in vier Stücke teilt, nachdem Anna die Kerzen ausgepustet hat.

Anna öffnet die Päckchen, immer abwechselnd ein großes und ein ganz kleines. Hier ein knallrot bemalter Kieselstein mit einem goldenen A darauf. Dort ein Bild von Léa, das Anna vorsichtig auffaltet. Ein Ingwerkeks, den sie sofort aufisst. Ein parmafarbenes Haarband. Eine rote Rose, die sie schnell in eine Vase steckt. Eine Herzdame, die Karl gemalt hat ... Anna will ein Päckchen mit Sternchenpapier auspacken, aber Karl und Léa protestieren, verlangen, dass sie es erst ganz am Ende öffnet. Sie lächelt. Ein kleines Teeglas. Ein Ritter aus Plastik, «um sie zu verteidigen», wie Léa erklärt ...

Ein Päckchen ist anders als alle anderen, kleiner, regelmäßiger und auch kostbarer verpackt. Sie hat es gesehen, will den Moment hinauszögern, aber Stan schiebt es mit dem Finger zu ihr hin.

– Mach es auf, sagt er. Herzlichen Glückwunsch zum Geburtstag, mein Liebes.

Anna weiß, dass es ein Schmuckstück ist, gewiss ein Ring,

gewiss ist er prächtig, gewiss ist er wahnsinnig teuer. Sie schaut ihren Mann mit glänzenden Augen an und schüttelt den Kopf.

– Danke, haucht Anna. Das solltest du doch nicht, Stan. Du weißt auch sehr gut, warum du das nicht solltest. Das kann ich nicht annehmen, du lockst mich in die Falle. Das solltest du nicht tun.

– Still. Es ist ein Ring, keine Kette, kein Vorhängeschloss. Ich kaufe dich nicht. Das weißt du doch.

– Das Geschenk von eurem Papa mache ich später auf, Kinder.

Anna öffnet weiter die Päckchen aus Krepppapier. Um Karl und Léa nicht zu enttäuschen, lässt sie sich Zeit, aber ihr ist jede Freude vergangen, plötzlich lastet jede Sekunde schwer auf ihr. Ist dies das letzte Mal, dass sie ihren Geburtstag so im Kreise der Familie feiert? In zwei Monaten wird Karl acht. Kann sie von ihm verlangen, seinen Geburtstag ohne seinen Vater zu feiern und dann ohne sie? Annas Hände zittern.

Das wichtigste Paket ist das letzte, rufen die Kinder. Sie reißt den scharlachroten Umschlag auf und findet darin ein weißes Blatt.

Léa hat die Randverzierungen gemalt, Karl hat seine Sätze mit bunten Filzstiften geschrieben.

Der Brief beginnt mit «Liebe süße kleine Mama». Es ist ein vollkommen banaler Kinderbrief, aber jedes Wort sticht Anna ins Herz. Sie liest ihn langsam, zuerst laut, dann leiser, dann im Stillen. Als sie ihn zu Ende gelesen hat, drückt sie die Kinder fest an sich. In dem Brief steht eine Frage, die sie unter Tränen beantwortet:

– Aber natürlich werde ich euch nie verlassen, meine kleinen Lieblinge. Ihr seid der größte Schatz, den ich hab im Leben. Der größte Schatz in meinem Leben.

# THOMAS UND JUDITH

Der Wind weht durch Louises blondes und weißes Haar, das sie nun wachsen lässt. Es ist ein sehr milder Wintertag an der normannischen Küste.

– Komm uns helfen, Mama, sagt Maud, Judith und ich graben ein Loch bis zum Wasser.

Thomas blinzelt im Sonnenlicht. Louise rollt sich mit ihren Töchtern im Sand, alle drei machen ihm Handzeichen. Hinter jeder von Louises Bewegungen erahnt Thomas hingerissen das verschmitzte Mädchen, das er nie gekannt hat.

Judith rennt auf ihn zu, sie möchte eine Waffel, sie nimmt ihn bei der Hand und schleift ihn zur Crêperie. Weil Thomas ihr «das Leben gerettet hat», betrachtet die Kleine ihn nun, in maliziöser Umkehrung der Logik, als ihr Eigentum. Sie wünscht sich eine Waffel mit Zucker.

Als Maud und Louise zu ihnen stoßen, fragt Judith:

– Thomas, wie hast du Mama kennengelernt?

Judith senkt dabei nicht den Blick, sie will es wissen. Ihre Wange ist ganz weiß vom Zucker. Thomas wischt ihn mit der Serviette ab. Maud hört aufmerksam zu.

– Ich überlasse es dir, es ihnen zu erklären, sagt Louise. Erzähle es ihnen vor allem genau. Ich komme sofort zurück. Und bestell mir bitte einen Tee.

Thomas erzählt auf seine Weise. Er versucht, präzise zu sein, er spricht vom ersten Abend, dem ersten Mailwechsel, er erzählt sogar vom Leguan auf den Galapagos, dessen Skelett schrumpft, wenn er nicht genug zu essen hat. Aber Judith interessiert sich überhaupt nicht für das Reptil.

– Und du hast dich sofort in Mama verliebt?

– Ich glaube, ja, lächelt Thomas, und korrigiert sofort: Ich bin sogar sicher.

– Und du wusstest von Papa?

– Ja, antwortet Thomas genauso offen, wie die Frage gestellt war.

Louise ist zurück, sie nimmt seine Hand:

– Wisst ihr, meine Süßen, ich hab euch ja gesagt, es gab viele Dinge, die zwischen eurem Papa und mir nicht mehr stimmten. Wir waren einmal sehr glücklich zusammen, und der Beweis dafür ist, dass es euch beide gibt, aber seit ein paar Jahren waren wir nicht mehr glücklich, auch wenn man das nicht so sehen konnte. Und dann habe ich Thomas kennengelernt, ich habe mich ganz schrecklich in ihn verliebt – ja, trotz seiner grauen Haare, ich weiß –, und da ist mir alles klargeworden.

– Was stimmte denn nicht mehr, Mama?, fragt Judith weiter.

– Zum Beispiel wollten euer Papa und ich zusammen kein weiteres Kind mehr, aber ich hatte trotzdem noch Lust auf ein Baby.

– Du hast Lust auf ein Baby, Mama?, wiederholt Judith.

– Ja, ganz große Lust. Euer Papa kann in fünf oder zehn Jahren noch eins kriegen. Aber ich bin eine Frau, das ist nicht dasselbe. Ich bin vierzig, und wenn ich nicht bald eins bekomme, kann ich überhaupt keins mehr kriegen, weil ich zu alt bin, und dann wäre ich furchtbar traurig. Versteht ihr das, Kinder?

– Ja, Mama, sagt Judith sehr konzentriert.

Maud nickt. Louise trinkt eine Tasse Tee.

– Na ja, ich glaube, wir haben es geschafft, Thomas und ich.

Wir werden sehr bald alle zusammen in ein größeres Haus umziehen müssen. Ich bin schwanger. Ich habe ein Baby im Bauch.

Thomas schaut Louise entgeistert an. Sie hatte ihm nichts gesagt. Sie küsst ihn sanft auf die Schläfe, nimmt Judith auf den Schoß.

– Ich weiß es seit genau drei Minuten. Ich bin eben in die Apotheke gegangen, um einen Test zu kaufen.

– Und sagt der Test auch, ob das Baby ein Schwesterchen oder ein Brüderchen wird?, fragt Maud.

– Nein, mein Liebling. Er zeigt einfach nur an, dass ich schwanger bin. Und ich bin sehr froh darüber. Das Baby kommt in siebeneinhalb Monaten zur Welt.

– Im September?, fragt Thomas.

Louise nickt.

– Sag mal, Mama, fragt Judith ganz besorgt.

– Ja, mein Häschen. Ich höre.

– Sag mal, könnte ich noch eine Zuckerwaffel haben?

# ANNA

An der weißen Wand von Karls und Léas Kinderzimmer drehen sich Drachen und Hexen, Sternschnuppen und Planeten im Kreise. Unter allen anderen mit Blumen- und Tiermotiven hat Léa diese Nachtlampe ausgesucht. Anna war eher dagegen, aber Léa hatte sie daran erinnert, dass Drachen und Hexen nicht wirklich existieren, dass man davor keine Angst zu haben braucht, und die Rationalität dieses Arguments hatte ihre Mutter überzeugt.

– Ihr müsst jetzt schlafen, Kinder, sagt Anna.

Aber Karl und Léa sind nicht müde. Léa hüpft auf dem Bett herum und verlangt eine Geschichte. Anna nimmt die große illustrierte Ausgabe von *Alice im Wunderland* aus dem Regal. Sie liest einige Minuten lang. Léa schläft als Erste ein, sie atmet friedlich. Für Karl liest sie noch ein wenig weiter. Mitten auf der Seite grinst eine große rote Katze.

– Da kommt Alice, liest Anna mit sanfter Stimme, an eine Weggabelung und sieht die Grinsekatze, die in einem Baum sitzt. Sie fragt sie sofort:

– Welchen Weg muss ich nehmen?

– Wohin willst du gehen?, entgegnet die Katze.

– Ich weiß es nicht, antwortet Alice.

– Dann, sagt die Katze, ist es ohne Bedeutung.

Karl ist eingeschlafen. Eine blaue Hexe schwingt sich auf ihrem Besen Richtung Türe, als Anna das Licht ausschaltet.

Ja, überlegt Anna, die Katze hat recht. Wenn man nicht weiß, wohin man gehen will, ist der Weg ohne Bedeutung.

## ROMAIN

From: romain.vidal@parisdescartes.fr
To: danielreynolds@stanford.edu
Subject: associate professor

Pr. Daniel P Reynolds
Leland Stanford Junior University
Dpt. of Developmental Biology

Dear Daniel,
ich freue mich sehr, Dir heute mit dieser raschen Mail bestätigen zu können, dass ich sehr gerne für sechs Monate die Stelle als Associate Professor annehmen und die Leitung des Projekts *HumanL@nguage* übernehmen möchte, von der wir in Stockholm gesprochen haben.
In meiner nächsten Mail gebe ich Dir die Daten der Wochen, in denen ich nach Frankreich zurückreisen werde, damit die Stundenpläne in der Universität ab sofort entsprechend angepasst werden können. Mit John habe ich bereits die Fragen betreffend meine Unterbringung besprochen. Ich habe geplant, nächste Woche anzureisen, um meine ersten Vorlesungen abzuhalten.
Ich freue mich schon darauf, zusammen mit John und Marina in Deinem Team zu arbeiten.
Mit sehr herzlichen Grüßen
Romain Vidal

# YVES UND ANNA

Am Métro-Ausgang Rennes hält Yves Ausschau nach Anna. Er sieht sie nicht. Sie steht ganz einfach auf dem gegenüberliegenden Trottoir. Sie wundert sich, dass er sie nicht gesehen hat. Das bedeutet, dass seine Augen schlechter sind, als sie gedacht hätte.

Sie spazieren bis zu einem Café, wo sie sich auf der Terrasse niederlassen. Yves mag keine Terrassen, denn unter dem Vorwand, den Blicken ausgesetzt zu sein, gibt Anna sich dort immer distanziert, unberührbar. Es ist von vornherein klar, und sie wissen es beide, dass es etwas Unausgesprochenes zwischen ihnen gibt. Aber zunächst erzählt Anna ihm vom gestrigen Abend, den sie bei Freunden verbracht hat. Sie redet vom Urkommunismus, von einem Buch über Kindererziehung, das man schreiben müsste, und Yves betrachtet sie mehr, als dass er ihr zuhörte. Er schaut sie an und stellt sich Fragen über seine eigenen Gefühle, über sein Verlangen, über die Trennlinie zwischen Illusion und Wahrheit. Er weiß, dass sie ihn verlassen wird, jetzt, da ihm alles so glasklar erscheint.

Anna spricht von ihrem Mann, den «unvergänglichen» – dieses Adjektiv benutzt sie – Banden zwischen ihnen, und plötzlich sagt sie:

– Yves, ich werde es niemals schaffen, Yves zu verlassen.

Yves grinst über den Lapsus, aber es ist ihm natürlich klar, dass sie Yves sehr wohl wird verlassen können.

Er wiederholt nicht, was schon tausendmal gesagt worden ist. Vielleicht würde es ihm ja hier und jetzt gelingen, es noch besser zu formulieren, aber wozu? Man kann nicht Tag für Tag stets neue Umschreibungen drehen und wenden.

Trotzdem sagt er ihr:

– Du verlässt mich, weil du dich nie dazu durchringen konntest, uns das Almosen einer Zukunft zu schenken. Es gibt eine unsichtbare Wand, gegen die du immer wieder gestoßen bist, wie ein Schmetterling, der gegen eine Fensterscheibe fliegt. Ich hätte es wissen müssen, die Zukunft war nicht für mich bestimmt: In jedem deiner Briefe hast du sie in den Konjunktiv gesetzt.

Anna sagt nichts, Yves fährt fort:

– Du hast auf ein Zeichen aus den Wolken, einen Blitz aus heiterem Himmel gewartet, auf – was weiß ich – einen Appell des ganzen Universums, der dir die absolute Notwendigkeit bedeutet hätte, mit mir zu leben. Dieses Zeichen ist nicht eingetroffen, und es wird nie eintreffen. Nichts wird kommen, und deshalb muss ich gehen, so einfach ist das.

Sie erheben sich, er macht kein Drama daraus, er hat nie eines gemacht. Das Café, in dem sie zu Mittag essen, heißt «Der Horizont». Er weist sie lediglich auf die Ironie des Namens hin. Er reicht ihr einen Umschlag.

– Hier. Ich habe eine Villanella geschrieben.

– Eine was?

– Ein Gedicht, eine Art Ritornell, in dem die Verse eins und drei sich wiederholen ... Du kannst es später lesen.

Vorsichtig steckt sie den Umschlag in ihre Handtasche. Anna träumt von einem Mann, der mit einem einzigen Brief dem Schicksal einer Frau für immer eine andere Richtung zu geben verstünde. Gerade diese Hoffnung will Yves auf keinen Fall schüren.

Nun, da sie zu ihrem Auto gehen, da sie sich wirklich getrennt haben, ist das Glück, noch in Annas Nähe zu sein, so groß, dass er es bis zum letzten Augenblick behütet, dass es ihm untersagt, vollkommen unglücklich zu sein. Ein kurzes Streicheln der Hand, ein Kuss auf die Wange, und immer noch ihr Parfüm. Das wird seine letzte sinnliche Erinnerung an Anna Stein sein. Als er sich von ihr abwendet, sich von ihr entfernt, zerreißt ihn die Trauer, frisst sich die Leere in ihn hinein.

Truman Capote war nicht in der Lage, *Kaltblütig* zu beenden, solange das Todesurteil an Perry Smith und Dick Hickock noch nicht vollstreckt war. Er ist nicht in der Lage, weiter am *Abchasischen Domino* zu arbeiten, solange ihre Geschichte andauert. Dieses Buch, das von ihnen handelt, wird er im Präsens schreiben. Das Präsens war ganz entschieden ihre Zeit, sie waren *präsent.* Das Wort bedeutet natürlich auch Geschenk. Es wird eines sein.

Hinter ihm hat Anna sich, ohne dass er es bemerkt hätte, umgeschaut. Sie beobachtet, wie er sich entfernt. In der Vitrine, zwei Schritte von ihr entfernt, hängt ein hübsches, kurzes, dekolletiertes Kleid aus blauer Baumwolle, mit gerafften Ärmeln und einem hauchdünnen Volant aus dunkelblauem Tüll. Yves biegt an der Ecke ab, Anna hat so große Lust zu weinen, dass sie in die Boutique geht. Sie probiert das Kleid an. Es steht ihr richtig gut.

## THOMAS UND PIETTE

Auf dem einzigen Foto, das Thomas von Piette aufbewahrt hat, sind ihre Beine für immer lang und gebräunt. Die anderen Aufnahmen, die er von ihr gemacht hat, darunter auch diese Nacktaufnahmen, für die sie gerne Modell stand, hat Thomas im Kamin verbrannt. Bevor er sie ins Feuer warf, hat er jedes einzelne Foto leise beschrieben: «Piette auf einer Steinbank sitzend, nackt, mit aufgestellten Fußspitzen, gespreizten Oberschenkeln, ihr Geschlecht ist sehr gut zu sehen, die Ellbogen sind auf die Knie, der Kopf in die Hände gestützt, sie schaut lachend in die Linse» ... Oder auch: «Piette in der Badewanne, das Kinn liegt auf dem weißen Emailrand, ihr Po taucht aus dem Schaum auf, und auch ein Fuß.»

Die Flammen haben nichts übrig gelassen. Dieses eine Foto, das Thomas nicht hat verbrennen wollen, soll alle Piettes in sich vereinen. Sie liegt ausgestreckt auf dem Bett, in einem weißen Baumwollkleid, ein Fuß baumelt in der Luft, und sie liest die Rede, die ein Freund anlässlich ihrer Verlobung geschrieben hat. Das war keine echte Verlobung, aber Piette hatte es groß aufgezogen und fünfzig Freunde in das provenzalische Landhaus ihrer Eltern eingeladen.

Der Sommer ist früh angebrochen, es geht eine warme Brise, und der Himmel ist, wie es sich gehört, himmelblau. Auf dem Tisch stehen Körbe mit Aprikosen, Kirschen, Pfirsichen.

– Komm, flüstert Piette Thomas ins Ohr, als der Kaffee serviert wird.

In den wenigen Tagen in der Provence hat ihre Haut Farbe bekommen, ihr Haar ist heller geworden, und Nase und Schultern sind mit Sommersprossen übersät. Sie ist schwanger: Unter dem Kleid sind ihre kleinen Brüste schwerer und fester, die Brustwarzen größer geworden, und sobald sie allein sind, streichelt Thomas sie gerührt. Die Engel haben ein Geschlecht und Brüste.

– Komm, wiederholt Piette.

Sie nimmt ihn bei der Hand und zieht ihn auf einen Weg zwischen den Zypressen. Er führt zu einem kleinen, fast ausgetrockneten Bach, der über große Kalksteinplatten fließt. Lange spazieren sie inmitten von Barbarakraut, Levkojen, Zylinderputzer. Piette kennt die Namen aller Pflanzen. An der Wegbiegung ergießt sich der Bachlauf in ein gekacheltes Becken im römischen Stil.

– Als ich klein war, bin ich immer hierhergekommen, sagt Piette. Ich habe Aquarelle gemalt. Ich habe immer nur Raupen, Hundertfüßer und Pillendreher gezeichnet, kannst du dir das vorstellen?

Ja, Thomas zweifelt keine Sekunde daran. Kein Mädchen auf der Welt ist seltsamer als seine Piette. Später wird er einen Hirschkäfer einrahmen, den sie mit dreizehn Jahren gezeichnet hatte.

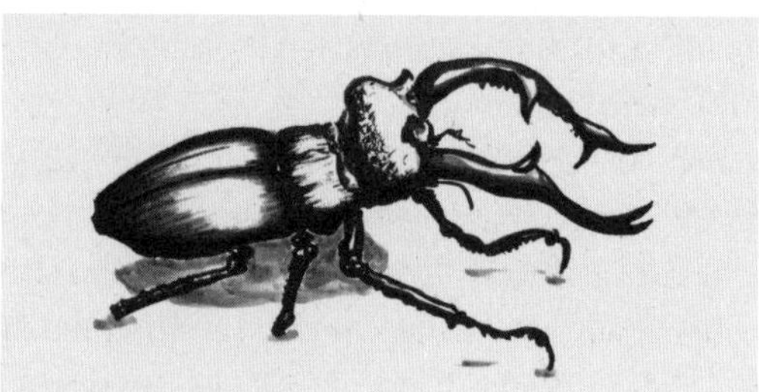

– Glaubst du, dass wir glücklich sein werden, Thomas? Erzähl unser Leben, erzähl.

Thomas erzählt. Die Geburt von Daniel (oder Claire), die durchwachten Nächte, in denen sie im Halbdunkel plaudern, sich lieben, sich darüber streiten, wer dran ist mit dem Fläschchengeben, die ersten Schritte, die ersten Worte, auch dass sie gemeinsam alt werden, ohne sich zu fürchten. Er spricht von den Hochhäusern aus Glas und Stahl, die Piette, die große Architektin, in London, Berlin und Tokio bauen wird. Piette sagt: «Und auch Métros, Thomas, ich möchte Métros bauen.» Métros. Einverstanden.

Piette hat sich ins trockene Gras gelegt, ihre Augen sind geschlossen, damit sie Thomas besser zuhören kann, wie er mit seiner sanften und warmen Stimme die Jahre ablaufen lässt, die sich ankündigen. Er sagt: «Wir werden verreisen, wir werden unsere Kinder auf die griechischen Inseln mitnehmen.» Piette fragt: «Wirst du ihnen die *Odyssee* vorlesen?», «Wirst du ihnen die Delfine zeigen und die fliegenden Fische?», «Werde ich Claire im Ägäischen Meer das Schwimmen beibringen?» Ja, ja, antwortet Thomas jedes Mal.

Dann steht Piette wieder auf, sie gehen um das Bassin herum, Piette umschlingt Thomas. Das Wasser fließt über einen Auslauf im Beckenrand ab. Sie folgen dem Bachlauf bis zur Strauchheide und einem steinernen Aquädukt, eine Art Pont du Gard im Kleinformat.

Der Aquädukt führt über eine kleine Unwetterschlucht und leitet das Wasser bis zur großen Zisterne von Saint-Anselme de Montaîgu. Die Brücke ist viel zu schmal, um darauf aneinander vorbeigehen zu können, sechs oder sieben Meter tiefer die weißen Felsen. Piette hat sich auf der Brustwehr ein paar

Meter weit vorgewagt. Thomas ist stehen geblieben, er streckt die Hand nach ihr aus, aber sie ist schon zu weit entfernt.

– Hör auf, Piette. Das ist gefährlich.

Sie dreht sich um, steht auf der steinernen Brücke, die Füße ganz nah am Abgrund. Ihre Stimme ist sanft, und gerade diese Sanftheit erschreckt Thomas.

– Glaubst du, dass ich unser Kind erziehen kann, unsere Kinder? Ich bin krank, wie du weißt.

– Ich weiß, Piette.

Ja, Thomas weiß. Manisch-depressive Psychose, bipolare Störung, Hypomanie, Zyklothymia, er hat all diese Begriffe mit Piette gelernt. Er kennt auch jedes Etikett auf den Schachteln in diesem kleinen Koffer, der sie überallhin begleitet, Lithiumnitrat, Lamotrigin, Benzodiazepin und viele andere mehr.

– Komm zurück, Piette. Bitte.

– In mir ist ein großes Durcheinander. In meiner Unordnung gibt es einen Teil, der die anderen nicht um ihre Ordnung beneidet, und zu meinem Unglück gibt es auch diesen anderen Teil, der sie darum beneidet. Glaubst du, dass ich eines Tages glücklicher sein kann als heute?

– Ich schwöre es dir, meine Piette. Komm zurück.

– Du gibst mir Ruhe, Thomas, und ich liebe dich, und meine Eltern lieben dich auch, sie wollen, dass du mich rettest, weil sie es nie geschafft haben. Warum habe ich manchmal so viel Lust zu leben und auch, schon tot zu sein? Warum?

– Ich liebe dich Piette, du machst mir Angst.

– Ich will nicht sterben. Ich schwöre es dir.

Piette greift nach Thomas' Hand, er zieht sie an sich, schließt sie fest in seine Arme, der Abgrund ist weit entfernt. Tränen fließen über ihrer beider Wangen. Sie zittert noch.

– Wenn die Krankheit mich umbringt, kümmerst du dich dann um die Kinder, Thomas?

– Sei still, Piette. Wir werden in fünfzig Jahren wiederkommen und uns diesen Aquädukt mit unseren Kindern und Enkeln anschauen.

– Und auch mit unseren Urenkeln?

Piette fröstelt, sie schweigt. Sie gehen zum Landhaus zurück, zur Feier, wo schon getanzt wird. Thomas dreht sich um und betrachtet den steinernen Aquädukt, die Schlucht und die Ölbäume in der Sonne, fast schon ein Cezanne. Er sieht dies alles zum letzten Mal.

All seine Liebe wird seine Piette nicht retten und auch ihre Melancholie nicht besiegen können. Fünfundzwanzig Jahre lang war der ganze Weg, den Thomas durchlaufen hat, nur darauf ausgerichtet, zielte seine ganze Wissenschaft und Kunst nur darauf ab: das Leben einer jungen Toten zu retten. Die Analyse hat ihm geholfen, Boden unter die Füße zu bekommen, aber akzeptiert hat er es niemals.

Thomas stellt das Foto auf seinen Schreibtisch zurück. Wenn Piette sich in diesem Augenblick zu ihm hindrehte, sähe sie ein zärtliches Lächeln auf den Lippen ihres Thomas'. Irgendetwas hat sich verändert, denn jetzt kann er sich auch leichten Herzens an sie erinnern.

# EPILOG

Zeit wird vergangen sein. Sie wird ihr Werk verrichtet haben. Ein Jahr, zwei Jahre, vielleicht mehr.

Es ist ein Abend im *New Morning*, in Paris. Yves Janvier wird das *Abchasische Domino*, das jetzt anders heißt, beendet haben. Er wird Annas Rat befolgt haben: Die Liebe wird im Titel stehen. Mit diesem Buch, oder irgendeinem anderen, wird er – wie sein neuer Verleger sagen wird – *sein* Publikum finden. Diese Feier wird anlässlich des Erscheinens stattfinden.

Alle anderen werden auch da sein. In alphabetischer Reihenfolge, denn irgendeine Ordnung muss sein: Anna, Louise, Romain, Stan, Thomas. Für die Anwesenheit eines jeden wird es einen guten Grund geben.

Anna wird ihre Einladung eine Woche zuvor, an einem Samstagmorgen in der Rue Érasme erhalten haben. Da Annas Name und Adresse aufgedruckt sind, wird Stan ganz aus Gewohnheit den anonymen Briefumschlag geöffnet haben. Der Name Yves Janvier wird ihn zunächst stutzig machen, dann wird er sich fangen und seiner Frau die Einladungskarte reichen, ohne sich etwas anmerken zu lassen. Sie wird ihre Tasse abstellen, und er wird sehen, dass sie sich ihrerseits genauso unbeteiligt gibt. Er wird ihr für diese taktvolle Lüge dankbar sein. Anna wird lediglich sagen:

– Yves Janvier? Das ist ein Freund. Ich gehe hin.

Aber die Aussprache seines Namens wird ihr einen Schauer über den Rücken jagen.

Aus Provokation wird Stan sagen:

– Ich gehe mit. Wir werden jemanden für die Kinder bestellen.

Anna wird nichts hinzufügen. Sie wird von etwas anderem sprechen. Eine Minute später wird sie ihre Tasse fallen lassen.

Louise wird Thomas begleiten. Er wird Yves im Jahr zuvor im Anschluss an eine Lesung kennengelernt haben, als er ihn um eine Widmung bat. Der Schriftsteller wird, als er den Namen hörte, zu ihm aufgeblickt und mit einem ironischen Lächeln auf den Lippen gesagt haben:

– Sie sind nicht etwa der Analytiker einer Freundin?

– Sie hat ihre Analyse beendet, wird Thomas' Antwort lauten.

Die beiden Männer werden von nun an Freunde sein, wirkliche Freunde. Aber jedes Mal, wenn Yves ihm von Anna erzählen wird, von dieser Wehmut, die nicht sterben will, wird Thomas sich sehr bedeckt halten.

Was Romain angeht, so wird es für seine Anwesenheit eine einfache Erklärung geben. Er wird seit kurzem Herausgeber einer populärwissenschaftlichen Reihe im selben Verlagshaus sein, in dem auch Yves' Bücher erscheinen. Er wird überrascht sein, bei dieser Feier Louise über den Weg zu laufen. Er wird mit dem Gedanken spielen, wieder zu heiraten. Die zukünftige Madame Vidal wird Natalja Wassiljewna heißen und neunundzwanzig Jahre alt sein. Louise wird sich, ohne sie zu kennen, darüber ärgern. Die Zukunft wird ihr teilweise recht geben.

Nach den Stegreifreden, sobald die Musiker der Klezmer-Kapelle, sie sind Freunde von Yves, aufs Podium steigen, wird Anna sich entschuldigen und für einen kurzen Moment verschwinden. Sie wird, wenn sie endlich allein ist, in ihrer

Handtasche wühlen und einen alten, ziemlich verschlissenen Umschlag hervorholen. Darin steckt ein Gedicht, das sie schon oft gelesen hat.

Eine Villanella wollt' ich singen
Über die Zeit, die ohne Spur verweht
Für Anna auf ihren Taubenschwingen

Schmerz und Zeit sich oft bedingen
Und auch die Liebe, zart, unstet
Eine Villanella wollt' ich singen

Wie soll das Leben mir gelingen
Der Mut erwächst aus eig'nem Beet
Für Anna auf ihren Taubenschwingen

Ich kann mit Dämonen ringen
Habe Schonung nie erfleht
Eine Villanella wollt' ich singen

Treueschwür' verklingen
Wo Lust, Begehr durchs Leben geht
Für Anna auf ihren Taubenschwingen

Man muss das Dornental durchdringen
Wo Dylan Thomas' Schatten steht
Eine Villanella wollt' ich singen
Für Anna auf ihren Taubenschwingen

Aber jetzt kein Wort mehr über Liebe.

LESEPROBE

Hervé Le Tellier

# Die Anomalie

ROMAN

Aus dem Französischen von Jürgen und Romy Ritte

ROWOHLT ERSCHEINUNGSTERMIN SEPTEMBER 2021

Im März 2021 fliegt eine Boeing 787 auf dem Weg von Paris nach New York durch einen elektromagnetischen Wirbelsturm. Die Turbulenzen sind heftig, doch die Landung glückt. Allerdings: Im Juni landet dieselbe Boeing mit denselben Passagieren ein zweites Mal. Im Flieger sitzen der Architekt André und seine Geliebte Lucie, der Auftragskiller Blake, der nigerianische Afro-Pop-Sänger Slimboy, der französische Schriftsteller Victor Miesel, eine amerikanische Schauspielerin. Sie alle führen auf unterschiedliche Weise ein Doppelleben. Und nun gibt es sie tatsächlich doppelt – sie sind mit sich selbst konfrontiert, in der Anomalie einer verrückt gewordenen Welt.

Eine brillante Mischung aus Thriller, Komödie und großer Literatur. Hochkomisch und teuflisch intelligent spielt der Roman mit unseren Gewissheiten und fragt nach den Grenzen von Sprache, Fiktion und Leben. Facettenreich, weltumfassend, ein literarisches Ereignis.

**Weitere Informationen finden Sie unter *www.rowohlt.de***

# I
# Schwarz wie der Himmel
***(März – Juni 2021)***

> Es gibt etwas Wunderbares, das stets über das Wissen, die Intelligenz und selbst das Genie herausragt, und das ist das Unverständnis.
>
> Die Anomalie
> *Victør Miesel*

## Blake

Jemanden umlegen, das ist noch gar nichts. Man muss beobachten, überwachen, nachdenken, sehr viel nachdenken, und im entscheidenden Augenblick eine Leere schaffen. Das ist es. Eine Leere schaffen. Es hinbekommen, dass das Universum sich zusammenzieht, sich so lange zusammenzieht, bis es sich auf den Gewehrlauf oder die Messerspitze verdichtet. Das ist alles. Sich keine Fragen stellen, nicht von der Wut leiten lassen, ein Protokoll erstellen, methodisch vorgehen. Blake kennt sich da aus, und das schon seit so langer Zeit, dass er gar nicht mehr weiß, seit wann er sich auskennt. Der Rest kommt dann ganz von alleine.

Blake bestreitet sein Leben mit dem Tod der anderen. Bitte, keine Moralpredigten. Wenn Sie mit Ethik anfangen, antwortet er mit Statistik. Denn – mit Verlaub, sagt Blake – wenn ein Gesundheitsminister das Budget kürzt, hier einen Scanner streicht, dort einen Arzt und da noch eine Intensivstation, dann dürfte ihm doch klar sein, dass er damit die Existenz von ein paar tausend Unbekannten erheblich verkürzt. Verantwortlich, aber nicht schuldig. Das alte Lied. Blake ist das Gegenteil. Und überhaupt, er hat sich nicht zu rechtfertigen, es ist ihm egal.

Töten, das ist keine Berufung, das ist eine Veranlagung. Ein Geisteszustand, wenn Ihnen das lieber ist. Blake ist elf Jahre alt und nennt sich noch nicht Blake. Er sitzt neben seiner Mutter im Peugeot auf einer kleinen Landstraße bei Bordeaux. Sie fahren nicht wirklich schnell, ein Hund kreuzt die Straße, der Aufprall bringt sie kaum aus der Spur, die Mutter schreit auf, bremst, viel zu heftig, der Wagen schlingert, der Motor säuft ab. Bleib im Auto, Liebling, um Gottes willen, bleib brav im Auto. Blake gehorcht nicht, er folgt seiner Mutter. Es ist ein grauhaariger Collie, der Zusammenstoß hat ihm den Brustkorb eingedrückt, sein Blut fließt über den Straßenrand, aber er ist nicht tot, er winselt, es hört sich an wie ein jammerndes Baby. Die Mutter ist panisch, läuft in alle Richtungen, hält ihre Hände vor Blakes Augen, stammelt zusammenhanglose Wörter, sie will einen Krankenwagen rufen, Aber Mama, das ist ein Köter, nichts als ein Köter. Auf dem rissigen Asphalt hechelt der Collie, sein gebrochener, verdrehter Körper krümmt sich in einem bizarren Winkel, Zuckungen, die langsam schwächer werden, durchrütteln ihn, er agonisiert unter Blakes Augen, und Blake beobachtet interessiert, wie das Leben aus dem Tier entweicht. Es ist zu Ende. Der Junge mimt ein wenig Trauer, das heißt, er mimt das, was er für Trauer hält, damit seine Mutter sich keine Fragen stellt, aber er verspürt nichts. Die Mutter steht noch immer da, wie zu Eis gefroren vor dem kleinen Leichnam, Blake verliert die Geduld, zieht sie am Ärmel, Los, Mama, es bringt nichts hierzubleiben, er ist jetzt tot, gehen wir, ich komm zu spät zum Fußball.

Töten, das meint auch Fertigkeiten. An dem Tag, da sein Onkel ihn mit auf die Jagd nimmt, stellt Blake fest, dass er alles hat, was er braucht. Drei Schüsse, drei Hasen, eine Art Begabung. Er zielt schnell und genau, er weiß sich mit den schlimmsten verrotteten Karabinern abzufinden, mit den am schlechtesten justierten Gewehren. Die Mädchen schleppen ihn mit auf die Kirmes, Hey, bitte, ich will die Giraffe, den Elefanten, den Game Boy, ja, genau, noch mal! Und Blake verteilt Plüschtiere, Spielekonsolen, er wird zum Schrecken der Schießbuden, bevor er sich dafür entscheidet, diskret zu agieren. Blake gefällt auch, was Onkel Charles ihm beibringt, Rehen die Kehle durchtrennen, Hasen aufbrechen. Verstehen wir uns richtig: Er empfindet keinerlei Vergnügen beim Töten oder wenn er einem waidwunden Tier den Rest gibt. Er ist kein perverser Wüstling. Nein, was ihm gefällt, das sind die technischen Handgriffe, die reibungslose Routine, die sich kraft steter Wiederholung einstellt.

Blake ist zwanzig Jahre alt und unter einem sehr französischen Namen, Lipowski, Farsati oder Martin, an einer Hotelfachschule in einer kleinen Stadt in den Alpen eingeschrieben. Doch Vorsicht, das ist keine Verlegenheitswahl, er hätte egal was machen können, er hatte auch Spaß an Elektronik, am Programmieren, er war sprachbegabt, Englisch zum Beispiel, gerade einmal drei Monate bei Lang's in London, und er sprach fast akzentfrei. Aber was Blake am meisten gefällt, das ist Kochen. Wegen der Momente im Leerlauf, in denen man ein Rezept ersinnt, wegen der Zeit, die ohne Hast verstreicht, selbst inmitten des fieberhaften Treibens in einer Küche, der langen stillen Sekunden, in denen man zuschaut, wie die Butter in der Pfanne zerläuft, die Zwiebeln glasig werden, ein Soufflé aufgeht. Er liebt den Duft der Gewürze, er liebt es, auf den Tellern ein Arrangement von Farben und Geschmacksnoten zu kreieren. Er hätte der brillanteste Eleve der Schule sein können, aber scheiße noch mal, ehrlich, Lipowski (oder Farsati oder Martin), es könnte nicht schaden, wenn Sie nur ein wenig freundlicher zu den Gästen wären. Das ist ein Dienstleistungsgewerbe, Dienstleistung, merken Sie sich das, Lipowski (oder Farsati oder Martin)!

Eines Abends erklärt ihm ein ziemlich betrunkener Typ in einer Bar, dass er jemand anderen umbringen lassen will. Er hat gewiss einen guten Grund dafür, irgendwas mit dem Job, mit einer Frau, aber Blake schert sich nicht drum.

– Würdest du das machen, für Kohle?

– Du bist verrückt, antwortet Blake. Total verrückt.

– Ich zahle, und zwar anständig.

Er schlägt eine Summe mit drei Nullen vor. Blake amüsiert sich.

– Nicht doch, soll das ein Witz sein?

Blake trinkt langsam, lässt sich alle Zeit. Der Typ ist auf dem Tresen zusammengesackt, er schüttelt ihn.

– Hör zu, ich kenne jemanden, der es machen würde. Fürs Doppelte. Ich bin ihm noch nie begegnet. Morgen sage ich dir, wie du ihn erreichen kannst, aber dann zu mir kein Wort mehr darüber, okay?

In dieser Nacht erfindet Blake Blake. Wegen William Blake, den er gelesen hat, nachdem er *Roter Drache* gesehen hatte, den Film mit Anthony Hopkins, und weil ihm ein Gedicht gefiel: «In die gefährliche Welt ich sprang: / hilflos, nackt, laut wimmernd: / wie ein böser Geist versteckt in einer Wolke». Und außerdem: Blake, black, Lack – und klack!

Schon am nächsten Tag beherbergt ein nordamerikanischer Server die in einem Genfer Internetcafé geschaffene Mailadresse eines gewissen blake.mick.22, Blake kauft gegen Barzahlung einem Unbekannten einen gebrauchten Laptop ab, besorgt sich ein altes Nokia und eine Prepaid-SIM-Karte, einen Fotoapparat, ein Teleobjektiv. Nachdem die Ausrüstung komplett ist, liefert der angehende Koch dem Typ den Kontakt dieses «Blake», «ohne Garantie, dass die Adresse noch funktioniert», und er wartet. Drei Tage später schickt der Mann aus der Bar Blake eine windungsreiche Nachricht, aus der hervorgeht, dass er der Sache nicht traut. Er stellt Fragen. Sucht nach dem Fehler im System. Lässt manchmal einen Tag zwischen zwei Mailwechseln verstreichen. Blake spricht von Zielvorgabe, von Logistik, von Lieferzeiten, und diese Vorsichtsmaßnahmen wiegen ihn endlich in Sicherheit. Sie einigen sich, Blake verlangt die Hälfte als Vorschuss: Jetzt sind es schon vier Nullen. Als der Mann ihm seinen Wunsch offenbart, es möge nach einer «natürlichen Ursache» aussehen, verdoppelt Blake die Summe und verlangt einen Monat Zeit. Nunmehr davon überzeugt, dass er es mit einem Profi zu tun hat, akzeptiert der Mann alle Bedingungen.

Es ist sein erstes Mal, und Blake spielt alles durch. Er ist bereits äußerst sorgfältig, vorsichtig, erfinderisch. Er hat schon so viele Filme gesehen. Man macht sich keine Vorstellung davon, was die Auftragskiller den Szenaristen in Hollywood verdanken. Schon zu Anfang seiner Karriere empfängt er die vereinbarte Summe, die Informationen zu seinem Auftrag in einem Plastikbeutel, der an einem von ihm zuvor festgelegten Ort abgelegt wird: ein Bus, ein Fast-Food-Restaurant, eine Baustelle, eine Mülltonne, ein Park. Er vermeidet allzu abgelegene Winkel, in denen man nur ihn sähe, allzu stark bevölkerte, in denen er niemanden ausfindig machen könnte. Er wird stets Stunden im Voraus zur Stelle sein, um die Umgebung zu erkunden. Er wird Handschuhe tragen, eine Kapuze, einen Hut, eine Brille, sich die Haare färben, lernen, wie man sich einen falschen Bart anklebt, die Wangen höhlt, sie bläht, er wird Dutzende von Nummernschildern aus aller Herren Länder zur Verfügung haben. Mit der Zeit übt Blake sich im Messerwerfen, je nach Distanz half spin oder full spin, er macht sich mit der Herstellung einer Bombe vertraut, mit der Extraktion eines nicht nachweisbaren Gifts aus einer Qualle, er weiß, wie man in wenigen Sekunden einen 9-mm-Browning, eine Glock 43 auseinandernimmt und zusammenbaut, er lässt sich in Bitcoins bezahlen, dieser Kryptowährung, deren Ströme nicht nachvollziehbar sind, und kauft damit auch seine Waffen. Er richtet seine Seite im Deep Web ein, und das Darknet wird für ihn eines Tages zum Kinderspiel. Denn es gibt Tutorials für absolut alles im Internet. Man braucht nur zu suchen.

Seine Zielvorgabe ist also ein Mann in den Fünfzigern, Blake bekommt sein Foto, seinen Namen, aber er beschließt, ihn Ken zu nennen. Genau, wie Barbies Ehemann. Eine gute Wahl: Ken, das ist so, als existiere er nicht wirklich.

Ken lebt allein, immerhin schon mal das, sagt sich Blake, denn bei einem verheirateten Typen, drei Kinder, hätte er nicht gewusst, wie er sich eine Gelegenheit verschaffen könnte. Bliebe noch, dass es in diesem Alter für einen natürlichen Tod nur wenige Optionen gibt: den Autounfall, das Leck in der

Gasleitung, den Herzinfarkt, den unglücklichen Sturz. Punkt. Die Bremse sabotieren, die Lenkung manipulieren, dafür fehlt Blake noch das Wissen, er weiß auch noch nicht, wie er an Kaliumchlorid kommen kann, um einen Herzinfarkt auszulösen; und jemanden mit Gas zu ersticken, dafür fehlt ihm noch die Nase. Also der Sturz. Zehntausend pro Jahr. Vor allem Alte. Aber es muss auch so gehen. Denn Ken mag zwar kein Athlet sein, aber ein Kampf kommt nicht in Frage.

Ken bewohnt ein 3 ZKDB im Erdgeschoss einer Villa in der Nähe von Annemasse. Drei Wochen lang unternimmt Blake nichts anderes als beobachten und Pläne schmieden. Mit dem Vorschuss hat er sich einen alten Renault-Lieferwagen gekauft, er hat ihn rudimentär eingerichtet, ein Sitz, eine Matratze, Zusatzbatterien für die Beleuchtung, und sich auf einem Parkplatz oberhalb der Siedlung postiert. Der Blick von dort oben geht geradewegs auf die Wohnung. Ken bricht jeden Tag gegen halb neun auf, fährt über die Schweizer Grenze, kommt gegen neunzehn Uhr von der Arbeit zurück. An den Wochenenden gesellt sich manchmal eine Frau zu ihm, eine Französischlehrerin aus dem zehn Kilometer entfernten Bonneville. Der Dienstag ist der am stärksten ritualisierte, vorhersehbarste Tag. Ken kommt früher nach Hause, bricht gleich wieder auf, um zur Gymnastik zu gehen, ist zwei Stunden später zurück, bleibt ungefähr zwanzig Minuten im Badezimmer, isst dann vor dem Fernseher zu Abend, vertändelt noch ein wenig Zeit am Computer und geht zu Bett. Also Dienstagabend. Er schickt seinem Kunden eine Nachricht im vereinbarten Code: «Montag, zwanzig Uhr?» Ein Tag früher, zwei Stunden früher. Der Auftraggeber wird für Dienstag, zweiundzwanzig Uhr, ein Alibi haben.

Eine Woche vor dem besagten Tag lässt Blake eine Pizza an

Kens Adresse liefern. Der Bote klingelt, Ken öffnet, ohne zu zögern, die Tür, diskutiert, verwundert, mit dem Angestellten, der mit seiner Schachtel wieder davonzieht. Mehr braucht Blake nicht zu wissen.

Am Dienstag darauf steht auch er mit einer Pizzaschachtel vor der Haustür, er beobachtet einen Moment lang die menschenleere Straße, streift rutschfeste Überzieher über seine Schuhe, kontrolliert die Handschuhe, wartet einen verlassenen Augenblick, um in genau dem Moment zu klingeln, in dem Ken aus der Dusche kommt. Ken öffnet im Bademantel und seufzt, als er die Pizzaschachtel in den Händen des Boten sieht. Aber bevor er auch nur ein Wort sagen kann, fällt die leere Schachtel zu Boden, und Blake rammt ihm die Läufe zweier Elektroschocker auf die Brust. Ken sinkt unter der Gewalt der Entladung in die Knie, Blake begleitet seinen Sturz und drückt ihm zehn Sekunden lang den Taser auf die Brust, bis Ken sich nicht mehr rührt. Der Hersteller sprach von acht Millionen Volt, Blake hat nur ein Gerät an sich selbst ausprobiert und wäre beinahe in Ohnmacht gefallen. Er schleift einen sabbernden, stöhnenden Ken ins Badezimmer, jagt ihm eine neue Ladung durch den Körper, um das Maß vollzumachen, und in einer einzigen schwindelerregend brutalen Bewegung, die er zehnmal an Kokosnüssen geübt hat, packt er Kens Kopf mit beiden Händen, hebt ihn an den Schläfen hoch und stößt ihn mit all seiner Kraft zurück: Der Schädel bricht an der Kante der Duschwanne, unter dem Aufprall splittert eine Raute aus der Kachelung. Sofort fließt Blut, scharlachrot und zähflüssig wie Nagellack und mit dem schönen Geruch von warmem Rost, der Mund steht offen, stumpfsinnig, die weit aufgerissenen Augen starren zur Decke hoch. Blake schlägt den Bademantel auf: Die Elektroschocks haben keinerlei Spuren hinterlassen. Der hypothetischen Falllinie folgend, wie sie ihm die Schwerkraft nach einem tragischen Ausrutscher auferlegt hätte, arrangiert Blake so gut er kann die Position des Körpers.

Und da packt ihn, als er aufsteht, um seine Arbeit zu bewundern, eine unglaubliche Lust zu pinkeln. Das hätte Blake niemals gedacht. Und es ist ja so, dass die Mörder in den Filmen nie pinkeln müssen. Der Druck ist so stark, dass er sogar in Erwägung zieht, sich in die Schüssel zu erleichtern, auch wenn er sie hinterher von Grund auf zu reinigen hätte. Aber wenn die Bullen auch nur halbwegs intelligent oder ganz einfach nur systematisch vorgehen sollten, indem sie methodisch dem Protokoll folgen, werden sie DNA vorfinden. Zwangsläufig. Das jedenfalls sagt sich Blake. Also setzt er trotz seiner ihn anflehenden Blase und grimassierend unter der Qual seinen Plan weiter um. Er greift nach der Seife, presst sie fest auf Kens Ferse, drückt eine Spur auf den Boden und schleudert sie in Richtung des angenommenen Ausrutschers fort: Die Seife prallt ab und verschwindet hinter der Toilette. Perfekt. Der Ermittler wird begeistert sein, sie zu finden, und also nur zu glücklich, das Rätsel gelöst zu haben. Blake stellt die Temperatur der Dusche aufs Maximum, dreht auf und richtet den Strahl des Duschkopfs auf Gesicht und Oberkörper der Leiche, wobei er jeden Kontakt mit dem dampfenden Wasser vermeidet, dann verlässt er das Bad.

Blake eilt zum Fenster, zieht die Vorhänge zu, inspiziert ein letztes Mal das Zimmer. Nichts weist darauf hin, dass hier ein Körper mehrere Meter über den Boden geschleift wurde, und rosiges Wasser beginnt den Boden zu überfluten. Der Computer ist an, auf dem Bildschirm ist von Rabatten gesäumter englischer Rasen zu sehen. Ken hatte einen grünen Daumen. Blake verlässt die Villa, zieht die Handschuhe aus, bewegt sich ohne Hast auf einen in zweihundert Metern Entfernung geparkten Motorroller zu. Er startet, fährt einen Kilometer, hält an, um endlich zu pinkeln. Scheiße, er hat immer noch die Überzieher aus schwarzer Baumwolle an den Füßen.

Zwei Tage später meldet sich ein beunruhigter Kollege bei der Polizei, die den Unfalltod von Samuel Tadler entdecken wird. Am selben Tag erhält Blake den Restbetrag.

All dies hat sich vor sehr langer Zeit zugetragen. Blake hat sich seither zwei Existenzen aufgebaut. In der einen bleibt er unsichtbar unter zwanzig Namen, ebenso vielen Vornamen, mit den entsprechenden Pässen aller möglichen Staaten, darunter echte biometrische, richtig, das ist einfacher, als man denkt. In dem anderen leitet er unter dem Namen Jo aus der Entfernung eine hübsche Pariser Firma, einen Lieferdienst für vegetarische Mahlzeiten, er besitzt Filialen in Bordeaux, Lyon und jetzt auch in Berlin und New York. Seine Mitarbeiterin Flora, die auch seine Ehefrau ist, und ihre beiden Kinder beklagen sich, weil er so oft – und manchmal zu lang – auf Reisen ist. Das stimmt.

***

***21. März 2021***
***Quogue, New York State***

An diesem 21. März ist Blake auf Reisen. Er läuft bei Nieselregen über den feuchten Sand. Langes blondes Haar, Bandana, Sonnenbrille, leichte Kleidung, blau und gelb, die bunt gescheckte Unsichtbarkeit des Joggers. Er ist zehn Tage zuvor mit einem australischen Pass in New York gelandet. Der transatlantische Flug war so fürchterlich, dass er tatsächlich seine letzte Stunde gekommen sah, dass er glaubte, der Himmel verlange nach Rache für all seine Aufträge. In einem endlosen Luftloch drohte ihm sogar die blonde Perücke vom Schädel zu fliegen. Und nun macht er seit neun Tagen an Zehn-Millionen-Dollar-Hütten vorbei, drunter geht nichts, seine drei Kilometer unter dem grauen Himmel von Quogue. Man hat Dünen aufgeworfen, die Straße, der Einfachheit halber, Dune Road getauft, Pinien gepflanzt und Schilfrohr, damit keine Villa von den Nachbarn eingesehen werden kann, damit keinem Besitzer ein Zweifel daran komme, dass ihm der ganze Ozean allein gehört. Blake läuft mit kurzen Schritten, gemütlich, und bremst wie jeden Tag zur gleichen Zeit plötzlich ab vor einem traumhaften, mit breiten Mammutbaumpaneelen verkleideten Bungalow mit großen Fensterfronten, dessen Terrasse über eine Treppe zum Meer führt. Er tut so, als sei er außer Atem, klappt unter imaginären Seitenstichen vornüber, hebt, auch dies wie jeden Tag, den Kopf, um von weitem einen etwas rundlichen Mann Anfang fünfzig zu grüßen, der, mit den Ellbogen auf die Balustrade gelehnt, unter dem Vordach seinen Kaffee trinkt. Ein jüngerer Mann, groß, kurzes braunes Haar, leistet ihm Gesellschaft. Er hält sich im Hintergrund, lehnt mit dem Rücken an den Holzpaneelen, wirkt besorgt, sein Blick wandert wachsam über den Strand. Unter seiner Jacke beult links ein unsichtbares Holster den Stoff. Ein Rechtshänder. Heute tritt Blake zum zweiten Mal in dieser Woche mit einem Lächeln auf sie zu, zwischen Ginster und niedrigem Gesträuch steigt er den sandigen Pfad hoch.

Blake streckt sich, gähnt, nimmt ein Handtuch aus seinem Rucksack, trocknet sich das Gesicht ab, holt dann eine Feldflasche heraus, trinkt einen großen Schluck kalten Tee, das alles in gemessenen Bewegungen. Er wartet darauf, dass der ältere Mann ihn anspricht.

– Tag, Dan. Wie geht's?

– Hi, Frank, ruft Dan-Blake zurück, der immer noch schwer atmet und dem ein vorgeblicher Krampf das Gesicht verzerrt.

– Mieses Wetter zum Joggen, sagt der Mann, der sich seit ihrer ersten Begegnung vor einer Woche einen Schnäuzer und einen grauen Bart hat wachsen lassen.

– Ich würde sogar sagen, ein mieser Tag, antwortet Blake, der fünf Meter vor ihnen stehen bleibt.

– Ich habe heute Morgen an Sie gedacht, als ich den Kurs der Oracle-Aktien sah.

– Ich will nichts davon hören. Wissen Sie, was ich für die nächsten Tage voraussagen kann, Frank?

– Nein?

Blake faltet sein Handtuch sorgfältig zusammen, verstaut es in seinem Rucksack, schiebt dann mit Sorgfalt die Feldflasche nach, bevor er flink eine Pistole herauszieht. Er schießt gleich auf den jüngeren Mann, dreimal, der Schlag wirft diesen zurück, er sackt auf einer Bank zusammen, dann dreimal auf Frank, der, verdutzt und kaum erschüttert, in die Knie sinkt und wie hingegossen an der Balustrade liegen bleibt. Jeweils zwei Einschläge in der Brust, einer mitten auf der Stirn. Sechs Schüsse in einer Sekunde, abgefeuert aus einer P226 mit Schalldämpfer, aber die Wellen haben das Geräusch ohnedies übertönt. Wieder ein Auftrag, alles glatt gelaufen. Hunderttausend leicht verdiente Dollar.

Blake steckt die SIG Sauer zurück in seinen Rucksack, klaubt die sechs Patronen aus dem Sand, betrachtet mit einem Seufzer den dahingerafften Leibwächter. Schon wieder einer von diesen Läden, die Parkwächter einstellen, sie in zwei Monaten umschulen und diese Amateure dann ins wirkliche Leben schicken. Wenn dieser arme Kerl seinen Job gemacht hat, dann hat er seinem Boss den Vornamen Dan genannt, das von weitem aufgenommene Foto vorgelegt, den Namen der Firma Oracle erwähnt, den Blake im Vorbeigehen hatte fallenlassen, und dort wird man sie beruhigt haben, nachdem man einen gewissen Dan Mitchell ausgemacht hat, Unterabteilungsleiter Logistik bei Oracle New Jersey, ein Blonder mit langen Haaren, der Blake sehr ähnlich sieht, welch Letzterer immerhin Dutzende von Organigrammen durchforstet hatte, bis er endlich unter Tausenden von Gesichtern einen plausiblen Doppelgänger fand.

Dann trabt Blake wieder los. Der jetzt stärkere Regen verwischt seine Spuren. Der Leihwagen, ein Toyota, steht in zweihundert Metern Entfernung, seine Nummernschilder sind diejenigen eines identischen Autos, das er in der Woche zuvor in den Straßen von Brooklyn ausfindig gemacht hatte. Fünf Stunden später wird er das Flugzeug nach London nehmen, dann, unter einer neuen Identität, den Eurostar nach Paris. Wenn der Rückflug weniger turbulent ausfällt als der Paris–New York vor zehn Tagen, dann ist alles perfekt.

Blake ist zum Profi geworden, er hat nie mehr Lust, unterdessen zu pinkeln.

***

***Sonntag, 27. Juni 2021, 11 h 43***
***Quartier Latin, Paris***

Fragen Sie Blake, den besten Kaffee von Saint-Germain trinkt man in dieser Eckkneipe an der Rue de Seine. Ein guter Kaffee, Blake meint ein wirklich guter Kaffee, ist ein Wunder, das aus dem engen Zusammenspiel einer exzellenten Bohne, in diesem Fall ein frisch gerösteter, fein gemahlener Nicaragua, einem gefilterten und weichen Wasser und einem Perkolator entsteht, in diesem präzisen Fall einem täglich gereinigten Cimbali.

Seit Blake nahe beim Odéon, in der Rue de Buci, sein erstes vegetarisches Restaurant eröffnet hat, ist er hier Stammgast. Wenn man schon an allem verzweifeln soll, dann wenigstens auf einer Pariser Caféterrasse. Im Viertel heißt er also Jo, für Jonathan oder Joseph oder Joshua. Selbst die Angestellten nennen ihn Jo, und sein Name erscheint nirgendwo, außer wahrscheinlich im Kapital der Holding, die der Eigner der im Handelsregister eingetragenen Firma ist. Blake hat immer einen Kult um Geheim- oder sagen wir eher Zurückhaltung getrieben, und jeder Tag beweist ihm, dass er damit recht hatte.

Hier bewegt sich Blake mit offenem Visier. Er geht einkaufen, holt seine Kinder von der Schule ab und geht sogar, seit sie für jedes ihrer vier Restaurants einen Geschäftsführer eingestellt haben, mit Flora ins Theater, ins Kino. Ein banales Leben, in dem man sich auch verletzen kann, aber nur deswegen, weil man sich, als man Mathilde zum Ponyhof begleitete, aus Unachtsamkeit an der Tür zur Box die Augenbraue aufschlug.

Die Trennwand zwischen den beiden Identitäten ist vollkommen dicht. Jo und Flora zahlen den Kredit für eine schöne, nur zwei Schritte vom Luxembourg entfernte Wohnung ab, Blake hat vor nunmehr zwölf Jahren mit Cash eine Zweizimmerwohnung in der Nähe der Gare du Nord bezahlt, ein schönes Haus in der Rue La Fayette, die Fenster und Türen sind gepanzert wie die Wände eines Tresors. Ein offizieller Mieter zahlt die Miete, sein Name wechselt jedes Jahr, was umso leichter ist, als es ihn nicht gibt. Man kann nie vorsichtig genug sein.

Blake trinkt also einen Kaffee, ohne Zucker und ohne Sorgen. Er liest in dem Buch, das Flora ihm empfohlen hat; er hat seiner Frau nicht gestanden, dass er den Autor auf dem Flug Paris–New York im vergangenen März wiedererkannt hat. Es ist Mittag, Flora hat Quentin und Mathilde zu ihren Eltern gebracht. Er überspringt das Mittagessen, denn heute Morgen hat er für fünfzehn Uhr eine Verabredung getroffen: ein Auftrag, der am Vorabend eingegangen ist. Eine einfache Sache, gut bezahlt, der Kunde scheint es sehr eilig zu haben. Er muss nur noch, wie er es immer tut, rasch in die Rue La Fayette, um sich umzuziehen. Dreißig Meter weiter beobachtet ihn ein Mann mit verschlossenem Gesicht und Kapuze.

## Victor Miesel

Victor Miesel mangelt es nicht an Charme. Sein kantiges Gesicht hat sich mit den Jahren gerundet, und sein drahtiges Haar, seine römische Nase, sein dunkler Teint mögen an Kafka erinnern, einen kräftigen Kafka, der es über die vierzig hinausgebracht hätte. Sein großer Körper geht in die Länge, ist noch schlank, auch wenn er wegen der seinem Metier eigenen Sesshaftigkeit ein wenig aufgegangen ist.

Denn Victor schreibt. Leider haben es seine Bücher trotz

der guten Kritiken für zwei Romane, Die Berge werden zu uns kommen und Missglücktes Scheitern, trotz eines sehr pariserischen Literaturpreises, einer von denen indes, bei denen die rote Bauchbinde keinerlei Kaufgelüste auslöst, nie über ein paar tausend Exemplare gebracht. Er hat sich eingeredet, dass nichts weniger tragisch sei, dass eine verlorene Illusion das Gegenteil eines Scheiterns ist.

Er ist dreiundvierzig Jahre alt, fünfzehn davon hat er mit dem Schreiben verbracht, und die kleine Welt der Literatur erscheint ihm wie ein burlesker Zug, in dem sich Betrüger ohne Fahrschein und mit unfähigen Kontrolleuren als Komplizen lautstark in der ersten Klasse niederlassen, während bescheidene Genies – eine aussterbende Art, der Miesel sich nicht zugehörig fühlt – auf dem Bahnsteig zurückbleiben. Doch er ist nicht verbittert; es macht ihm letztlich nichts mehr aus, er nimmt es hin, auf Buchmessen zu sitzen, um dort gerade einmal vier Bücher in ebenso vielen Stunden zu signieren; wenn ein kollegialer Misserfolg seinem Tischnachbarn die entsprechende Muße lässt, plaudern sie aufs angenehmste miteinander. Miesel, der abwesend und distanziert wirken mag, steht trotz allem im Ruf, ein humorvoller Mann zu sein. Aber ist ein humorvoller Mann, der dieses Namens würdig ist, es nicht immer «trotz allem»?

Miesel bezieht seine Einkünfte aus Übersetzungen. Aus dem Englischen, dem Russischen und dem Polnischen, der Sprache, in der seine Großmutter während seiner Kindheit zu ihm sprach. Er hat Wladimir Odojewski, Nikolai Leskow übersetzt, Autoren des vorletzten Jahrhunderts, die kaum noch jemand liest. Es ist auch vorgekommen, dass er irgendeinen Blödsinn gemacht hat, zum Beispiel – auf Einladung eines Festivals – *Warten auf Godot* ins Klingonische zu übertragen, die Sprache der grausamen Außerirdischen in *Star Trek*. Um bei seinem Bankberater eine gute Figur abzugeben, übersetzt Victor auch angelsächsische Bestseller, Unterhaltungsliteratur, die der Literatur den Status einer minderen Kunst für Minderbedarfte verleihen. Sein Beruf hat ihm die Türen zu renommierten, wenn nicht gar mächtigen Verlegern geöffnet, ohne dass seine Manuskripte es deswegen auch über deren Schwelle gebracht hätten.

Miesel hat seinen Aberglauben: In der Tasche seiner Jeans steckt immer ein Legostein, es ist der gängigste, leuchtend rot mit zweimal vier Noppen. Er stammt aus der Festungsmauer einer Burg, an der er mit seinem Vater in seinem Kinderzimmer baute. Dann war da der Unfall auf der Baustelle, und das Modell blieb unvollendet neben seinem Bett stehen. Der Junge betrachtete oft schweigend die Zinnen, die Zugbrücke, die kleinen Figuren, den Bergfried. Den Bau alleine fortzuführen, hätte bedeutet, den Tod zu akzeptieren, ihn zu zerstören auch. Eines Tages brach er dann doch einen Stein aus der Mauer, steckte ihn sich in die Hosentasche, und er baute die Burg ab. Das war vor vierunddreißig Jahren. Zweimal hat Victor den Stein verloren, und zweimal hat er einen neuen, identischen erstanden. Zuerst unter Schmerzen, dann ganz ohne Rührung. Als seine Mutter im letzten Jahr verstarb, legte er ihr den Legostein in den Sarg und ersetzte ihn umgehend. Dieses kleine rote Parallelepiped ist nicht sein Vater, es ist nur die Erinnerung an eine Erinnerung, das Banner der Abstammung und der Treue.

Miesel hat keine Kinder. Im Gefühlsleben segelt er mit einem unverbrüchlichen Enthusiasmus von Schiffbruch zu Schiffbruch. Er bleibt zu oft distanziert, was nicht überzeugt, und er ist niemals der Frau begegnet, mit er einen längeren Moment seines Lebens hätte verbringen können. Oder er sucht womöglich seine Partnerinnen so aus, dass er sicher sein kann, dass es niemals dazu kommen wird.

Das wäre gelogen: Die Frau hat vor Jahren auf der Übersetzertagung in Arles, den «Assises de la Traduction», seinen Weg gekreuzt. Bei einer Veranstaltung, auf der er erklärte, wie man den «Humor bei Gontscharow» übersetzt, saß sie in der ersten Reihe. Er hatte sich bemüht, nicht nur sie anzuschauen. Weil ein Verleger ihn zurückgehalten hatte – Und wenn Sie für uns die russische Frauenrechtlerin Ljubow Gurewitsch übersetzten? Was meinen Sie? Wäre doch phantastisch, oder? –, hatte Victor sich nicht loseisen können. Aber zwei Stunden später stand sie in der geduldigen Schlange vor den Desserts lächelnd hinter ihm. Die Wahrheit in der Liebe ist, dass das Herz sofort weiß und es laut herausschreit. Natürlich wird man der Person nicht geradeheraus erklären, ganz einfach so, dass man sie liebt. Das würde sie nicht verstehen. Also betreibt man, um sich nicht einzugestehen, dass man bereits ihre Geisel ist, ein wenig Konversation mit ihr.

Bei der letzten Etappe angelangt, den «Petits Gâteaux», drehte Victor sich um und sprach sie an. Er fragte sie stammelnd, wie sie «crème anglaise» ins Englische übersetzen würde, da doch mit French cream die chantilly gemeint sei, die Schlagsahne. Ja, schade, er hatte nichts Besseres gefunden. Sie hatte höflich gelacht und mit einer rauen Stimme, die ihm feengleich vorkam, Ascot cream geantwortet und war an den Tisch zu ihren Freundinnen zurückgekehrt. Er hat einige Zeit gebraucht, bis er begriff, dass Ascot, genau wie Chantilly, eine Pferderennbahn ist, aber eine englische.

Sie hatten Blicke getauscht, aus denen er gerne etwas Komplizenhaftes herausgelesen hätte, er hatte sich ostentativ an die

Bar begeben, in der Hoffnung, dass sie sich dort zu ihm geselle, aber sie steckte mitten in einer Diskussion. Da er sich genauso töricht vorkam wie ein Heranwachsender, war er in sein Hotel zurückgegangen. Ihr Foto fand sich nicht unter denen der Teilnehmer, aber er war sicher, ihr wieder über den Weg zu laufen, und den ganzen Vormittag über besuchte er unter verschiedenen Vorwänden die Workshops. Vergeblich. Sie war auch nicht auf dem Fest zum Abschluss der Tagung. Sie hatte sich in Luft aufgelöst. Beim letzten Frühstück im Hotel beschrieb er sie einem der Veranstalter, einem Freund; aber mit «klein», «brünett» und «faszinierend» hat man noch nie jemanden treffend beschrieben.

Zwei Jahre hintereinander ist Victor danach noch zu den «Assises» gefahren, und dies nur, wenn er sich nichts vormachen will, um ihr zu begegnen. Seither bringt er – ein schweres berufliches Vergehen – in seinen Übersetzungen stets kurze Passagen unter, in denen von der Pferderennbahn in Ascot die Rede ist oder von der «crème anglaise». Und den Anfang zu diesen Untaten machte er mit der Aufsatzsammlung der Gurewitsch. In den Eingangstext «Почему нужно дать женшинам все права и свободу», «Warum man den Frauen alle Rechte und die Freiheit gewähren muss», hat er den Satz «Die Freiheit ist keine ‹crème anglaise› auf einem Schokoladenkuchen, sie ist ein Recht» eingefügt. Das war diskret, und wer weiß? Schließlich interessierte sie sich ja für Gontscharow. Aber nichts da. Wenn sie das Buch gelesen hat, dann hat sie den Zusatz nicht bemerkt, der Verleger auch nicht, wie überhaupt kein Leser ihn bemerkt hat. Victor hat das Leben vorbeiziehen lassen, und das ist zum Verzweifeln.

Zu Anfang des Jahres verleiht ihm eine franko-amerikanische Organisation, die von der Kulturabteilung der französischen Botschaft finanziert wird, einen Übersetzerpreis für einen dieser Thriller, die ihn ernähren. Anfang März reist er in die Vereinigten Staaten, und das Flugzeug gerät in monströse Turbulenzen. Einen endlosen Augenblick lang verbiegt der Sturm die Maschine in alle Richtungen. Der Kapitän spricht beruhigende Worte, aber jedem in der Kabine ist klar, und Miesel noch etwas mehr, dass sie ins Meer stürzen, dass sie am Wasser wie an einer Wand zerbersten werden. Über einige lange Minuten hinweg leistet er Widerstand, krallt er sich am Sitz fest, spannt die Muskeln, um sich nicht jedem Stoß zu unterwerfen. Sein Blick meidet das Bullauge, das auf Nacht und Hagel hinausgeht. Da sieht er, ein paar Reihen vor sich, nicht weit von einem eingenickten Blonden mit Kapuze, den scheinbar nichts aus dem Schlaf zu reißen vermag, diese Frau. Hätte er sie beim Einsteigen bemerkt, hätte er den Blick nicht mehr von ihr abwenden können. Auch wenn sie ihr nicht genau ähnelt, so erinnert sie ihn doch auf grausame Weise an seine entschwundene Arlesienne. Ihre Zerbrechlichkeit, die Feinheit ihrer Züge, die Textur ihrer Haut, ihr graziler Körper verleihen ihr etwas Mädchenhaftes, aber die winzigen Fältchen rund um die Augen verraten die gut Dreißigjährige. Die Plättchen ihrer Schildpattbrille drücken ihr zwei ephemere Fliegenflügel auf die Nase. Zuweilen lächelt sie ihren Sitznachbarn an, einen Mann, der älter ist als sie, vielleicht ihr Vater, und das Rütteln des Flugzeugs scheint sie zu amüsieren, es sei denn, die vorgebliche Ungezwungenheit hat eine beruhigende Wirkung auf sie.

Aber die Maschine stürzt abermals in ein Luftloch, und plötzlich zerbricht etwas in Victor, er schließt die Augen und lässt sich in alle Richtungen durchrütteln, macht keinen Versuch, seinen Körper in den Griff zu bekommen. Er ist zu einer dieser Labormäuse geworden, die, einem brutalen Stress ausgesetzt, aufhören zu kämpfen und sich mit ihrem Tod abfinden.

Schließlich, nach einer unendlich langen Zeit, entkommt das Flugzeug dem Gewitter. Aber Miesel ist noch erschlagen, wie benommen von dem schrecklichen Gefühl der Unwirklichkeit. Um ihn herum regt sich wieder Leben, die Leute lachen, weinen, aber er betrachtet all dies wie hinter einer beschlagenen Scheibe. Der Kapitän untersagt ausdrücklich, die Sicherheitsgurte vor der Landung zu lösen, und Miesel, aus dem alle Energie gewichen ist, wäre ohnehin nicht in der Lage, sich von seinem Sitz zu erheben. Sobald die Türen sich öffnen, stürzen die Passagiere, die es eilig haben, diesem Flugzeug zu entfliehen, nach draußen, aber während die Kabine sich leert, verharrt Miesel auf seinem Sitz neben dem Bullauge. Eine Stewardess tippt ihm leicht auf die Schulter, er schickt sich darein, aufzustehen. Da denkt er, noch intensiver, an die junge Frau zurück. Er ahnt, dass nur sie allein ihn aus diesem Abgrund an Nichtexistenz herauszerren kann, er schaut sich nach ihr um, aber sie ist außer Sichtweite, er findet sie auch nicht in der Schlange vor dem Einwanderungsschalter.

Der Leiter des Bureau du Livre holt ihn vom Flughafen ab und zeigt sich diesem stummen und desorientierten Übersetzer gegenüber sehr zuvorkommend.

– Sie sind sicher, dass alles in Ordnung ist, Monsieur Miesel?

– Ja, ich glaube, wir wären beinahe gestorben. Aber es geht mir gut.

Die eintönige Stimme beunruhigt den Mann aus dem Konsulat. Bis zum Hotel wechseln sie kein Wort mehr. Als er tags darauf am Nachmittag wieder vorbeikommt, um Miesel abzuholen, begreift er, dass Miesel das Zimmer die ganze Zeit über nicht verlassen, dass er nicht einmal etwas gegessen hat. Er muss ihn bedrängen, damit er unter die Dusche steigt, sich umzieht. Der Empfang findet in der Buchhandlung Albertine statt, gleich gegenüber dem Central Park an der Fifth Avenue. Zum vorgesehenen Zeitpunkt zieht Miesel auf eine auffordernde Geste des Kulturattachés hin die in Paris geschriebene Dankesrede aus seiner Tasche und bekräftigt dann mit tonloser Stimme, dass es die Aufgabe des Übersetzers sei, «die reine, im Werk gefangene Sprache zu befreien, indem er sie transponiert». Er deklamiert kraftlos all das Gute herunter, das er von der amerikanischen Autorin nicht denkt, einer großen, blonden, schlecht geschminkten Frau, die neben ihm steht und lächelt, dann schweigt er abrupt. Angesichts der sich einstellenden Verlegenheit ergreift die Schriftstellerin das Mikro, um ihm lebhaft zu danken und zu bestätigen, dass ihre phantastische Saga um zwei weitere Bände anwachsen wird. Dann ist es Zeit für den Cocktail; Miesel schaut abwesend drein.

«Scheiße noch mal, bei dem Geld, das uns diese Art von Festivität kostet, hätte er sich ein klein wenig anstrengen können», grummelt der Botschaftsrat für kulturelle Angelegenheiten. Der Verantwortliche des Bureau du Livre verteidigt Miesel halbherzig, der am nächsten Morgen zurückfliegt.

In Paris angekommen, beginnt er wie unter Diktat zu schreiben, und es ist gerade die unkontrollierbare Mechanik dieses Schreibens, die ihn in einen Abgrund von Angst stürzt. Der Titel dieses Buches wird *Die Anomalie* lauten, und es wird das siebte Buch dieses Autors sein.

«In meinem Leben habe ich nicht eine Geste getan. Ich weiß,

dass es seit jeher die Gesten sind, die mich hervorgebracht haben, dass keine Bewegung unter meiner Kontrolle stattgefunden hat. Mein Körper hat sich damit zufriedengegeben, sich zwischen Linien mit Leben zu füllen, die ich nicht gezogen habe. Es ist Anmaßung, so zu tun, als herrschten wir im Raum, wo wir doch nur den Kurven geringsten Kraftaufwands folgen. Grenze der Grenzen. Kein Flug wird uns je den Himmel entfalten.»

In wenigen Wochen füllt ein schreibwütiger Victor Miesel zwischen Lyrismus und Metaphysik oszillierend gut hundert Seiten von diesem Kaliber: «Die Auster, die die Perle spürt, weiß, dass Bewusstsein nur als Schmerz existiert. [...] Die Kühle des Kopfkissens verweist mich jedes Mal auf die eitle Temperatur meines Blutes. Wenn ich vor Kälte zittere, dann weil es dem Pelz meiner Einsamkeit nicht gelingt, die Welt zu wärmen.»

Während der letzten Tage geht er nicht mehr vor die Tür. Der allerletzte Absatz an die Adresse seines Verlags verrät, wie sehr jene Erfahrung der Entwirklichung an etwas Unüberwindliches grenzt: «Ich habe nie erfahren, was an der Welt anders wäre, wenn ich nicht existiert hätte, noch zu welchen Ufern ich sie hätte führen können, wenn ich intensiver gelebt hätte, und ich sehe nicht, was mein Verschwinden an ihrem Lauf ändern sollte. Da bin ich, gehe den Weg, dessen abwesende Steine mich nirgendwohin führen. Ich werde zu dem Punkt, an dem Leben und Tod zueinanderfinden und zuletzt verschmelzen, wo die Maske des Lebenden zur Ruhe kommt im Gesicht des Verstorbenen. Heute Morgen sehe ich bei klarem Wetter bis zu mir, und ich bin wie alle. Ich bereite meinem Dasein kein Ende, ich verleihe der Unsterblichkeit Leben. Vergeblich schreibe ich endlich einen letzten Satz, der den Moment nicht aufzuschieben sucht.»

Nachdem er diese Worte niedergeschrieben und seiner Lektorin die Datei geschickt hat, klettert Victor Miesel, gepackt von einer pochenden Angst, für die er keinen Namen findet, über den Balkon und stürzt. Oder springt. Er hinterlässt keinen Brief, aber der ganze Text führt ihn zu dieser äußersten Geste.

«Ich bereite meinem Dasein kein Ende, ich verleihe der Unsterblichkeit Leben.»

Wir schreiben den 22. April 2021, es ist Mittag.

## Lucie

***Montag, 28. Juni 2021***
***Ménilmontant, Paris***

Im Halbdunkel des frühen Morgens stößt ein Mann mit kantigem Gesicht leise die Tür zu einem Schlafzimmer auf, sein Blick fixiert das Bett, das man kaum erkennen kann, darin schläft eine Frau. Die Sequenz dauert drei Sekunden, aber Lucie Bogaert gefällt sie nicht. Zu hell, zu diffus, zu statisch. Der Kameramann musste geschlafen haben. Sie notiert, dass sie bei den Spezialeffekten mit dem Gamma und den Kontrasten spielen, ein zu stark aus dem Hintergrund tretendes Gemälde weichzeichnen sollen. Sie korrigiert geringfügig die Rahmung um Vincent Cassels Gesicht, zoomt es leicht heran, verlangsamt die Sequenz um ein paar Bilder, damit sie Rhythmus bekommt. Dafür braucht sie eine Minute. Voilà, so ist es schon viel besser. Diese Aufmerksamkeit fürs Detail, dieser filmische Instinkt hat dafür gesorgt, dass sie zur Lieblingscutterin zahlreicher Regisseure geworden ist.

Es ist noch früh, fünf Uhr morgens, Louis schläft. In zwei Stunden wird sie ihn wecken, to wake, woke, woken, ihm sein Frühstück zubereiten, to eat, ate, eaten, ja, richtig, sie wird mit ihm die unregelmäßigen englischen Verben durchgehen, die auf dem Programm für die siebte Klasse stehen. Aber im Augenblick montiert Lucie unter Hochdruck diese Intérieur-Szene eines Maïwenn-Films neu, die sie sich vor Mittag noch einmal gemeinsam anschauen müssen. Sie steht auf, der Nacken schmerzt, die Augen sind trocken. Der große Spiegel über dem Kamin reflektiert das Bild einer kleinen, schlanken Frau mit den luftleichten Formen eines Mädchens, blasser Haut, feinen Gesichtszügen, kurzem braunen Haar. Auf ihrer schmalen griechischen Nase sitzt eine große Schildpattbrille, was ihr den Anschein einer Studentin verleiht. Sie tritt ans Wohnzimmerfenster. Immer wenn sie sich von der Leere übermannt fühlt, lehnt sie sich mit der Stirn an diese kühle Fensterscheibe. Ménilmontant schläft, aber die Stadt saugt sie an. Am liebsten würde sie aus ihrem Körper fahren und in allem aufgehen, was dort draußen ist.

Ein dumpfes Bling signalisiert den Eingang einer Mail. Sie liest den Vornamen André und seufzt. Sie ist wütend, weniger weil er insistiert, sondern weil er weiß, dass er nicht insistieren soll, und sich dennoch nicht zurückhält. Wie kann er gleichzeitig so intelligent und so schwach sein? Aber Liebe, das bedeutet, dass man das Herz nicht daran hindern kann, auf der Intelligenz herumzutrampeln.

Sie hat André drei Jahre zuvor kennengelernt, auf einer Abendgesellschaft bei Freunden vom Film. Sie war spät eingetroffen, und ein Mann, der gerade gehen wollte, war geblieben. Man hatte sich über ihn lustig gemacht, Aha, natürlich, da kommt die hübsche Lucie, und schon hat André es nicht mehr eilig, nach Hause zu gehen … Das war er also, der André Vannier von Vannier & Edelman, dieser Architekt, von dem sie ihr erzählt hatten. Ein großer, schlanker Mann, der in den Fünfzigern zu sein schien, den man sich aber älter vorstellen konnte. Er hatte lange Finger, einen zugleich traurigen und fröhlichen Blick, der sich etwas von einer unvergänglichen Jugend bewahrt hatte. Sie hatte gleich gespürt, dass sie ihn, sobald sie sprach, gefangen nahm, und es gefiel ihr, dass er ihr Gefangener war.

Sie hatten sich kurz darauf wiedergesehen. Er hatte ihr diskret den Hof gemacht, und sie hatte verstanden, dass er sich weniger davor fürchtete, sich lächerlich zu machen, als sie zu küssen. Sie hatte ihn zunächst, allerdings mit Zartgefühl, abgewiesen. Und doch hatten sie sich weiterhin regelmäßig getroffen, er zeigte sich jedes Mal zuvorkommend, witzig, aufmerksam. Sie ahnte, dass er auf sein Junggesellenleben nicht gerade stolz war, ein Thema, von dem er jedes Mal ablenkte, sie vermutete dahinter ein ganzes Gefolge an Geliebten und nur wenig Zauber.

Eines Abends im Frühling lädt er zu einem Abendessen bei sich zu Hause ein. Der Eklektizismus seiner Freunde erstaunt sie: ein sehr konzeptueller Maler, ein englischer Chirurg auf der Durchreise, ein Journalist von *Le Monde*, ein dem Alkohol stark zugeneigter Bibliothekar und ein gewisser Armand Mélois, ein ganz köstlicher und raffinierter Mann, der – wie sie im Laufe des Essens erfährt – der französischen Spionageabwehr vorsteht. Lucie entdeckt auch eine große Wohnung im Haussmann-Stil mit nüchternen Möbeln, bei denen Holz und industrielle Fertigung überwiegen, voller Bücher, Romane, eine Wohnung, die weit entfernt ist von dem strengen und kühlen Universum, das man den Architekten unterstellt. Und auf einem Regal dann eine Micky-Maus-Figur aus Gips und in grellen Farben. Sie ergreift die Figur, dreht und wendet sie verblüfft zwischen ihren Fingern. André tritt zu ihr:

– Sie ist scheußlich, nicht wahr?

Lucie lächelt.

– Ich habe sie gekauft, damit irgendetwas in meiner Wohnung der Gewöhnung widersteht. Man gewöhnt sich nicht ans Hässliche. Das ist das Leben. Hässliches Leben, aber Leben.

Den ganzen Abend über schweift Lucies Blick, wie magnetisch angezogen, zu dieser fürchterlichen Micky Maus zurück. Und plötzlich, ohne dass sie wüsste, warum, redet Walt Disneys Maus mit ihr, sie sagt ihr, dass mit diesem Mann eine Art Glück möglich ist.

Sie stellt ihm Louis vor. André ist nicht berechnend: Er mag auf Anhieb diesen lebhaften und lustigen Jungen, der kurz vor der Pubertät steht, und er versucht nicht, ihn zu einem Verbündeten zu machen. Aber er macht sich nichts vor: In diesem Kampf um Lucies Herz kann er keinen Feind gebrauchen.

Eines Tages, als sie sich nach dem Mittagessen auf Wiedersehen sagen, will sie die Straße überqueren, sie tut einen Schritt auf die Fahrbahn, und André reißt sie heftig am Arm zurück. Ein Lastwagen donnert an ihnen vorbei. Ihre Schulter schmerzt, aber beinahe wäre sie tatsächlich tot gewesen. Alles Blut ist aus Andrés Gesicht gewichen. Sie bleiben eine Zeitlang Seite an Seite stehen, die Geräusche der Stadt wirken übersteigert. Er atmet schnell, sie auch, und in einem Hauch zerrt er sie an sich und sagt:

– Verzeih, ich habe dir weh getan, ich hatte Angst, ich dachte, dass ... Ich liebe dich so sehr.

Und er weicht zurück, erschrocken über diesen Satz, der ihm entglitten ist, stottert nochmals Verzeih und geht fort. Sie schaut ihm hinterher, und zum ersten Mal bemerkt sie, dass er schnell und gerade geht, dass er noch richtig jung ist. Sie ist überwältigt, braucht zwei Wochen, bevor sie wieder Kontakt mit ihm aufnimmt, und als sie sich wiedersehen, spricht er nicht mehr davon.

Aber er hat es gesagt. Ich liebe dich. Lucie misstraut dem Satz. Es ist zu früh für sie, ihn noch einmal zu hören. Sie hat einen anderen Mann geliebt, der dieses lügnerische Verb zu oft und falsch benutzte, der sie gedemütigt, sie misshandelt hat, der verschwand, um wiederzukommen und abermals zu verschwinden. Sie würde André gerne sagen, dass sie all diese Männer leid ist, die sie wegen ihrer sanften Haut, ihrer schlanken Beine, ihrer blassen Lippen begehren, all dem, was sie ihre Schönheit nennen, diesem Glücksversprechen, und die in ihr nichts anderes sehen als das. Sie ist die leid, die sich wie Jäger an sie heranpirschen, die davon träumen, sie wie eine Trophäe an die Wand zu hängen. Sie verdient Besseres als ein impulsives Verlangen, sie will nicht mehr, dass man mit ihr spielt. Sie würde ihm gerne sagen, dass sie deswegen ganz langsam auf ihn zugegangen ist, dass sie deswegen da ist. Wegen der Zeit, die er ihr gewidmet hat, wegen der Zärtlichkeit, die sie in ihm vermutet, auch wegen seines Respekts vor ihr. Sie wäre gerne in der Lage, ihn nicht länger in diesem Stand eines stummen, alten Verliebten zu belassen, sie wäre gerne schroff oder würde lieber loslassen, sich ihm ganz hingeben. Sie begnügt sich mit ihrer Scham darüber, hart zu sein, manchmal grausam, indem sie der wachsenden Zuneigung, die sie zu ihm verspürt, widersteht.

Es vergeht noch ein Winter darüber, und da sagt er es ihr, es ist vier Monate her, nach einem Abendessen im Kim, diesem kleinen koreanischen Restaurant im Marais, das sie immer wieder aufsuchen, noch einmal: «Weißt du, Lucie, mir liegt an dir, und ich weiß um alles, was sich zwischen uns stellt, sich gegen uns stellt. Aber wenn du mich eines Tages, wann es dir beliebt, als deinen Gefährten wünschst, dann wirst du den ersten Schritt machen müssen ...» Der Blick, mit dem er sie in diesem Moment anschaut, ist alterslos, sie ist verwirrt, sie lächelt, und selbst wenn sie weiß, dass sie noch Zeit braucht, fürchtet sie, dass er dieses langen vergeblichen Wartens müde wird. Sie beschließt, den rothaarigen kleinen Kairos am Schopf zu packen, jenen griechischen Gott des günstigen Augenblicks. Ihr ganzes Wesen stößt sie neben ihn auf die Sitzbank, und sie küsst ihn zärtlich. Keine romantische englische Komödie hätte eine schönere erste Szene gewagt. Sie bedauert nichts.

Von diesem fast schon unglaublichen Moment an werden André und sie nicht mehr voneinander lassen.

André musste zwei Wochen später, Anfang März, wegen der Baustelle am Silver Ring nach New York fliegen; sie wurde gerade mit dem Schnitt des letzten von Trotta fertig und hatte vor dem Maïwenn über einen Monat später nichts vor. Er hatte ihr vorgeschlagen, gemeinsam rüberzufliegen: Sie hätten Zeit, würden den Enten im Central Park ihre Reverenz erweisen, den Paul Klees im Guggenheim einen Besuch abstatten und sich vielleicht sogar ein Musical auf dem Broadway ansehen. Sie hatte ohne Zögern eingewilligt, unter der Bedingung, dass er ihr auch seine Baustelle zeige. Das war ihre Art, ihm zu sagen, dass sie «Teil davon» sein wollte. Als sie nach Hause kam, hatte sie fröhlich und im Voraus angefangen, die Koffer zu packen,

Was nehme ich mir zu lesen mit, den Coetzee, richtig, und hopp, auch einen Band Romain Gary aus der Pléiade, der ist nicht so schwer, und ja, auch dieses schwarze Kleid, das mir so gut steht, der Rock da ist zu kurz, aber ich ziehe Strumpfhosen an, im März ist es zu kalt, und sie hatte sich an all der wiederentdeckten Frivolität erfreut. Louis war damit einverstanden, eine Zeitlang zur Großmutter zu gehen.

Der Flug war turbulent, gar beängstigend. Während das Flugzeug entzweizubrechen drohte, die Angst ihr alle Selbstbeherrschung rauben wollte, hatte ein lächelnder André nicht aufgehört, mit ihr zu reden. Sie hatte New York geliebt, das sie sehr viel weniger kannte als er. Sie hatten eine Woche bleiben wollen, es wurden zwei. Bei einem viel zu teuren Friseur im East Village hatte sie sich ihr langes braunes Haar schneiden lassen, sehr kurz. «Das hätte ich vorher nie gewagt, weißt du. Ich fange ein neues Leben an.» Das war natürlich das schlimmste aller Klischees, aber sie wusste André Dank dafür, dass er nicht darauf eingegangen war. Sie spürte, wie viel Sicherheit er ihr gab, wie sehr sie sich, ja, lieben konnten.

Und dann kommen sie zurück nach Paris, und alles geht ganz langsam in die Brüche. Nach und nach weicht sie zurück vor Andrés Exaltiertheit, vor diesen Armen, die sie umschlingen wollen, vor diesen Küssen, die er ihr jeden Moment aufzwingt, diesen Freunden, denen er sie «unbedingt vorstellen» muss, als sei sie die Beute aus einer siegreichen Schlacht. Warum weigern sich Katzen, die Mäuse fangen, diese am Leben zu lassen? Sie war für einen solchen Ansturm nicht gewappnet; sie hätte weniger Dringlichkeit gewollt, ein langsameres und abgeklärteres Aufeinander-Einlassen. Seine gierigen Männerhände erschrecken sie, deren erdrückende Begehrlichkeit erstickt ihr eigenes

Verlangen im Keim. Er will das nicht begreifen, und jene Fragilität, die André so gut hinter einer Maske zu verbergen gelungen war, wird greifbar, und nein, sie will nicht dazu gezwungen sein, ihn zu beruhigen, nein, sie hat sich nicht seinem tyrannischen Appetit zu unterwerfen, sie ist nicht dazu da, seinen und sei es durch das Alter verletzten Narzissmus zu befriedigen, sie muss auch nicht diesen Hundeblick ertragen, der ihr aus dem Zwinger ein dauerndes «Nimm mich mit, nimm mich mit» vorjault. Warum weigert er sich, einzusehen, dass er sie in seinen Armen, in seinem Bett wie in einer Falle gefangen hält? Warum soll sie sich schuldig fühlen, wenn sie sich ihm verweigert, weil dies gerade das Letzte ist, was sie will, weil sie keinerlei Pflichten will?

Und dann ist da Anfang Juni das letzte Abendessen, jenes Essen, bei dem André sie zurückerobern will, wo doch schon alles den Bach hinuntergegangen ist, und er besteht darauf, dass sie sich wieder im Kim treffen, als ob das altertümliche Dekor, halb Zen, halb Gangnam Style, irgendeine magische Wirkung auf sie haben könnte, und er redet und redet vor seiner beosut cream pasta, die kalt wird, hört nur sich selbst, überlässt sich seiner unmäßigen Wortverliebtheit, und jeder hübsche Satz macht diesen Abschied noch hässlicher. Sie schaut ihn an, er nimmt ihre Hand, die sie ihm überlässt, und sie hat nur noch Lust, woanders zu sein, Kälte ergreift ihr Herz, ganz ohne Zorn lächelt sie diesen charmanten, jetzt wieder alten Herrn an, aber warum sieht er denn nicht, dass sie schon fort ist. Vielleicht verspürte sie nicht genug Kraft oder ganz einfach nicht genug Liebe – Gott, wie sie dieses Wort hasst. André wird immerhin, für die Dauer der Vernarbung, seine Rolle als Salbe gespielt haben, eine Art Balsam, der mit der Zeit unangenehm riecht und jetzt, da die Wunde verheilt ist, gar ranzig ... Aber nein, sie hat unrecht, warum ihre hübschen Anfänge im Lichte ihres bitteren Endes lesen? Es ist nicht so, dass sie mit ihm gespielt hätte, er und nur er allein hat es nicht geschafft, auf der Höhe ihrer beider eigenen Hoffnungen zu sein.

Sie besteht darauf, die Rechnung zu teilen, um ihm mit allen möglichen Mitteln klarzumachen, dass es von nun an ein Er und ein Sie gebe und keinerlei Wir mehr. Da hält er ihr ein kleines Buch hin: *Die Anomalie* von Victør Miesel. Der Name sagt ihr was ...

– Schau, das wird dir gefallen.

Sie schlägt es auf irgendeiner Seite auf und stößt auf den Satz: «Die Hoffnung lässt uns auf dem Treppenabsatz des Glücks warten. Lasst uns bekommen, was wir erhofften, und wir betreten das Vorzimmer des Unglücks.» Oh Gott, Metaphern, das fängt ja gut an. Etwas weiter: «Die Verführung ist immer ein Allgemeinwissen gewesen, der Bruch eine hohe Kunst.» Sie ist also eine Künstlerin. Hohe Kunst geht in Ordnung.

Sie nimmt das Geschenk an sich und geht.

Das war vor drei Wochen, lange vor Andrés Abreise nach Mumbai wegen dieses blödsinnigen Soyara oder Sūyarā Tower, von dessen Eleganz er ihr vorgeschwärmt hatte, als sie sich schon für keinen seiner Bauten mehr interessierte.

Auf dem Bildschirm erscheint die Mail, die er gestern abgeschickt hat, immer noch in blauen Fettbuchstaben.

Sie öffnet sie schließlich. Nicht ein Satz, der ihr nicht geschwätzig, hohl, lächerlich vorkäme. Nichts, was sie berührt, aber es gab wohl nichts, was noch bis zu ihr hätte durchdringen können. «Ich wäre mit dir gerne den längstmöglichen Weg gegangen, ja sogar den längsten aller möglichen Wege.» Banalitäten. «Ich werde nicht erfahren, ob du schließlich meine verliebten und begehrlichen Blicke auf dich gemocht hättest.» Sie verdreht die Augen zum Himmel. Und dann noch diese pathetische Selbstverleugnung: «Ich erwarte keine Antwort.»

Ans Antworten verschwendet Lucie ohnehin keinen Gedanken.

Plötzlich summt das Telefon, eine unterdrückte Nummer. Wie kann er es wagen, Montagfrüh, mitten in der Nacht, wo Louis noch in ihrem Zimmer schläft? Wütend hebt Lucie ab, damit das Summen aufhört. Aber es ist eine Frauenstimme:

– Lucie Bogaert?

– Ja, antwortet Lucie leise.

– Kommissarin Maupas. Police Nationale.

– Aber ... da muss ein Irrtum vorliegen.

– Sie sind doch am 22. November 1989 in Montreuil geboren?

– Ja.

– Nun gut. Wir stehen gleich vor Ihrer Tür. Lassen Sie uns bitte eintreten.

– Aber warum? Sie werden meinen Sohn wecken.

– Wir werden Ihnen alles erklären. Wir haben einen Vorführungsbefehl, ich schiebe ihn in diesem Moment unter die Tür. Öffnen Sie bitte.